# 바다가 들리는 편의점

# 바다가 들리는 편의점

마치다 소노코 지음

황국영 옮김

○

"꺄아. 여기 좀 봐 줘요!"

"아니, 저부터요!"

아이돌 콘서트장에라도 온 듯 여기저기서 터지는 비명에 나도 모르게 뒷걸음질하고 말았다. 손에서 놓친 페트병이 떨어져 바닥을 구르고 있었지만 주울 여유 따위는 없었다. 눈 앞에는 화려한 차림을 한 여성들이 마치 꽃을 둘러싼 나비처럼 나풀거리고 있다. 뭐지, 여기 편의점 아니었어?

주위를 둘러본다. 그리고 내가 왜 편의점에 들렀는지, 무의식 속 기억을 되짚었다.

이야기는 자동차 운전면허를 따고 중고차를 산 데서 시작한다. 원 박스 카 스타일로, 이름은 '피피엔느호(號)'. 언젠가 내 차가 생기면 꼭 이렇게 불러야겠다고 진작부터 지어 두었던 이름이었다. 차가 생기면 부를 이름을 미리 준비했다는 점에서 알 수 있듯, 나는 '내 차'에 커다란 로망과 직접 운전하며 드라이브하는 오랜 꿈을 가지고 있었다.

차를 산 후 처음으로 맞은 연휴인 골든 위크(4월 말부터 5월 초까지 이어지는 일본의 황금연휴―옮긴이). 휴가 중 하루, 기분 좋게 쾌청한 날 나는 그 꿈을 이루고자 의기양양하게 집을 나섰다.

원래부터 첫 드라이브는 혼자 가려고 마음먹고 있었다. 좋아하는 음악을 틀고 자유로움을 만끽하며 누구도 신경 쓰지 않고 원하는 곳으로 떠나는 드라이브. 구마모토의 집을 나선 나는 일단 고속 도로를 타고 후쿠오카 쪽으로 향했다.

하카타에서 쇼핑하고 다자이후텐만구에 들렀다 가야지. 거기서 갓 구운 매화 찹쌀떡이라도 사 먹을까? 신이 나서 운전하던 나는 잠시 쉬어 가려고 들른 기야마 주차장에서 분노하고 말았다. 출발 전 친구에게 보냈던 메시지에 이런 답장이 와 있었기 때문이다.

"보나 마나 하카타에 가지? 규슈 사람들은 뭔 일만 있으면 하카타에 가더라? 웃긴다니까."

'오늘은 드라이브를 즐길 거야!' 이렇게만 써서 보냈는데 누가 봐도 비꼬는 말투로 이런 메시지를 보내다니. 손에 든 것이 내 휴대폰이 아니었다면 당장 바닥에 집어던졌을 것이다.

"자기는 도로 주행 떨어졌다고 성질부리는 거야, 뭐야!"

홧김에 저주를 퍼부으며 답장하려다 관뒀다. 하카타에 가려고 했던 건 사실이지만, 이렇게 된 이상 거기에는 못 간다. 괜히 흥분해서 답장을 보내 봤자 더 비웃기만 하겠지. 들떠서 그 녀석한테 메시지를 보낸 것이 잘못이었다.

어쩔 수 없이 목적지를 바꾸게 된 나는 휴대폰 지도를 바라보며 끙끙댔다. 도대체 어디로 가야 할지 골몰하며 지도를 살피는데 손끝에 한 지역명이 닿았다.

"모지항…."

들어본 적 있는 동네다. 그럭저럭 이름이 알려진 관광지인 것 같은데 가 본 적은 없다. 레트로 마을이라 불리는 곳이 있는, 거리가 예쁜 동네였던가? 잠시 고민하다 그곳을 새로운 목적지로 정했다. 이럴 때는 직감이 중요한 것 아니겠는가.

두 시간 후. 무사히 모지항에 도착한 나는 내 직감을 칭찬했다. 반짝이는 바다, 레트로풍의 예쁜 건물들. 인력거가 오가는 거리에서 떠들썩한 목소리에 발길을 돌리자, 바나나 떨이를 하는 아저씨가 목청을 높이고 있었다. 노란 바나나가 햇빛을 받아 눈부시게 반짝인다.('모지'는 일본에서 처음으로 바나나를 들여온 곳으로 알려져 있다. —옮긴이)

"여기 너무 좋은데?"

언젠가 남자 친구가 생기면 같이 걷고 싶은 동네다. 남자 친구가 안 생기면 도로 주행도 합격하지 못한 그 친구라도 데리고 와야겠다. 어디를 가든 즐거워서 나는 동네 이곳저곳을 마냥 걸어 다녔다.

5월이 시작된 지 얼마 지나지도 않았는데 마치 한여름처럼 날씨가 화창하다. 저녁으로 이 지역 특산물인 야키 카레를 먹은 후 음료수라도 마실까 싶어 눈에 띄는 편의점에 들어갔다.

낯선 지역에 갈 때마다 느끼는데, 편의점이란 참 희한한 장소다. 어느 동네에서든 그곳에 들어서기만 하면 친밀감이 밀려와 정겨운 기분이 든다. 유사한 내부 구조와 비슷하게 진열된 상품들 때문이겠지만 왠지 모르게 안심이 된다.

들뜬 마음을 어느 정도 가라앉히고 음료 선반에서 내가 좋아하는 브랜드의 녹차 페트병을 집었다. 계산대로 향하는데, 그곳에서 어느 편의점에서도 본 적 없는 놀라운 광경이 펼쳐져 있었다.

미팅이라도 나가는 건가 싶을 정도로 한껏 멋을 낸 여성들이 무리 지어서, 모두 카운터 안쪽의 한 남성에게 열광하고 있었다. 아마도 남성은 편의점 직원인 듯했다. 파스텔 톤 핑크와 옅은 갈색이 어우러진 유니폼을 갖춰 입은 것을 보니 틀림없다. 하지만 그는 편의점 직원이라고 믿기 어려울 정도로 미남이었고, 섹시함이라 불러 마땅한 무언가를 마구 뿜어대고 있었다. 영화 촬영이라도 하는 건가? 기타큐슈가 촬영지로 유명하다는 이야기를 들어 본 적이 있기는 한데, 아무리 둘러봐도 촬영 팀은 보이지 않는다.

그때 문제의 남성 직원이 부드럽게 미소를 띠며 말했다.

"늘 감사해요. 오늘은 뭔가 분위기가 달라진 것 같은데요?"

"어머, 점장님! 저를 유심히 보셨나 봐요. 실은 립스틱을 바꿨거든요."

"아, 그러셨구나. 평소보다 더 예뻐 보였던 게 바로 그 벚꽃색 립스틱 때문이었군요."

"점장님. 저 좀 보세요! 저도 오늘 네일 새로 하고 왔단 말이에요. 여기 봐요!"

"정말이네요, 유코 씨. 네일이 젤리 빈처럼 귀여워서 먹고 싶어질 정도예요."

그가 대답과 함께 달콤한 웃음을 지었다. 그 순간 귀를 틀어막고 싶을 정도로 큰 환호성이 가게 안을 뒤흔든다. 무슨 아이돌 콘서트장이야? 대체 내가 왜 이런 사람들 틈에 있는 거지?

지금까지의 내 행동을 몇 번이고 되짚어 봤지만, 그저 평범한 편의점에 들어온 기억밖에 나지 않아 내 기억이 조작되었을 가능성을 의심하기 시작했을 즈음이었다.

"손님, 이쪽에서 계산해 드리겠습니다."

심드렁한 목소리가 들려와 그쪽으로 몸을 돌렸다. 드디어 외계인의 납치에서 풀려난 것인가! 발치에 딩굴던 음료수병을 줍자 또 다른 남자 직원 한 명이 이쪽을 쳐다보고 있다.

저 사람이 나를 부른 건가? 나와 비슷한 또래로 보이니 아마 대학생 아르바이트생일 것이다. 미안한 말이지만 외모는 평범하다. 드라마로 치자면 단역 전문 같은 느낌이랄까. 퍽 다른 분위기에 마치 백일몽이라도 꾼 기분이다.

몽롱한 상태로 대학생 아르바이트생(명찰을 보니 히로세라고 적혀 있다)에게 계산을 부탁하는데, 그 순간에도 옆 계산대에서는 화려하고 농밀한 대화가 계속되고 있었다. 그 모습에 도저히 궁금증을 참을 수 없던 나는 무표정하게 포스기를 두드리고 있는 히로세에게 속삭이듯 물었다.

"저기는 무슨 촬영이라도 하는 건가요?"

내 말을 듣자마자 히로세가 피식 웃는다. 이제 포기했다는 듯한, 달관한 표정이었다.

"아뇨. 아무것도 안 찍고요, 이 가게에서는 일상적인 일이에요."

"네? 일상이라고요?"

히로세는 고개를 살짝 끄덕이고는 내 손 위에 잔돈을 올려놓았다. 나는 결제 완료 스티커가 붙은 음료수를 들고 다시 한번 옆 계산대를 바라봤다. 조금 전까지만 해도 사이좋아 보이던 여성들 사이에 험악한 분위기가 감돌고 있었다. 네일이 젤리처럼 귀엽다는 말을 들은 여성이 "그럼, 먹어 보실래요?"라며 손가락을 내밀자, 누군가가 낯짝도 두껍다며 비난

했기 때문이다.

"에이, 싸우지들 마세요. 저는 모두의 웃는 얼굴이 보고 싶어요."

남성이 곤란하다는 듯 말하자 여성들이 억지로 웃는 얼굴을 만들려 애쓴다. 다른 경쟁자에게 지지 않겠다는 듯, 여유 있는 척 미소를 띠려 하면 할수록 입가의 경련이 심해진다. 이건 분명 학교에서 종종 목격하던 여자들 사이의 신경전이다. 그런데 이런 일이 일상적으로 벌어진다고? 재차 확인하려 히로세 쪽을 쳐다보자 입을 다문 채 가만히 고개를 끄덕거린다. 말도 안 돼.

조금 더 구경하고 싶은 마음이 없지는 않지만, 슬슬 구마모토로 출발하지 않으면 한밤중에나 집에 도착하게 된다. 미련 가득한 발걸음으로 히로세가 서 있는 카운터를 뒤로하고 출입구의 자동문 앞에 섰다.

"감사합니다."

밖으로 나온 순간, 히로세가 아닌 다른 사람의 목소리가 들려와 고개를 돌렸다. 예의 남성 직원이 나를 보고 미소 짓고 있었다. 마치 등의 깊숙한 안쪽, 피부와 근육으로 둘러싸인 신경을 직접 어루만지는 듯한 그 시선에 움찔하고 말았다. 또다시 떨어뜨린 음료수가 데굴데굴 굴러간다. 주차장 한가운데까지 굴러가 버린 병을 서둘러 줍고 다시 가게 안을 쳐다보는데, 아직도 나를 보고 있었다. 도톰한 입술이 부드럽게 휘어지는 모습에 심장이 크게 뛰었다.

"또 찾아 주세요."

작지만 선명한 목소리가 내 귀에 닿은 순간, 마치 우리 사이를 갈라놓듯 자동문이 닫혔다.

나는 주차장 한복판에 그대로 멈춰 섰다. 가게로 돌아가야 하지 않을까? 지금 느낀 이 감정의 정체가 무엇인지 알아내야 하는 것 아닐까? 하지만 다시 들어갔다가는 바닥이 보이지 않는 깊은 늪에 빠져 버릴 것만 같은 예감이 든다. 이를 어쩌면 좋아.

자동문이 열리는 소리에 움찔한다. 혹시 나 따라 나온 거 아냐?

"자자, 싸우지들 마시고 얼른 집에 가세요!"

가게에서 나온 이는 오뚝이처럼 땅땅한 근육의 할아버지와 아까 그 여성들이었다. 할아버지는 하얀 탱크톱에 빨간 멜빵바지라는 희한한 복장으로 남다른 박력을 뿜어냈다.

"살 거 샀으면 집에 좀 가자고요, 네?"

할아버지는 큰 소리로 말하고는 히죽히죽 웃었다. 사람 하나쯤은 거뜬히 먹어 치울 것 같은 위압감에 여자들이 비명을 지르며 뿔뿔이 도망쳤다. 낄낄거리며 그 모습을 바라보던 할아버지와 눈이 마주쳤다. 어라? 하며 한쪽 눈썹을 올린 할아버지는 아무래도 나를 그 무리 중 한 명이라고 생각한 모양인지 한층 더 목소리를 높여 소리쳤다.

"집에 가시라고요!"

"가, 갈 거예요!"

이 편의점, 대체 뭐지? 꽃미남 점원으로 사람을 유인할 때는 언제고, 괴물 같은 할아버지한테 쫓겨나다니 당최 뭐가 어떻게 된 거야! 피피엔느호를 세워 둔 주차장까지 전력 질주했다. 뛰어가는 도중에도 머릿속으로 언제 또 여기에 올지 생각하고 있는 자신을 발견한다.

'또 찾아 주세요.'

그의 미소를 다시 한번 보고 싶다. 그 웃는 얼굴의 본질을 파헤치고 싶다.

이런 게 바로 사랑일까? 하지만 그 할아버지를 또 만나기는 싫은데…. 아니지, 아무리 그래도 이것이 사랑인지 아닌지는 확인해야 하지 않겠어?

엄청난 속도로 모지항을 달리며 불현듯 덮쳐 온 사랑의 마음에 대해 고민하는 나였다.

1

당신의,
그리고 나의 편의점

나카오 미쓰리는 충실한 나날을 보내고 있다. 학창 시절에 만나 결혼 생활 17년째를 맞는 남편과 고등학교 1학년인 아들까지 세 식구가 함께 산다. 아들 녀석이 한창 반항기라 조금 염려스럽기는 하지만 딱히 다른 문제는 없다. 남편과 근처에 사는 시부모와도 사이가 좋고, 친부모도 정정하시다. 11년 전에 산 방 세 칸짜리 주택은 안락하고, 대출도 무난하게 갚아 가고 있다. 용돈 벌이를 위해 시작한 편의점 파트타임 일도 수월하다. 아니, 수월하다는 말로는 부족한, 최고의 직장이다. 시급 그 이상의 이득이 있다.

아무튼 나카오 미쓰리는 충실한 삶을 살고 있다.

"엇, 다음 달부터 라인업이 바뀌는군요."

아르바이트생 노미야가 발주를 넣는 미쓰리의 손에 들린 태블릿을 힐끗 보고 말했다.

"중국냉면에 메밀국수. 아, 이제 여름 상품이 나오는구나."

"좀 있으면 7월이니까. 시간 정말 빠르다."

"저는 모든 편의점 중국 냉면중에 텐더니스 제품이 최고인 것 같아요. 밸런스가 엄청 좋다니까요. 양도 너무 고급스러워서 두 개는 먹어야 하지만요."

노미야는 규슈공립대학 1학년에 재학 중이다. 대학에 입학하면서 텐더니스의 아르바이트를 시작했다. 레슬링부 출신인 노미야는 몸이 근육질이라 가슴과 어깨 부분의 유니폼이 찢어질 듯 꽉 조인다. 고등학교 때는 우승을 몇 번이나 했다고 한다.

규슈공립대학은 레슬링 명문인데 어째서 입학 후에 레슬링을 그만뒀는지는 듣지 못했다. 미쓰리도 굳이 캐물을 마음은 없었다.

"노미야는 제철 채소 고기 덮밥을 고를 줄 알았는데?"

매년 여름, 젊은 남성들에게 인기가 아주 좋은 메뉴다. 숯불에 구운 소고기와 다채로운 색의 여름 채소가 딱 봐도 맛있어 보인다. 게다가 다른 도시락들보다 밥 양도 많아서 만족도가 높다.

"아아, 그건 특별하죠. 그러고 보면 텐더니스는 밥도 맛있어요. 흰쌀밥이요."

"유독 신경을 많이 쓰잖아. 도시락이랑 디저트 같은 먹거리에는 특히 더."

미쓰리가 손에 든 태블릿 화면에 주저 없이 숫자를 눌러가며 답했다. 미쓰리가 텐더니스 모지항 고가네무라점에서 일한 지도 벌써 4년이 되었다. 이제는 어떤 제품이 얼마나 팔릴지 감이 온다.

텐더니스는 규슈에만 있는 편의점 체인으로, '사람에게 상냥한, 그리고 당신에게 상냥한'이 브랜드 모토다. 인기 역시 다른 편의점 체인에 뒤지지 않는다. 그리고 기타큐슈시 모지구 오사카마치 거리 중간쯤에 있는 고가네무라 빌딩 1층에 텐더니스 모지항 고가네무라점이 있다. 레트로 건물들로 유명한 모지항역과 구 모지미쓰이 클럽에서 조금 떨어진 조용한 지역이다. 손님도 관광객보다는 현지인이 많다.

가게 안에 부드러운 오르골 소리가 흘렀다. 자동문이 열렸다 닫히면 흘러나오는, 손님이 왔다는 신호다. 두 사람이 동시에 고개를 돌린 순간, 하얀 탱크톱에 빨간 멜빵바지를 입은 노인이 가게 안으로 들어섰다. 장마가 끝나려면 아직 더 있어야 하는데 노인의 옷차림만 보면 영락없는 한여름이다. 얼굴 반을 덮은 수염과 벗겨진 머리, 날카로운 안광. 탱크톱 밖으로 튀어나온 팔뚝에는 근육이 불거져 있다. 키도 큰 편이라 번득이는 눈빛으로 가게를 둘러보는 모습이 위압적이다. 그러나 노인은 미쓰리와 노미야의 시선을 느끼자 이내 머리를 매만지며 표정을 풀었다.

"헬로, 헬로. 미쓰리 씨는 언제 봐도 예쁘네."

"안녕하세요, 쇼헤이 씨. 오늘 동네 분위기는 어떤가요?"

"으음, 중국 관광객들이 많이 온 것 같아. 역 주변을 구경한 다음 관문 연락선을 타고 가라토에 가는 모양이야."

우메다 쇼헤이는 동네의 유명인이다. 새빨간 성인용 삼륜 자전거의 짐칸에 손수 만든 모지항 관광 지도를 싣고 시내를 누빈다. 무서울 정도로 강한 인상의 소유자이지만 의외로 털 털한 성격과 눈에 띄는 차림새 덕에, 이 근방 아이들은 '빨강 할아버지'라고 부르며 잘 따른다.

"나보고 배우냐고 물어보지 뭐야? 뭐, 오카다 마스미(이국 적인 외모로 인기를 모은 일본의 혼혈 배우―옮긴이)로 착각하는 사람들이 워낙 많으니까. 별수 없지 뭐."

쇼헤이는 자랑하듯 말했지만, 미쓰리는 굳이 닮은 사람을 따지자면 달마가 아닐까 생각했다. 환생했다고 해도 믿을 정 도로 붕어빵처럼 닮았다.

"사진 찍어 달라고 어찌나 난리인지, 관광 지도도 다 동났 어. 집에 가서 또 인쇄해야지 뭐."

으흐흐 하고 악역처럼 웃더니(물론 본인은 평범하게 웃고 있 을 뿐이지만) "미안, 오늘 순찰은 여기까지야" 하고 겸연쩍은 듯 말했다. 쇼헤이는 자칭 모지항 관광 대사이자 지역의 치 안을 지키는 듬직한 경호원이다. 관광 지도를 나눠 주다 틈틈이 편의점에 들러 휴식을 취한다.

"여기는 걱정하실 필요 없어요, 쇼헤이 씨. 오늘은 점장님이 쉬는 날이거든요."

미쓰리가 미소 지으며 말하자 "아, 그래?" 하며 환하게 웃는다.

"그 녀석만 없으면 이 가게도 평화롭지."

"맞아요. 오늘은 괜찮아요."

"그럼 안심하고 집에 갈 수 있겠네. 가 볼게. 또 봐."

쇼헤이는 만족스러운 얼굴로 고개를 까딱하더니 새빨간 삼륜 자전거를 타고 떠났다.

"쇼헤이 씨는 에너지가 넘치시네요."

노미야가 감탄하며 말하자 미쓰리가 끄덕였다. 날씨가 어떻든 하루도 쉬지 않고 삼륜 자전거를 타기 때문일까, 쇼헤이는 늘 발랄하다.

소문을 듣자 하니 여든을 훌쩍 넘긴 나이라던데, 피부에서는 윤이 나고, 페달을 밟는 발짓에는 힘이 넘치며 근육 또한 전혀 쇠약해 보이지 않는다. 나도 저렇게 씩씩한 노인이 되고 싶다고 늘 생각한다.

다시 들려온 오르골 소리에 고개를 돌리자 이번에는 호리호리한 체적의 노인이 지팡이를 짚고 들어왔다 수건으로 관자놀이에 흐르는 땀을 닦은 노인은 미쓰리와 노미야를 보고는 '어' 하고 무뚝뚝하게 아는 척한다.

"안녕하세요! 우라타 씨. 오늘은 유독 덥네요!"

노미야가 우렁차게 말하자 우라타가 얼굴을 찌푸린다. 근처에서 혼자 사는 우라타는 쇼헤이와 달리 성격이 괴팍한 편이다. 밝고 시원시원한 성격의 노미야가 뭐가 그리 마음에 안 드는지 그의 말과 행동을 일일이 트집 잡는다.

"그렇게 큰 소리로 말 안 해도 다 들리는 걸 가지고. 그렇게 힘이 남아돌면 돈을 벌 게 아니라 운동을 하든지."

지팡이 끝으로 노미야를 가리키며 하는 말은 제법 날이 서 있다.

"이봐, 나 점심 먹으러 왔잖아. 준비해 줘."

노미야가 입술을 살짝 삐죽거리는가 싶더니 금세 웃음을 지었다.

"네, 식사 바로 준비하겠습니다!"

노미야는 도시락을 챙기러 서둘러 뒤쪽에 있는 냉장고로 달려갔고, 그사이 미쓰리가 "잠시 옆에서 기다려 주세요" 하고 말했다. 우라타는 대꾸도 하지 않고, 문을 열면 나오는 취식 코너로 들어갔다.

카운터 안쪽은 그리 넓지 않다. 도시락과 음료를 들고 온 노미야는 커다란 몸을 이리저리 움직이며 도시락을 데우고, 체크리스트에 표시한 다음 우라타가 있는 곳으로 향했다.

"이제 슬슬 바빠지겠구나."

시계를 올려 보며 미쓰리가 작게 중얼거렸다. 우라타는 매일 제일 먼저 와서 노인들이 우르르 몰려올 무렵에는 식사를 마친다.

텐더니스 모지항 고가네무라점은 '옐로 플래그 런치'라는 서비스를 제공한다. 텐더니스의 요일별 스페셜 도시락을 매일 먹을 수 있는 정액제 상품으로 어르신들을 중심으로 호평을 얻고 있다. 요일별로 메뉴가 달라서 질리지 않는 것은 물론, 매일 고객의 안부를 확인할 수 있다는 것이 가장 큰 장점이다.

고가네무라 빌딩은 3층부터 최고층까지 고령자 맨션으로 이루어져 있는데, 원래 이는 맨션 주민들을 위한 서비스였다. 매일 점심밥을 만드는 수고도 덜 수 있고, 텐더니스 옆에 있는 주민 전용 휴게실(지금은 취식 코너로 개방해 두었다)에서 식사하면서 다른 주민들과도 소통할 수 있다는 점, 도시락을 찾으러 오는 것으로 안부를 확인함으로써 만일의 사태도 신속하게 감지할 수 있다는 점에서 호응을 얻은 것이다. 이용자가 조금씩 늘어나 지금은 우라타처럼 맨션 주민이 아닌 이웃들도 이용 중이다.

"식사 드리고 왔어요."

노미야가 그다지 밝지 않은 표정으로 돌아왔다. 우라타

에게 한 소리 들은 것이 뻔했다. 미쓰리가 왜 그러냐고 묻자 "제가 그렇게 짜증 나나요?" 하고 나직이 묻는다.

"얼른 두고 가라면서, 쓸데없이 근육만 붙은 남자가 주변에 어슬렁거리면 밥맛이 없어진다고 호통을 치잖아요."

노미야는 커다란 체격과 반비례하는 섬세하고 여린 성격을 지녔다. 손님들의 사소한 말 한마디에 매번 상처받고, 끙끙대며 고민한다. 미쓰리가 일일이 마음에 담아둘 필요 없다고 조언해 보기도 했지만 그다지 와닿지 않는 듯했다.

"우라타 씨는 누구한테나 말투가 그래. 그러니까 너무 신경 쓰지 마."

"그런 말을 듣고 어떻게 신경을 안 써요. 나이 좀 많다고 그렇게까지 거드름 피울 필요는 없잖아요?"

노미야가 주먹을 꽉 쥐자 팔뚝의 이두근이 불룩해졌다.

"이런 말까지 하고 싶지는 않지만, 저런 걸 보고 늙은이가…."

"알았어. 거기까지."

노미야의 말을 끊었다. 지금은 다행히 가게 안에 손님이 없지만, 무신경하게 뒷말을 하는 버릇이 생기면 안 된다. 노미야는 마뜩잖은 표정을 지으면서도 이내 입을 닫았다. 그러고는 곧 "죄송합니다" 하고 고개를 숙였다.

"제가 말이 지나쳤어요."

"마음은 이해가 가는데, 그래도 그런 말은 참자."

싱긋 웃어 보이자 노미야가 어색한 미소로 답했다. 이렇게 숨김없는 모습이 노미야의 장점이었다.

오르골 소리가 들리고, 화려한 차림새의 청년이 들어왔다. 걸어서 5분 정도 떨어진 곳에 있는 미용실 직원이었다. 에너지 음료 두 병과 양상추 샌드위치를 집어 들었다.

청년이 노미야가 서 있는 카운터 위에 상품을 올려놓는다. 멀리서 봐도 벌겋게 튼 손이 아파 보였다. 4월에 가게에 막 들어온 수습생이니 한창 샴푸만 할 시기일 것이라고, 미쓰리는 생각했다.

"그리고 가라아게 박스 하나 주세요."

"네, 가라아게 박스 하나요."

노미야가 능숙하게 포스기를 두드린다. 미쓰리는 튀김 메뉴가 진열된 선반에서 가라아게 박스를 꺼내면서 속으로 이런 생각을 했다.

아, 서비스로 가라아게 하나 더 주고 싶다!

나이를 먹었는지, 열심히 사는 젊은이들을 보면 무심코 손을 내밀고픈 기분이 든다. 특히 이 청년은 이목구비도 수려하고, 헤어 디자이너를 꿈꾸는 이들이 자주 하는 화려한 머리 색도 아주 잘 어울린다. 요즘 미쓰리가 빠져 있는 만화 속 캐릭터와 살짝 닮은 것도 마음에 든다. 하나가 아니라 두세 개는 서비스로 주고 싶은데.

계산을 마치고 가게 문을 나서는 여린 등을 바라보고 있는데 청년의 발걸음이 제자리에 멈춘다.

"앗, 시바 씨!"

취식 코너에서 모습을 드러낸 남자를 확인한 청년이 들뜬 목소리로 말했다. 남자의 이름은 시바 미쓰히코. 사복 차림을 하고 있지만 이 편의점 점장이었다.

큰 키에, 모델 같은 체형이다. 그래서인지 흰 셔츠에 치노 팬츠, 샌들이라는 흔한 복장인데도 어딘가 세련되어 보인다. 걷어 올린 소매 아래로 드러나는 단단한 팔뚝이 적당히 그을려 있다. 나이는 미쓰리보다 아홉 살 어린 서른이다.

"어, 아유무 씨. 휴식 시간이야?"

"네! 맞아요!"

기쁜 듯이 다가서는 청년, 아유무. 그리고 부드러운 미소를 띠고 그를 바라보는 시바 점장의 모습에 미쓰리는 '뜻밖의 전개'라고 작게 중얼거렸다.

"시바 씨, 이제 슬슬 머리하러 오셔야죠. 저 그때 이후로 샴푸 많이 늘어서 칭찬도 받았는데 안 오시더라고요."

"한동안 못 갔네, 미안. 그동안 아유무 씨가 열심히 일했다는 건 이 손만 봐도 알겠다."

시바가 아유무의 손을 잡았다. 부르튼 손을 다정한 손길로 쓰다듬자 아유무의 뺨이 붉게 물들었다.

"이제 정말 미용사의 손이 됐네. 조만간 한번 갈게."

"네. 기대하고 있을게요. 오실 때까지 기다릴 거예요."

달뜬 눈빛으로 아유무가 시바를 바라본다. 시바는 당연하다는 듯 그 시선을 받으면서 "오후에도 힘내" 하고 부드러운 미소를 건넸다. 그 말에 몇 번이나 고개를 끄덕인 아유무는 시바와 잡았던 손을 소중하게 받쳐 들고 가게를 나섰다.

일련의 상황을 지켜보던 미쓰리는 뭐라 말할 수 없는 기분에 탄식했다. 저 청년은 언제부터 '페로 점장'에게 마음을 빼앗긴 것일까. 전혀 눈치채지 못했다.

미쓰리는 시바를 페로 점장이라고 부른다. 물론 이것은 페로몬 점장의 줄임말이다.

시바에게서는 샘솟듯 페로몬이 흘러나온다. 몸에 흐르는 피가 다른 것인지, 영혼의 재료가 다른 것인지, 아무튼 보통 사람들과는 전혀 다른 무언가가 틀림없이 있다. 그래서 이렇게 페로몬을 반영구적으로 뿜어내는 샘과 같은 기관을 갖게 된 것이라고 미쓰리는 생각했다.

시바는 그렇게까지 완벽한 미남은 아니다. 양쪽 크기가 다른 쌍꺼풀 속 눈동자와 지나치게 육감적인 입술이 언밸런스하게 배치되어 있다. 그 설묘한 위화감과 여인의 춤처럼 부드럽게 변하는 표정이 다소 섬뜩할 정도의 섹시함을 풍긴다.

게다가 항상 꽃 속의 꿀 같은 향기가 감돌고, 묘하게 달콤한 목소리도 고막을 자극한다. 나미코시 도쿠지로(일본의 전설적인 지압 전문가─옮긴이)는 아니지만 누르기만 하면 페로몬의 샘물이 솟구칠 것만 같은 남자다.

4년 전, 파트타임 면접을 위해 방문한 사무실에서 시바를 마주한 미쓰리는 가게를 잘못 찾아온 것이 아닐까 하는 불안감에 휩싸였다. 눈앞에 있는 남자가 편의점의 점장이라는 사실이 믿기지 않았다. 그러나 대화 내용은 무난했고 업무 내용에도 이상한 점이 없었다. 머릿속에 입력되는 정보들이 좀처럼 정리되지 않아 혼란스러웠던 것만큼은 확실히 기억하고 있다.

결론적으로 시바는 지극히 평범한 고용 점장 그 이상, 그 이하도 아니었다. 너무나 아름다운 모습에 편의점 주인과 특별한 사이일지도 모른다고 오해하기도 했지만, 이 편의점을 포함한 고가네무라 빌딩의 건물주는 일흔이 넘은 애처가 남성이라고 하니 그럴 리는 없을 터다. 시바는 외모만 반지르르한 것이 아니라 일하는 태도도 매우 성실하다. 아니 오히려 지나치다 싶을 정도로 열심이다.

미쓰리는 시바에게 왜 편의점의 고용 점장으로 일하는지 물어본 적이 있다. 시바라면 굳이 편의점이 아니더라도 사람들의 마음을 사로잡아 이익을 취하는 직업을 얼마든지 가질 수 있을 것이다. 편의점이 나쁘다는 뜻이 아니다. 다만 재능에 가까운 페로몬을 낭비하고 있다는 생각을 지울 수가 없었다. 하지만 시바는 어딘가 의미심장한 미소를 지으며 "편의점을 좋아하거든요" 하고 말했다. 분명 대충 넘기려고 하는 말일 것이다. 뭔가 이유가 있을 것 같아 매서운 눈으로 관찰하고 있지만, 아직 밝혀내지 못했다.

"수고 많았어요. 노미야 씨, 나카오 씨."

아유무를 배웅한 시바가 천천히 돌아보며 살짝 미소 짓는다. 하지만 아유무와 달리 미쓰리와 노미야는 무덤덤한 표정이다. 수고하셨습니다, 하고 담담하게 답했다. 이 가게에서 일하기 위해 꼭 필요한 조건, 그것은 바로 시바의 페로몬에 혹하지 않을 자신이 있어야 한다는 것이다.

"점장님, 쉬는 날인데 왜 내려오셨어요?"

미쓰리가 물었다. 시바는 건물주의 배려로 4층에 집을 얻어 지내고 있다. 직장이 바로 아래면 출퇴근은 편할지 몰라도, 불편한 점이 더 많을 것이라고 미쓰리는 늘 생각한다.

"슬슬 점심시간이잖아요. 손님들 좀 만나려고요."

시바가 옆을 가리킨다. 으아! 하고 소리를 지른 노미야가 "점장님, 그럼 사생활이 없잖아요"라며 이해가 안 간다는 듯이 발했나.

"안 그래도 자주 들르시는데, 쉬는 날까지."

"옐로 플래그 런치는 아직 우리 가게에만 있는 서비스라 그런지 아무래도 신경이 쓰이네."

"아 그, 누구였죠? '건의의 왕' 이타코? 사세보? 암튼 그 사람 아이디어라면서요?"

"니세코. 니세코란 사람이야."

옐로 플래그 런치 서비스는 텐더니스의 창업자인 호리노우치 회장이 건의함 목적으로 개설한 사서함에 도착한 한 통의 편지로부터 시작되었다.

회장은 '고객의 목소리를 직접 듣겠습니다'라고 어필했고, 실제로 도착한 모든 편지를 본인이 직접 확인했다. 그중 단골 건의자로 알려진 이가 바로 '니세코'였다. 매번 아주 세세한 부분까지 살펴 정성스럽게 의견을 보낸다고 한다. 후쿠오카현의 ○○점은 남학교와 가까우니 스포츠 음료와 곱빼기 도시락의 물량을 늘릴 필요가 있다든지, 사가현의 △△점은 장난감과 막과자 등의 종류가 다양해 근처 초등학생들이 좋아한다든지. 대체 무슨 일을 하는 사람인지 이곳저곳 안 가는 곳이 없었고, 그 범위는 규슈 전역에 이르렀다. 그 전설의 니세코가 '노란 깃발 운동'을 아느냐고 편지를 보낸 것이었다.

'노란 깃발 운동'은 외부에서 쉽게 확인할 수 있도록 처마 끝이나 베란다에 매일 아침부터 저녁까지 노란 깃발을 걸어, 혼자 사는 주민이 건강하게 지내고 있다는 사실을 주변 이웃에게 알리는 시스템이다. 만약 깃발이 걸려 있지 않은, 안부가 확인되지 않는 집이 있으면 발견한 이웃이 방문해 별일이 없는지 확인한다.

'깃발을 거는 것도 좋지만 노인 혼자 사는 집이라는 사실이 알려지면 악용될 위험이 있습니다. 도시락을 매일 찾으러 오는 등의 방식을 취하면 리스크는 줄고, 사람들과 접하는 기회는 늘어나는 메리트가 있을 것이라 생각합니다.'

회장이 이 의견을 몹시 마음에 들어 해서 시범 운영을 할 점포를 찾았고, 그렇게 선정된 것이 바로 모지항 고가네무라 점이었다. 회장의 지시를 받은 시바 점장이 곧바로 맨션 전체를 돌며 본사에서 제시한 최저 계약 건을 훨씬 웃도는 계약을 체결했고 그때부터 프로젝트가 시작되었다. 계약자 수는 꾸준히 늘고 있고, 딱히 문제가 생긴 적도 없다. 새해부터는 다른 지점에서도 진행할 예정이다.

이 정도로 궤도에 올려 두었으니 이제 한숨 돌려도 되지 않나 싶은데, 시바는 틈만 나면 어르신들과 어울리며 이야기 상대가 되어 주고 있다.

"건의의 왕이니 뭐니 하면서 회장님이 그 니세코라는 사람 치켜세우는 거 좀 짜증 나지 않아요? 점장님이 훨씬 열심히 일하는데."

노미야는 못마땅한 말투로 말했지만, 시바는 생글생글 웃기만 한다.

"그렇지 않아. 그냥 부녀회분들이 나랑 같이 먹는 걸 좋아하시니까 매몰차게 거절하고 싶지 않을 뿐이야."

시바의 인기는 대단하다. 출근하는 날과 하지 않는 날 매출에 차이가 있을 정도다. 그것뿐이면 괜찮은데 안 좋은 점도 있다. 일단, 시바를 볼 목적으로 온 손님들끼리 다툼이 자주 일어난다. 한 달에 한 번은 점장한테 추파를 던졌다느니, 계산할 때 쓸데없이 점장을 오래 붙들어 뒀다느니 하는 시답지 않은 이유로 그야말로 '캣 파이트'가 일어난다.

그들을 말리는 역할을 하는 것이 아까 그 쇼헤이와 고가네무라 빌딩의 부녀회인 일명 '시바 미쓰히코 팬클럽'의 멤버들이다. 싸움이 시작되면 쇼헤이가 무서운 얼굴로 "그만들 해요" 하며 중재하고, 자식과 손자 육아가 일단락된 백전노장의 부인들이 "이러면 점장님이 싫어해"라며 나무란다. 쇼헤이도 부녀회 멤버들도 이 가게를 운영하는 데 빼놓을 수 없는 존재라 시바 점장도 그들을 소중히 여긴다.

그때 타이밍 좋게 "밋짱~"이라는 요란한 목소리와 함께 취식 코너에서 팬클럽 멤버 몇 명이 몰려 들어왔다. 취식 코너 안쪽에는 위층과 연결된 출입구가 있어 고가네무라 빌딩 주민들은 그쪽 문을 통해 드나든다.

"벌써 와 있었네. 안 그래도 밥 같이 먹고 싶어서 찾고 있었어."

"내가 유부 초밥 싸 왔어. 밋짱은 도시락 안 사도 돼."

"어머, 나도 먹을 거 싸 왔는데. 밋짱이 좋아하는 생선 요리랑, 새우튀김."

시바를 둘러싼 여성들 모두 소녀처럼 홍조를 띠고 있다. 한 명 한 명에게 미소로 화답한 시바가 "우리 저쪽으로 갈까요? 다른 손님들 불편하지 않게"라고 말하자 다 같이 귀여운 목소리로 "네에!" 하고 답한다.

"나카오 씨, 이분들 드실 도시락 좀 부탁해도 될까요?"

"네, 그럼요."

미쓰리는 그 자리에 있는 사람들의 얼굴을 쓱 한 번 살펴보고는 체크 시트를 꺼냈다. 확인 표시를 하면서 옆방으로 이동하는 부인들의 이야기에 귀를 기울인다. 이제 슬슬 도요(도요노우시노히 土用の丑の日의 줄임말. 우리나라의 복날과 비슷한 개념으로 보양을 위해 장어를 먹는 풍습이 있다-옮긴이)에 먹을 장어 예약 판매 시작되지 않나? 나는 두 개 주문하려고. 그래? 난 다섯 개 해야겠다. 딸이랑 사위 좀 주게. 그렇게 많이 시켜도 괜찮아? 아, 우리 집은 장어 덮밥으로 8인분 주문할래. 밋짱도 같이 먹자.

역시 대단한 페로 점장. 이 상태라면 이번에도 매상이 오르겠군, 후후후. 혼자 웃음을 짓고 있는데 손님 입장을 알리는 멜로디가 울린다. 시선을 돌리니 한 남자가 어슬렁어슬렁 들어오는 것이 보였다.

아, '무엇이든 맨'이다! 미쓰리가 마음속으로 외쳤다. 그는 이 가게의 단골 중 한 명이다. 아무렇게나 기른 듯한 머리칼과 쇼헤이 씨처럼 하관 절반을 뒤덮고 있는 수염. 유일한 외출복인 것 같은 옅은 녹색 점프 슈트의 뒤판에는 '무엇이든 맨'이라는 글자가 적혀 있다. 주차장에는 늘 타고 다니는 흰색 미니 트럭이 세워져 있고, 트럭 짐받이 뒷부분에는 '불필요한 물건 및 곤란한 일 처리라면 모두 무엇이든 맨에게 맡기세요!'라는 문구가 붙어 있다. 트럭의 짐칸에 오래된 냉장고나 팔이 꺾인 마네킹 등이 쌓여 있던 것을 보면 아마 폐품 수거 업자일 것이다. 하지만 저기서 말하는 '곤란한 일'이 무엇인지는 알 수 없다.

무엇이든 맨은 항상 꽤 오랫동안 가게에 머무른다. 서적, 음료, 생활용품 코너, 어디라 할 것 없이 가게 안의 모든 곳을 둘러보며 돌아다닌다. 처음에는 살짝 경계했지만, 지금껏 지켜본 결과 단순히 가게 구경을 좋아하는 손님 같다.

"또 왔네. 저 손님 대체 뭘까요?"

슬쩍 다가온 노미야가 목소리 톤을 낮추며 말했다. 남자를 바라보는 날카로운 눈빛에 경계심이 어려 있다.

"쇼헤이 씨도 저 사람 정체는 잘 모르는 것 같던데, 아무래도 수상해요."

"오, 그건 굉장히 드문 일인데."

독특한 관광 지도를 만들어 모지항의 최신 정보를 수집하러 돌아다니는 쇼헤이 씨는 자타가 공인하는 모지항의 정보통이다. 쇼헤이 씨에게 물어보면 웬만한 것은 다 알아낼 수 있는데 그런 쇼헤이 씨가 백기를 들었다니, 보통이 아니다.

미쓰리가 이곳에서 일하기 시작했을 때부터 남자는 단골이었다. 지금까지 몇 번이고 말을 걸 기회가 있었지만 늘 "아⋯", "네", "뭐, 그렇죠" 같은 짧은 대답밖에 들을 수 없었다. 예전에 같이 일하던 선배 아르바이트생은 낯을 심하게 가리는 사람일 것이라고 추측했는데, 과연 그런 사람이 폐품 수거 같은 일을 할까? 미쓰리의 눈에는 어딘가 거리를 둔다고 할까, 괜스레 얽히고 싶지 않아 하는 것처럼 보였다.

"이런 얘기 해도 될지 모르겠는데요."

노미야가 목소리를 한층 더 죽이고 말한다.

"사실은 저 '조이풀'에서 저 사람이랑 점장님, 단둘이 만나는 걸 본 적이 있어요."

"진짜?"

무심결에 큰 소리가 튀어나와 허겁지겁 입을 막았다. 설마 무엇이는 낸바서 짐징님에게 넘어간 것인가? 아무리 그래도 두 사람이 패밀리 레스토랑에서 밀회를 즐길 리는 없잖아?

아니지, 점장님이라면 충분히 그럴 수 있다. 치즈 햄버그스테이크를 서로 먹여 주는 점장님과 무엇이든 맨의 모습이 영상상이 안 되는 것도 아니다.

"저 사람이 무슨 작은 소포 같은 걸 주던데. 점장님한테 선물 공세 중인 거 아닐까요?"

미쓰리의 입에서 '호에에' 하는 정체불명의 소리가 흘러나왔다. 아유무도 그렇고 오늘은 놀랄 일이 많다. 넋을 놓고 있던 미쓰리가 퍼뜩 정신을 차렸다.

"어머, 큰일 날 뻔했네! 난 일단 뒤쪽에 다녀올게. 카운터 좀 잘 봐 줘."

미쓰리는 인원수에 맞춰 챙긴 도시락을 품에 안고 취식 코너로 가는 길에, 한 손에 장바구니를 들고 신난 표정으로 선반을 응시하는 남자를 봤다. 그 남자는 돌아오는 길에도 여전히 그 자리에 있었다. 장바구니 안에는 비엔나소시지 세트와 곱빼기 사이즈의 페페론치노 파스타가 들어 있었다. 남자는 토핑을 얹어 먹는 것을 좋아하는지 늘 궁합이 좋은 몇 가지 제품을 함께 구입했다. 아마도 요즘은 페페론치노 파스타에 빠져 있는 듯하다. 페페론치노 파스타는 미쓰리의 아들 고세가 좋아하는 음식이다. 오늘 저녁은 페페론치노 파스타나 해 먹을까 생각하던 미쓰리는 문득 무언가를 떠올렸다.

아, 말을 걸 수 있는 기회일지도 모르겠다. 그런데 물어봐도 괜찮을까? 잠시 망설였지만, 사실 머릿속에 이 생각이 떠오른 순간 이미 미쓰리의 마음은 정해져 있었다.

"저기…."

음료수 선반 앞에서 음료를 들여다보고 있던 남자에게 말을 건네니 남자가 천천히 고개를 돌렸다. 긴 머리칼 아래로 드러난 눈이 미쓰리를 향한다. 순간 가슴이 철렁한 미쓰리는 그러고 보니 지금껏 제대로 그의 얼굴을 마주한 일이 없었다는 사실을 깨달았다.

수염이 얼굴을 뒤덮고 있어서 미처 몰랐는데, 의외로 젊어 보이는 외모다. 강한 의지가 엿보이는 그의 검은 눈동자 속에 뭔가 걸리는 것이 있었다. "왜요?" 남자가 나지막이 묻는다.

"저, 폐품 수거 일을 하시는 것 맞죠? 혹시 고장 난 자전거도 취급하시나 해서요."

얼마 전 고세가 자전거를 고장 냈다. 대체 얼마나 난폭하게 탔는지, 프레임이 심하게 삐걱대서 수리도 어려울 것 같았다. 버려야겠다고 생각만 하고, 뒷마당에 그대로 놔둔 채였다.

"하긴 하는데, 자전거가 어디 있나요?"

드디어 두 글자 이상의 답을 받아 냈다! 성취감을 느끼며 미쓰리는 "집에 있는데요" 하고 답했다.

"집이 어딘데요?"

"여기서 걸어서 10분 정도 거리에요."

주소를 말하니, 남자가 고개를 끄덕이며 "다음에 그쪽에 들리죠"라고 답했다.

"정리하고 싶은 다른 물건도 있으면 같이 처리해 드릴게요. 자전거는 공짜지만 물건에 따라서는 재활용 처리비가 들수도 있으니까, 그 점은 유의해 주세요."

"아, 네."

남자의 목소리와 말투가 생각보다 부드러워 미쓰리는 내심 놀랐다. 아무리 일과 관련된 이야기라도 어느 정도는 퉁명스럽고 무뚝뚝할 것이라 짐작했기 때문이다.

"어디 있더라. 아, 여기 있네."

남자는 점프 슈트 주머니를 더듬어 종이를 꺼냈다. 이거요, 하고 건넨 명함에는 등판에 쓰인 것과 똑같은 '무엇이든 맨'이라는 글자와 함께 휴대폰 번호가 조그맣게 적혀 있었다.

"무슨 일 있으면 이쪽으로 연락 주세요."

"불필요한 물건 및 곤란한 일…. 저기, 곤란한 일이란 어떤 건가요?"

늘 궁금했던 것을 물었다. 명함에서 시선을 거두며 남자를 쳐다보자 "곤란한 일은 뭐든지 처리해 드립니다"라는 답이 되돌아온다.

"어르신들 댁에 가면 이런저런 잡일을 부탁받아요. 가구를 옮겨 달라든지, 대신 장을 봐 달라든지, 그래서 일단 그렇게 써 놨죠."

그렇구나. 미쓰리는 이제야 궁금증이 풀렸다.

"어? 근데 이름이 안 적혀 있는 건가…"

명함에 이름이 안 보이는 걸 깨닫고 중얼거리자 남자는 "명함 찍을 때 이름 넣는 걸 까먹어서요"라며 머쓱한 듯 볼을 긁적였다.

"쓰기."

"네?"

"쓰기라고 부르면 돼요."

쓰기. 어떤 한자를 쓰는 걸까? 津木, 都城? 직접 물어보려던 찰나, 손님들이 연이어 가게에 들어왔다.

"아, 가 봐야겠네요. 죄송해요. 그럼, 다음에 부탁할 일 있으면 연락드릴게요."

조금 더 대화하고 싶었는데. 미련이 잔뜩 남은 채로 미쓰리는 다시 일을 시작했다.


남편이 잠자리에 드는 밤 열 시, 미쓰리의 골든 타임이 시작된다. 깔끔히게 정돈한 식탁 위에 노트북과 펜 태블릿, 읽다 만 만화책과 휴대폰, 그리고 커피까지 세팅해 두면 준비

끝이다.

'오늘 꽤 괜찮은 소재를 얻었어.'

뜨거운 커피를 홀짝이며 크큭큭 하고 웃는다. 헤어숍에서 일하는 청년의 이름을 알게 된 것만으로도 굉장한 수확인데, 그 청년이 이미 페로몬 점장의 덫에 걸려들었을 줄이야! 게다가 미스터리한 남자와도 조금 가까워졌다.

'아유무 씨 에피소드는 금요일에 업데이트할 내용에 꼭 넣어야지.'

노트북 화면에는 픽시브(일본의 온라인 예술 커뮤니티이자 소셜 네트워크 서비스−옮긴이) 만화 랭킹이 띄워져 있다. 3위에 올라 있는 '페로몬 점장의 발칙한 하루'라는 제목을 손끝으로 쓰다듬고는 다시 한번 크큭큭 하고 웃음을 흘린다. 설마 내가 그린 만화가 이렇게 많은 인기를 얻을 줄이야. 꿈만 같다.

만화를 너무너무 좋아했고, 중학교 때부터는 직접 그려 보고 싶었다. 고등학교, 대학교에 다니는 동안에도 계속 그렸고 만화 잡지에 투고도 했다. 그러나 매번 최종 심사 직전에 탈락했다. 그사이 만난 한 남자에게 푹 빠져 그와 결혼했다. 금세 아이가 생겼고, 그때부터는 분주한 하루가 정신없이 흘러갔다. 잊고 있던 만화를 다시 떠올린 것은 남편과의 평안한 관계가 이어지던 와중에 하나뿐인 아들이 이른 나이에 정신적으로 독립하면서부터였다. 자신을 위해 쓸 수 있는 시간이 생겼음을 깨닫자마자 제일 먼저 떠오른 것은 당연하게도, 만화다.

미쓰리는 굉장한 시대에 살고 있음을 절실히 느끼고 있었다. 온라인에 올리기만 하면 많은 사람에게 작품을 보여 줄 기회가 생기기 때문이다. 예전에는 친구들과 모여 열심히 동인지를 만들어도 잘 팔리지 않아 재고만 수두룩하게 쌓이곤 했다. 적어도 누군가 읽어 주기라도 하면 좋겠다고, 비통함에 눈물을 흘렸다. 지금은 독자 수도 점점 늘어나 '재밌어요', '다음 편이 기대됩니다' 같은 기분 좋은 댓글도 받는다. 이 얼마나 근사한 시대인가.

"물론 이게 다 페로 점장 덕분이지만."

취미를 충분히 만끽하기 위해서는 돈이 필요한 법. 사실 미쓰리는 펜 태블릿을 사려고 파트타임 아르바이트를 시작했는데 거기서 시바 점장을 만난 것이 그야말로 운명이었다.

시바가 정말로 고용된 점장이라는 사실을 알게 된 후 미쓰리는 감동했다. 이토록 캐릭터가 확실한 인물이라니…! 테러 수준의 섹시함을 뿜어 대는 편의점 점장, 그 자체만으로 충분히 재미있다. 일을 배워 가는 동시에 시바 점장을 관찰하기 시작했다.

시바는 알면 알수록 흥미로운 남자였다. 편의점 업무에는 아무 쓸모도 없는 아우라를 발산하면서도 매우 정중한 태도로 접객한다. 매년 텐더니스 내부에서 행해지는 접객 왕 뽑기 대회에서는 명예의 전당에 이름을 올렸다고 한다. 열광적인 팬들이 있는 한편, 여고생들은 '얼굴만으로 성희롱 수준'이라며 점장을 피해 다닌다. 아무래도 젊은 여성들에게는 냄새가 진동할 정도의 페로몬이 왠지 기분 나쁘게 느껴지는 모양이다. 사생활은 미스터리다. 휴일인데도 가게에 출몰하는 날이 있는가 하면, 휴가를 얻어 며칠씩 모습을 감추기도 한다. 간몬해협 뮤지엄에서 기모노 차림의 아리따운 여성과 팔짱을 끼고 걷는 모습을 목격한 다음 날, 노미야보다 덩치가 좋은 근육질 남자에게 업혀 모지항 호텔로 들어가는 것을 발견하기도 했다. 궁금함을 참을 수가 없어 "사귀는 분은 어떤 사람이에요?" 하고 물었더니 "저와 나카오 씨 각자가 생각하는 '사귄다'의 개념부터 정리해야 할 것 같은데요?"라면서 웃어넘겼다.

그러고 보면 미쓰리는 연애 감정과는 다른 관점에서 시바에게 푹 빠져 있었다. 이런 사람을 어떻게 만화로 그리지 않을 수가 있을까. 주인공은 시바, 무대는 당연히 편의점이다. 페로 점장과 그 주위 사람들의 일상을 그리자. 타이틀은 설정 그대로 '페로몬 점장의 발칙한 하루'. 무조건 재미있는 작품이 된다는 확신을 가지고 그리긴 했지만 설마 몇 년씩이나 인기를 얻게 될 줄은 몰랐다.

'여기 나오는 점장, 실존 인물인가요? 그럼 어느 편의점인지 좀 알려 주세요.'

작품과 함께 적어 둔 트위터 계정으로 온 다이렉트 메시지를 보자 웃음이 나왔다. 만화가 조금씩 인기를 얻기 시작할 무렵, 아무래도 본인에게 허락을 받아야겠다는 생각에 시바에게 이 사실을 고백했다. 혹시 불쾌하다면 곧바로 연재를 그만두겠다고 말하며 머리를 숙이는 미쓰리에게 시바는 눈을 반짝이며 "굉장하네요"라고 말했다. 미쓰리 씨한테 이런 재능이 있는 줄 몰랐어요. 얼마든지 저를 소재로 쓰셔도 돼요. 다만 혹시 모를 사태에 대비해 가게 이름은 비밀로 해 주세요.

이미 페로몬 점장을 만나러 가고 싶다는 댓글이 달리고 있었기 때문에 미쓰리는 "당연하죠. 그런 일은 절대 없을 거예요" 하고 단호하게 말했다. 가게를 공개하면 난리가 날 것이라는 사실쯤은 당연히 알고 있었다. 개인의 프라이버시는 꼭 지켜드리겠다고 약속한 미쓰리에게 시바는 "그럼 괜찮아요"라며 가볍게 답했다.

'실존 인물은 맞지만 일하는 곳은 공개할 수 없습니다. 이런저런 허구가 섞여 있어 어차피 찾기는 어렵겠지만, 점장님에게 피해기 기면 곧바로 연재를 중단해야 하니 알아내려 하지 말아 주세요.'

이미 수십 번은 썼을 내용을 답변으로 보내며 커피를 마신다. 댓글을 살펴보고 있는데 고세가 쓱 하고 나타났다. 냉장고 문을 열어 우유를 팩째 들고 마시는가 싶더니 이내 미쓰리를 보고 얼굴을 찌푸린다.

"또 만화야? 나이도 있는데 이제 그런 오타쿠 같은 취미 좀 버려."

"부모 취미에 참견하지 말랬지?"

욱해서 대꾸한다. 고세는 미쓰리의 취미를 마음에 들어 하지 않는다. 어릴 적에는 '우리 엄마는 그림을 잘 그려!'라고 자랑하던 귀여운 아들이었는데. 이제 그런 말을 하면 짜증부터 부리니 입 밖에도 내지 않는다.

"보기 싫으면 네가 방에 들어가."

"안 그래도 들어갈 거거든? 맞다, 엄마가 폐품 수거하는 사람한테 자전거 가져가라고 했어?"

놀라서 어떻게 알았냐고 묻자, 학교에서 돌아오니 마침 미니 트럭이 있었다고 답하고는 한 번 더 우유를 들이켠다.

"엄마가 자전거 처리해 달라고 했다면서 지금 가져가도 되냐고 묻더라고. 그래서 그냥 가져가라고 했어."

"혹시 수염, 수염 있었어? 쇼헤이 아저씨처럼."

설마 벌써 왔을 줄이야. 미쓰리의 질문에 고개를 끄덕인 고세가 "수염은 빨강 할아버지랑 비슷하긴 했어. 근데 되게

젊던데?" 한다.

"뭐가 어떻다고 딱 집어 말할 수는 없지만 재밌는 사람이었어. 멋있더라."

"멋있어?"

다시 한번 놀라고 만다. 얼굴은 수염에 가려 거의 보이지도 않잖아.

"수염에 가려져서 그렇지 꽤 잘생긴 것 같던데. 여자들은 모르는 멋이 있다고나 할까?"

이제 막 열여섯이 된 주제에 제법 어른 같은 말을 하더니 "아무튼 자전거는 넘겼어"라면서 방으로 돌아갔다.

"아, 너무 일찍 왔잖아."

미쓰리는 가방 속에서 낮에 받은 명함을 꺼내 가만히 들여다본다. 스스로 의식하지 못했을 뿐, 그에게서 연락이 오기를 기다렸던 걸까, 살짝 실망하는 자신을 발견했다.

"나한테 탑재된 '흥미로운 인물' 센서가 울리기 시작했단 말이지."

쓰기는 어딘가 특별한 구석이 있다. 그런 예감이 들었다.

*

그로부터 며칠 후. 늘 제일 먼저 도시락을 먹으러 오는 우라타의 모습이 보이지 않았다. 모든 손님이 도시락을 받아 식사를 마쳤는데도 나타나지 않아, 미쓰리가 등록된 연락처로 전화를 걸어 봤지만 받지 않았다. 시바 점장에게 보고하니 시바가 자택인 아파트까지 상황을 살피러 갔다. 가게에서 우라타의 집까지는 걸어서 10분 정도의 거리였다.

"병원에 가시는 날이거나, 늦잠을 주무신 거면 좋을 텐데."

전에도 몇 번 비슷한 일이 있었지만, 모두 단순한 소통 오류였다. 이번에도 분명 그럴 것이라고 생각하며 미쓰리는 가벼운 마음으로 "잘 다녀오세요!" 하고 시바를 배웅했다. 그러나 15분 후쯤 멀리서 구급차 소리가 들리자 두려움에 몸이 굳는 것 같았다.

"설마, 아니겠지…"

갑작스레 덮쳐 오는 불길한 상상을 떨쳐 내려 애쓰며, 출근 중이던 노미야와 눈을 마주쳤다. 즐겨 마시는 페트병에 든 바나나 라테를 사려던 쇼헤이가 "예감이 안 좋네" 하고 중얼거렸다. 미쓰리는 심장이 빠르게 뛰기 시작해 가슴께를 꾹 눌렀다. 머릿속으로는 이런 일이 생길지도 모른다고 생각했지만, 동요할 수밖에 없었다.

저 구급차는 우라타 씨랑 아무 상관없을지도 몰라. 몇 번이고 이렇게 되뇌어 봤지만, 시간이 흘러도 시바가 돌아오지 않았다. 불안함만이 커져 갔다.

"내가 좀 가 봐야겠네."

취식 코너 구석에서 방범 활동 중이던 쇼헤이가 말하자 미쓰리는 "감사해요"라고 인사하며 고개를 숙였다. 빨간 삼륜 자전거를 타고 떠났던 쇼헤이가 10분 만에 가게로 돌아왔고, 미쓰리의 예감은 그의 표정을 본 순간 확신으로 바뀌었다.

"집에 쓰러져 있었나 봐. 밋짱이 같이 갔대."

"그렇…군요."

"밋짱이 곧 연락하겠지. 기다려 보자고."

시바에게 연락이 온 것은 가게를 떠난 지 두 시간도 더 지난 후였다. 몹시 피곤한 목소리였지만 어딘가 안심한 말투로 "괜찮아"라고 말했다.

"아직 방심하기는 이른 상황이지만, 그래도 고비는 넘겼어요."

우라타는 지주막하 출혈로 쓰러졌다고 했다. 병원 이송이 조금만 더 늦었어도 목숨이 위태로울 뻔했다고.

"좀 전에 야마구치현에 사는 따님과 연락이 닿았어. 따님이 도착할 때까지는 여기에 있을게요."

"알겠습니다, 점장님. 고생스럽겠지만 힘내세요."

직원 사무실에서 통화하던 미쓰리가 가게 내부로 돌아와 보니 계산대 앞에 사람들이 모여 있었다. 손님들이 기다리고 있는 줄 알고 서둘러 가 보았더니 부녀회원들과 쇼헤이가 노미야를 붙잡고 이야기하는 중이었다.

"우라타 할아버지, 어디가 안 좋으신 거래?"

"요즘 들어 조금씩 얘기를 나누기 시작했는데 지병이 있단 말은 못 들었어."

"나이 먹으면 여기저기 삐걱거려서 조심해야 한다니까."

시끌벅적 떠들고 있는 사람들 사이를 비집고 들어간 미쓰 리가 "우라타 씨, 괜찮으시대요"라고 말했다.

"점장님이 빨리 발견하셔서 다행이었죠."

이 한마디에 모여 있던 사람들의 얼굴이 확 밝아졌다.

"어머, 그래?"

"나이 드니까 죄다 안 좋은 소식만 들려서 우울한데 최악 의 일이 안 생겨서 다행이네."

"역시 밋짱은 대단해, 손님들을 참 꼼꼼히 살핀다니까."

이야기는 눈 깜짝할 사이에 시바에 대한 칭찬으로 흘러갔 고 다 같이 그 대화를 한동안 즐기다가 집에 돌아갔다.


미쓰리가 저녁에 출근하는 직원에게 인계를 마치고 직원 사무실로 들어가자, 한참 전에 퇴근했어야 할 노미야가 아직 남아 있었다. 테이블 위에 놓인 휴대폰을 바라보며 멍하니 앉은 채였다.

"무슨 일이야, 노미야?"

미쓰리의 목소리에 천천히 고개를 든 노미야의 얼굴은 괴로운 듯 일그러져 있었다.

"왜 그래? 어디 아파?"

놀라서 묻자 고개를 젓는다. 그럼 왜 그러는데, 하고 재차 묻자 힘없는 목소리로 "우라타 씨…"라고 답한다.

"아, 너무 갑작스러운 일을 겪어서 놀랐구나? 별일 없어서 다행이야."

우리 가게 서비스가 제법 효과가 있더라, 하고 말을 이으려던 미쓰리가 얼른 입을 다물었다. 미쓰리를 올려다보는 노미야의 눈에서 눈물이 주르륵 흐르고 있었기 때문이다. 아랫입술을 깨물며 울음을 참아 보려 애쓰는 것 같았지만, 눈물은 멈추지 않았다.

"도대체 무슨 일이야?"

노미야가 우는 이유를 짐작조차 할 수 없었던 미쓰리가 조심스레 묻는데도 노미야는 아무 말 없이 그저 눈물을 흘릴 뿐이다. 일단 진정할 때까지 기다려야겠다 싶어 노미야 옆에 의자를 끌어다 놓고 앉았다.

"저…."

노미야가 힘겹게 입을 열었다.

"저는 늘 도와 달라는 신호를 무시해요."

"도와 달라는 신호?"

들은 말 그대로 되물은 미쓰리가 고개를 갸웃거렸다. 노미야는 테이블 위에 떨어진 자신의 눈물을 바라보며 괴로운 표정으로 말을 이었다.

"고등학교 때 늘 같이 연습하던 다카기라는 친구가 있었는데… 그 친구 몸에 이상이 생긴 걸 전 알고 있었어요. 몸이 생각대로 움직이지 않는 것 같더라고요. 힘들어 보였어요. 본인도 몸이 좀 이상하다고 했는데, 저는 별생각 없이 수면 부족이거나 피곤해서 그런 거 아니냐고…. 그때 병원에 가 보라고 얘기했으면 그 친구의 상태가 그렇게까지 나빠지지 않았을 텐데."

억지로 눈물을 참으려 너무 애를 써서인지 노미야의 목소리가 일렁였다.

"대학… 대학 가서도 레슬링 같이하자고 약속했는데 그 친구는 이제 운동을 할 수가 없어요. 전 그게 너무 미안해서."

그런 일이 있었구나, 미쓰리는 노미야를 바라봤다. 그래서 레슬링을 그만뒀구나.

"그 일이 머릿속에 콱 박혀서, 도저히 지워지지 않아서 다음에 또 이런 일이 생기면 절대 후회할 일은 만들지 않겠다고 다짐했었어요. 그런데…."

테이블 위에 놓인 그의 손이 주먹을 불끈 쥐었다. 바위처럼 크고 투박한 손이 떨리고 있었다.

"얼마 전, 우라타 씨한테 도시락을 가져다드렸을 때 머리가 아프다고 하시더라고요."

"머리?"

"우라타 씨가 평소보다 더 기분이 안 좋아 보이던 그날 말이에요. 그때 제가 '오늘 무슨 안 좋은 일이라도 있으셨어요?' 하고 물어봤거든요. 그랬더니 머리가 아파 죽겠다고 소리를 버럭 지르시더라고요. 시끄럽게 말 걸면 두통만 더 심해지니까 조용히 있으라고. 그 얘기 듣고 저도 짜증이 나서 그냥 입을 닫아 버렸어요. 밥맛 없어지니까 딴 데로 가 있으라고 하길래. 저도 그냥⋯."

이거, 하며 노미야가 휴대폰을 꺼냈다. 지주막하 출혈을 검색해 본 모양이다. 전조 증상으로 두통이 발생한다는 내용이 있었다.

"결국 또 이런 실수를 해 버린 거예요. 그렇게 다짐하고, 절대로 그러지 않겠다고 마음먹었는데 아무 소용이 없어요. 짜증 좀 났다고⋯."

"그, 그래도 우라타 씨가 기분이 안 좋은 건 늘 있는 일이잖아. 내가 똑같은 이야기를 들었어도 그냥 넘겼을 거야."

미쓰리는 며칠 전의 일을 떠올렸다. 확실히 그날은 가게에 들어설 때부터 이미 우리타의 기분이 안 좋아 보였다. 하지만 미쓰리 역시 자주 있는 일이라는 생각에 딱히 신경 쓰지 않았다. 만약 노미야에게 잘못이 있다면, 본인 역시 마찬가지였다. 하지만 노미야는 "아니에요!" 하고 소리치더니 거칠게 일어섰다. 의자가 큰 소리를 내며 쓰러졌다.

"다른 사람이었으면 어땠을 거다, 그런 문제가 아니에요. 항상 마음속에 되새기고 있었는데도 정작 중요한 순간에 같은 실수를 반복한 저 자신이 도저히 용서가 안 돼요!"

어찌나 화난 얼굴을 하고 있던지, 미쓰리는 그저 바라볼 수밖에 없었다. 이내 분위기를 눈치챈 노미야의 표정이 일그러진다.

"화낸다고 될 일도 아닌데. 진짜 제가 너무 싫어지네요. 나 정말 최악이다…."

이렇게 말한 노미야는 도망치듯 자리를 떴다. 미쓰리가 서둘러 뒤를 쫓아 가게 밖으로 나왔지만 이미 모습을 감춘 뒤였다.

"저기, 노미야 어디로 갔는지 봤어?"

가게 안에 돌아와 물으니 계산대에 있던 히로세가 고개를 저었다.

"노미야한테 무슨 일 있어요? 엄청나게 씩씩대면서 스쿠터 타고 사라지던데요."

위험해 보이던데. 걱정스러운 말투에 미쓰리의 불안이 커졌다. 노미야는 오직 한 가지 생각만으로 가득해 보였다. 이

대로 그냥 두면 안 될 것 같은데.

"아아, 어떡하지."

시바에게 연락할까 했지만, 아직 병원에 있을 터였다. 다른 방법은 없을까, 어떡해야 하지…. 필사적인 고민 끝에 떠올린 것은 하얀 종잇조각이었다.

"명함!"

엉겁결에 소리를 지른 미쓰리가 급하게 가방 안을 뒤진다. 그러고는 찾아낸 종이에 시선을 고정하고 전화를 건다. 몇 번이나 걸었을까, 수화기 너머로 낮은 목소리가 들려왔다.

"여보세요. 저, 텐더니스 직원인데요."

심장 박동이 조금 빨라졌다.

"곤란한 일이 생겨서 부탁을 좀 드리고 싶어요."

전화의 주인이 낮게 웃으며 물었다.

"무슨 일인가요?"


텐더니스 모지항 고가네무라점 옆에 달린 취식 코너는 꽤 알차게 꾸며져 있다. 바깥 거리를 바라볼 수 있는 카운터 자리가 다섯 개. 네 사람이 둘러앉을 수 있는 테이블이 두 개. 자리마다 티슈 박스와 함께 계절에 맞는 꽃이 놓여 있는데 지금은 해바라기가 한 송이씩 병에 꽂혀 있다. 구석에는 뜨거운 물이 채워진 포트와 토스터, 휴지통이 준비되어 있다. 고가네무라 빌딩의 주민들 사이에서는 여기에 텔레비전을 가져다 두는 것이 어떠냐는 의견도 나오고 있다. 그런 취식 코너의 카운터 끝에 앉은 미쓰리는 안절부절못하며 바깥만 내다보고 있었다.

이미 해는 다 졌고, 하늘에는 크림색 반달이 떠 있다. 활짝 열어 둔 문틈으로 부드러운 밤바람이 흘러들어 온다. 미쓰리는 휴대폰을 손에 든 채 시간을 때우고 있지만, 화면의 내용이 머릿속에 하나도 들어오지 않았다.

"아!"

몇십 번인지 셀 수도 없을 정도로 이리저리 시선을 옮기던 미쓰리의 얼굴이 환해졌다. 늘 보던 미니 트럭이 서서히 주차장으로 들어서고 있었다. 미니 트럭의 짐칸에는 세탁기, 청소기와 함께 노미야가 타고 갔던 스쿠터가 실려 있었다. 운전석에서 수염이 수북한 남자가 미쓰리를 발견하고는 손을 든다. 그 옆으로 고개를 푹 숙인 노미야의 모습이 보였다.

"정말 찾아 주셨군요, 감사합니다!"

뛰쳐나가 미니 트럭 쪽으로 달려갔다. 차에서 내린 털보 아저씨에게 인사를 전하자 쓰기가 이를 보이며 활짝 웃는다.

"죽을 것 같은 얼굴이긴 했는데, 그렇다고 진짜 죽을 생각은 아니었나 봐요."

사람도 찾아 주시냐고 미쓰리가 물었을 때 쓰기는 단칼에

"물론이죠"라고 대답했다. 그러면서 오히려 가장 자신 있는 분야라고 덧붙였다.

노미야를 찾아 달라는 미쓰리의 부탁에 쓰기는 "아, 그 덩치 좋은 아르바이트생?"이라며 누군지 금방 알아챘다. 직원들에게는 전혀 관심이 없어 보였는데, 거기까지 파악하고 있을 줄이야.

"심각한 자기혐오에 빠져서 거의 공황 상태로 스쿠터를 타고 사라졌는데요. 무슨 일이라도 생길까 봐 걱정이 돼서요. 찾아 주실 수 있나요?"

쓰기는 잠시 생각에 빠진 듯 침묵하더니 알겠다고 답했다.

"지금 어디에서 전화한 거죠? 아, 텐더니스. 거기서 기다려요. 최대한 빨리 찾아서 데려갈 테니까."

"네? 정말 괜찮은 거죠?"

"내 전문 분야라니까요."

자신만만한 대답을 들으면서도 설마 이렇게 빨리 찾아 데려올 것이라는 기대는 하지 않았다. 느릿느릿 트럭에서 내리는 노미야에게 무사히 돌아와 다행이라는 말과 함께 미소를 건넸다. 노미야는 기어들어 가는 목소리로 죄송하다고 말하며 머리 숙여 사과했다.

"미쓰리 씨, 이 시간까지 여기 계셔도 괜찮아요? 저 때문에 괜히…."

"집에 잠깐 들러서 저녁 준비 다 해놓고 와서 괜찮아. 걱정 안 해도 돼."

이런 상황에서도 자신을 배려하는 마음 씀씀이에 미소를 짓던 미쓰리가 말했다.

"배고프지? 마음 같아서는 어디 데려가서 밥이라도 좀 먹이고 싶은데 페로…, 아니 점장님이 곧 오신대. 그러니까 취식 코너에서 도시락이라도 먹으면서 기다리자."

혹시 몰라 점장님에게 보고했더니 식사라도 하며 기다리라는 답이 돌아왔다. 노미야를 찾아 달라고 어디에 부탁했나요? 네? '무엇이든 맨'이요? 아, 그 사람한테 시켰을 줄이야. 언젠가 한 번은 부탁할 일이 생길 거란 생각은 했는데, 그게 오늘이었군요. 뭐, 그래도 사람 찾는 일이 전문이니 제대로 맡긴 거긴 한데, 음, 그렇군요. 통화할 때의 말투를 듣자 하니 점장님은 쓰기와 얽히는 것이 어지간히 탐탁지 않은 모양이었다.

도대체 둘이 무슨 사이일까? 궁금하다, 궁금해. 마음대로 춤추기 시작하려는 자신의 불순한 생각을 머리 한구석으로 억지로 치워 놓으며, 미쓰리가 쓰기에게 웃으며 말했다.

"무엇이든 맨 씨도 같이 드실래요? 점장님이 사신대요."

"그냥 쓰기라고 부르라니까요. 그럼 나도 감사한 마음으로 같이 먹어 볼까?"

쓰기의 말투가 조금 편해진 느낌이 들었지만, 딱히 정보를 캐낼 수 있을 것 같지는 않다. 사실 배가 좀 고팠거든, 하면서 배를 쓰다듬는 모습이 지극히 평범해 특이한 점은 전혀 보이지 않았다.

"내가 사 올 테니까 노미야는 취식 코너에서 기다려. 요즘 즐겨 먹는 돈가스 덮밥으로 가져오면 될까?"

노미야에게 묻자 고개를 가로저었다.

"먹고 싶은 생각 없어요."

"점심도 거의 못 먹지 않았어? 먹어야 돼."

평소에 3인분은 거뜬히 먹어 치울 정도인데. 두 끼나 걸렀으니 근육이 맥없이 꺼져 버리는 건 아닌지 모르겠다.

"그래도 먹고 싶지가 않아서요."

"샌드위치 어때? 샐러드 파스타 같은 건?"

일단 한 입 먹어 보면 그게 마중물이 되어 식욕이 살아날 것이다. 떠오르는 대로 건넨 미쓰리의 말에도 노미야는 결코 고개를 끄덕이지 않았다.

"내가 사 와도 괜찮을까?"

옆에서 두 사람의 대화를 듣고 있던 쓰기가 느닷없이 물어 왔다.

"이 친구랑 말동무나 해 줘요. 사 오는 긴 네가 할 테니까."

"아, 그래도…."

"괜찮아요, 괜찮아. '밋츠' 앞으로 달아 놓으면 되는 거죠?"

쓰기는 그렇게 말하고는 태평한 걸음으로 저벅저벅 가게 안으로 들어갔다.

"희한한 사람이죠."

노미야가 나직이 말한다. 메카리 공원에서 바다를 보면서 넋을 놓고 있는데 마치 제가 거기 있을 걸 알고 있었다는 듯이 망설임 없이 다가오더라고요. 미쓰리 씨가 기다리고 있으니 돌아가자고요.

메카리 공원은 야경이 아름다워 이 근방에서 유명한 곳이기는 하지만, 어떻게 노미야가 거기에 있는 것을 알았을까. 미쓰리는 신기하다, 하고 대꾸하며 고개를 주억거렸지만, 머릿속 한구석에서는 불순한 생각이 다시 미쳐 날뛰고 있었다. 밋츠. 분명 아까 점장님을 밋츠라고 불렀어. 그런 애칭은 어지간히 친하지 않으면 쓸 수 없잖아!

취식 코너의 4인용 테이블에 노미야와 마주 보고 앉아 있으려니 이내 양팔로 커다란 봉지를 끌어안은 쓰기가 "자, 사 왔습니다!" 하고 신난 얼굴로 돌아왔다.

"잔뜩 사 버렸네. 야, 남의 돈으로 닥치는 대로 사니까 너무 좋다."

노미야 옆에 털썩 앉아 봉지에서 차례차례 음식을 꺼냈다. 곱빼기 사이즈 페페론치노 파스타에 비엔나소시지 세트 두 개. 카르보나라와 돈가스 덮밥, 김치, 양상추 샌드위치, 수란.
말랑말랑 푸딩과 특제 도라야키(팥소를 넣어 구운 화과자 - 옮긴이)는 각 세 개씩이었다.

"자, 먹자고!"

좋아하는 간식을 눈앞에 둔 어린아이처럼 들뜬 말투로 말하는 쓰기를 보고 미쓰리는 자기도 모르게 웃어 버렸다.

"쓰기 씨도 드세요. 배고프시다면서요."

"그럴까? 그럼, 잘 먹겠습니다. 넌 뭐 먹을래?"

쓰기의 질문에 노미야가 고개를 젓자 카르보나라에 손을 뻗는다. 비엔나소시지 세트를 뜯어 파스타 위에 소시지 몇 개를 토핑으로 얹더니, 그 위에 수란을 올렸다.

"호화스러운 조합! 행복하다."

쓰기는 헤헤 웃더니 기쁜 표정으로 식사를 시작했다. 비엔나소시지에 소스를 묻혀 먹고, 파스타를 후루룩 삼키고, 도중에 추가한 수란을 살짝 깨뜨린다. 선명한 노른자로 감싼 파스타를 천천히 음미하고는 진심으로 "맛있다아아!" 하고 감탄한다.

"정말 행복한 표정으로 드시네요."

맛깔스럽게 먹는 모습에 미쓰리가 말을 건네자 쓰기가 음식을 씹는 틈틈이 고개를 끄덕인다.

"맛있는 음식을 맛있다고 표현하며 먹는 건 최고의 행복이니까."

카르보나라를 뚝딱 먹어 치우고, 이번에는 페페론치노 파스타에 손을 뻗는다. 어찌나 맛있게 먹던지, 미쓰리는 집에서 이미 가볍게 식사를 하고 왔는데도 배가 고파졌다. 그래서 한 사람당 하나씩인 듯한 푸딩에 손을 뻗었다.

"노미야도 좀 먹어."

입맛이 돌 법도 하건만, 노미야는 눈앞에 도시락을 두고도 꼼짝하지 않는다. 맛있게 먹고 있는 쓰기를 향한 시선에 언뜻언뜻 식욕이 비치는 것 같기도 한데, 젓가락을 들 기미가 안 보인다. 미쓰리가 몇 번이나 권했지만 "괜찮습니다"라고 완고하게 답할 뿐이다.

"네가 안 먹는다고 우라타 씨가 낫는 것도 아니잖아?"

계속되는 실랑이를 보다 지쳤는지 파스타를 먹던 쓰기가 툭 내뱉듯 말했다. 그 말을 듣자마자 노미야가 울기 시작했다. 당황한 미쓰리가 서둘러 손수건을 건넸지만, 손등으로 눈물을 쓱쓱 훔치고는 "죄송해요" 한다.

"여러분께 폐를 끼쳤어요. 죄송합니다."

"괜찮다니까, 글쎄. 내가 오지랖이 넓어서 과하게 걱정한 거야. 노미야는 분명 혼자서도 잘 해결했을 텐데."

"모르겠어요. 저 너무 한심하죠? 왜 이 모양일까."

노미야는 견딜 수 없다는 듯 입술을 깨물었다.

"내가 보기에 노미야는 충분히 좋은 사람이야. 눈치채지 못한 건 어쩔 수 없잖아. 다음에 더 잘하면 되지."

"이번이 바로 그 '다음'이었는데, 저는 또 똑같은 실수를 해 버렸어요."

괴로운 듯 내뱉은 노미야의 말에 미쓰리가 대답할 말을 찾는다.

"좋은 사람은 무슨, 전 그냥 제멋대로인 놈이에요. 다카기 때도 눈앞에 있는 내 시합 생각만 했고, 우라타 씨도 짜증 나는 노인네라는 생각에, 대들고만 싶었어요. 결국 이렇게 후회할 거면서."

"누구도 그런 성인군자가 될 수는 없어. 나도 내 생각만 하는걸? 게다가 이번 일은 정말 노미야의 잘못이 아니야. 노미야가 눈치채고 병원에 가라고 했어도 우라타 씨가 귀담아듣지 않았을 수도 있잖아. 그러니까 그런 생각 하지 마."

눈물을 흘리며 고개를 젓는 노미야에게 미쓰리의 말은 조금도 가닿지 않는 것 같았다. 어떻게 하면 진심이 전해질까. 미쓰리가 마음속으로 한숨을 쉬고 있을 때였다.

"이렇게 먹으면 맛있다?"

그새 페페론치노 파스타를 다 먹어 치운 쓰기가 노미야 앞에 돈가스 덮밥을 놓았다. 그러더니 ⊥ 위에 김치를 척척 올린다. 갈색빛 돈가스에 노란 달걀, 초록색 파가 절묘하게 균

형을 이루고 있던 도시락 위에 새빨간 배추와 김칫국물이 얹어지자 노미야가 "으으" 하는 소리를 냈다.

"뭐 하시는 거예요! 이런 걸 어떻게 먹어요."

"뭘 어떻게 먹어. 맛있다니까?"

쓰기가 일단 한번 먹어 보라며 나무젓가락을 건넸지만 노미야는 받지 않았다. 잠시 기다려 준 쓰기가 이내 "먹어봐!" 하고 젓가락을 억지로 들이밀었다.

"빨리! 얼른 안 먹으면 다 식어 버리잖아."

쓰기의 말투에 힘이 들어가자 노미야가 기에 눌린 듯 젓가락을 받아 든다. 그러고는 잔뜩 굳은 몸짓으로 김치와 달걀, 양파와 소스가 얹어진 부분을 살짝 떠먹어 본 후 얼굴을 찌푸렸다.

"아, 중요한 걸 빼먹었네. 이거, 이거."

봉지 안을 뒤적거리던 쓰기가 꺼내 든 것은 작은 비닐 팩에 든 미니 마요네즈였다. 포장을 뜯더니 김치를 얹은 덮밥 위에 뿌린다. 노미야가 또다시 "으아" 소리를 냈다.

"이런 걸 대체 어떻게 먹냐고요…."

눈썹을 찌푸린 채 돈가스 덮밥을 내려다보던 노미야의 표정이 서서히 바뀌기 시작한다. 뚫어지도록 보고만 있는 노미야가 신경 쓰여 살짝 도시락을 들여다본 미쓰리가 "어라?" 하고 작게 중얼거렸다. 격자무늬로 뿌려진 마요네즈가 시각을 자극해서인지 무척이나 맛있어 보였다.

노미야가 아무 말 없이 한 젓가락을 떠서 입에 가져간다. 천천히 씹어 보고는 크게 또 한입. 그렇게 입에 넣는 양이 조금씩 늘어났다.

"거봐, 맛있지?"

쓰기가 묻자 노미야가 열심히 고개를 끄덕인다.

일단 물꼬가 트이자 스위치가 켜진 모양이다. 노미야는 평소보다 더 기세 좋게 덮밥을 먹어 치우기 시작했다. 눈 깜짝할 새에 반 이상이 사라졌다. 그러다 느닷없이 젓가락질을 멈췄다. 그러고는 이윽고 눈물을 뚝뚝 흘린다.

"왜, 왜 그래, 노미야?"

"나란 놈은 진짜… 방금 전까지 그렇게 상심해 놓고 지금은 맛있다고 걸신들린 것처럼 밥을 먹고 있네요."

한심해 진짜. 노미야가 중얼대자 쓰기가 "어이, 젓가락 멈추지 마" 하고 짧게 한마디 던진다.

"맛있는 걸 먹었으니 맛있다고 느끼는 게 당연한 거 아냐?"

어느샌가 양상추 샌드위치에 남은 비엔나소시지를 넣어 먹던 쓰기가 어이없다는 듯 말했다.

"부모가 죽어도 배는 고픈 법이야. 맛있는 걸 못 느낄 정도면 어딘가 심하게 망가진 거라고. 그리고 맛있게 먹어 주지 않으면 음식한테도 미안하잖아?"

샌드위치를 먹어 치운 쓰기는 "이건 네 할당량이야"라며 페페론치노 파스타와 비엔나소시지를 노미야 앞에 놓고 "지금은 다른 생각 말고 그냥 먹어!"라고 단호하게 말했다. 그에 압도당한 노미야가 다시 젓가락을 움직이기 시작한다.

"괴로울수록 제대로 먹어야 돼. 영양이 부족하면 쓸데없는 생각만 많아진다니까?"

덮밥을 다 먹은 노미야가 파스타에 손을 뻗자 쓰기가 그 위에 비엔나소시지를 잔뜩 올려놓는다. 한동안 아무 말 없이 먹기만 하던 노미야가 작게 중얼댄다. 미쓰리는 귀를 가져다 댔다.

"맛…있어요."

쓰기가 "그렇지?" 하고 답하며 고개를 끄덕인다. 지금은 그냥 밥에만 집중해.

노미야는 묵묵히 젓가락을 움직였다. 미쓰리는 노미야의 얼굴에 생기 비슷한 것이 천천히 돌아오고 있음을 느꼈다. 그리고 쓰기를 관찰했다. 이 남자, 참 신기한 사람이네.

"도시락을 먹으라고 하긴 했지만, 대체 이게 몇 인분이야?"

큭큭대는 웃음소리에 미쓰리가 고개를 돌리자 가게 쪽에서 시바의 모습이 보였다. 오전부터 병원에 묶여 있어서인지 약간 피곤해 보이는 기색이었다.

"늦어서 미안. 우라타 씨 따님이 얘기하는 걸 좋아하셔서 대화 좀 하다 보니 늦어졌네."

미쓰리의 옆자리에 앉은 시바는 젓가락질을 멈춘 노미야에게 "먹어, 먹어" 하고 권했다. 노미야가 다 먹을 때까지 기다렸다가 온화한 미소를 지으며 말했다.

"있잖아, 우라타 씨가 참 좋아하셨대."

무슨 말인가 싶어 노미야가 고개를 들었다.

"우라타 씨는 매일 편의점에 오는 게 낙이셨나 봐. 따님한테 전화로 얘기하셨대. 직원들이 친절하고, 까탈스러운 자기한테도 늘 웃어 준다고. 처지가 비슷한 사람들도 만나게 되고, 앞으로 더 자주 외출해야겠다는 생각이 드셨대. 그리고 우라타 씨한테 고등학교 3학년인 손자가 있다는데."

무언가 떠오른 듯 시바가 큭큭 웃었다.

"그 손자가 병원에 왔는데 엄청난 근육맨이더라고. 럭비를 한대. 그 손자한테 맨날 노미야랑 닮았다고 그러셨대."

"저요?"

"손자보다 체격이 더 좋은 청년이 있는데 무슨 사정인지 운동을 그만두고 멍하게 지내고 있다고, 신경을 많이 쓰셨나 봐."

그러고 보니… 노미야가 작게 중얼거렸다.

"아, 처음 만났을 때 운동하냐고 물어보셨거든요. 그래서 지금은 그만뒀지만 레슬링을 했었다고 말했죠. 그랬더니 아깝다고. 도대체 그 좋은 몸 뒀다 뭐하냐고 혼내셨어요. 그때부터 마주칠 때마다 근육이 아깝다, 당장 돈 버는 일보다 더 중요한 게 있지 않냐 같은 말씀을 하시더라고요."

그냥 제가 마음에 안 들어서 싫은 소리 하시는 건 줄만 알았는데…. 노미야가 중얼거리며 고개를 숙였다.

"아마도 기대를 하고 계셨던 모양이야. 표현 방법이 거칠어서 잘 전해지지 않았지만 말이야. 몰랐던 게 당연하지. 나도 그랬는걸."

시바는 다정한 말투로 "사람의 속마음은 원래 알기가 어렵잖아" 하고 말했다.

"표정이나 말투만으로 판단하면 큰 착각을 하게 되지. 그럼 대체 뭘로 판단하나 싶겠지만, 내 생각에는 행동 아닐까 싶어. 우라타 씨는 정말로 우리 가게에 오는 게 즐거우셨을 거야. 그도 그럴게, 매일 제일 먼저 오셨잖아. 노미야한테 이런저런 뾰족한 말을 했던 것도 분명 우라타 씨 나름의 응원이었을 거야."

노미야가 묘하게 얼굴을 찡그렸다.

"아, 그리고 이건 개인적인 생각인데, 우라타 씨 생명에도 지장 없고, 회복하면 곧 말씀도 하실 수 있을 것 같거든. 직접 만나서 대화를 한번 해 봐도 좋지 않을까?"

어때? 시바가 미소를 머금은 채 테이블 위에 놓인 노미야의 깍지 낀 손을 부드럽게 잡았다.

"후회할 일이 생겼더라도 아직 얼마든지 바로잡을 수 있어. 괜찮아."

노미야는 잠시 생각에 잠긴 듯 눈을 감고 있다가 작은 목소리로 "만나 볼래요" 하고 말을 꺼냈다.

"저, 우라타 씨 만나러 가고 싶어요. 제대로 얘기하고 사과도 할게요."

시바가 부드럽게 웃었다.

"다음에 같이 갈까? 우라타 씨도 분명 기뻐하실 거야."

처음으로 노미야가 얼굴 위로 미소 비슷한 것을 띠었다. 조금은 밝아진 표정에 미쓰리는 안도했다.

"이제 해결된 건가? 그럼 도라야키나 먹어."

쓰기가 노미야에게 도라야키를 건넸다. 노미야는 그에게 웃음으로 답하며, 시바에게 잡혀 있던 손을 홱 빼냈다.

"이런 것도 점장님이 하면 다 성희롱이거든요?"

시바가 '어우' 하고 바보 같은 소리를 냈다. 그 모습을 보고 껄껄 웃는 쓰기를 보고 노미야가 한마디 덧붙였다.

"무엇이든 맨 아저씨, 제 푸딩까지 드셨죠? 나 푸딩 되게 좋아하는데. 다시 사 오세요."

이번에는 쓰기가 '어우' 소리를 냈다.

*

텐더니스 모지항 고가네무라점은 항상 일손이 부족하다. 시바의 페로몬에 휘둘리지 않는 사람이 너무 귀하기 때문이다. 다시 레슬링을 시작한 노미야(친구에게 너라도 레슬링을 했으면 좋겠다는 말을 들었단다)가 가게를 그만둔 후 미쓰리와 시바에게 업무가 가중되고 있었다.

"흐아! 너무 힘들어요. 점장님, 제발 사람 좀 뽑아 주세요."

"면접 보러 오는 사람은 많은데 일할 수 있는 사람이 영…."

직원 사무실에는 며칠째 연속 근무 중인 두 사람뿐이다. 미쓰리가 테이블에 엎드려 한숨을 쉬자 시바도 덩달아 긴 숨을 내뱉는다. 얼마 전 조기 퇴직한 50대 남성을 노미야 후임으로 채용했는데 어떻게 된 일인지 그 부인이 첫눈에 시바에게 반하는 바람에 이혼을 하네, 마네 하는 상황까지 가고 말았다. 가게를 그만두는 것으로 겨우겨우 사태를 마무리 지었지만, 그동안 다른 직원들의 고생은 이루 말할 수가 없었다. 일하는 중간중간, 시바의 스토커로 변한 아내와 격분한 남편의 언쟁을 말리느라 정신이 없었다.

"점장님, 그냥 말대가리 가면 같은 거 쓰고 일하시면 안 될까요? 그 얼굴 좀 가리자고요."

"나카오 씨, 그럼 만화 제목도 '말 점장'으로 바뀔 텐데, 괜찮겠어요?"

"아, 그건 싫은데…."

둘이 돌아가며 몇 번이나 한숨을 쉬었을까, 사무실 문을 노크하는 소리가 들리고 히로세가 얼굴을 내비쳤다.

"점장님, 무엇이든 맨 아저씨가 점장님을 찾는데요. 취식 코너에서 기다린다는데 괜찮으세요?"

"안 계신다고 할까요?" 하고 히로세가 묻자 시바가 "금방 간다고 해 줘" 한다.

"저, 저기!"

이것 참, 하고 자리에서 일어서는 시바에게 미쓰리가 "저도 같이 가도 돼요?" 하고 묻는다.

"상관없긴 한데, 나카오 씨 표정이 왜 이렇게 신나 보일까요?"

"아니, 그날 이후로 만나질 못해서."

노미야가 진정된 다음, 모처럼의 기회라는 생각에 이런저런 질문을 하려고 했지만, 업무 관련 전화를 받은 쓰기가 자리를 떠 버렸다. 그 후로 어찌 된 영문인지 발길이 끊겨 무슨 일인지 궁금하던 차였다.

"안 그래도 쓰기 씨는 잘 지내는지 걱정하고 있었거든요."

"흐음, 나카오 씨 얼굴에 '만화 소재'라고 쓰여 있는 것 같은데요?"

"그… 그런 거 아, 아닌네?"

다 들켰군, 하고 생각하며 웃음으로 얼버무렸다.

"아니 그게, 지난번에 일을 부탁해 놓고 돈도 안 드리고 감사 인사도 못 했단 말이에요."

"아, 그 돈은 제가 이미 지불했으니까 신경 안 써도 돼요."

어? 하는 소리가 튀어나왔다. 그 말은, 가게 밖에서 둘이 만났단 뜻이잖아! 곧바로 상상의 나래를 펼치던 미쓰리에게 시바가 "이제 때가 온 것 같네" 하는 알 수 없는 말을 흘린다.

"나카오 씨는 이제 우리 가게의 최고참이니까. 4년이라….비교적 오래 일한 편이네요."

"네?"

"지금껏 숨겨 왔는데."

하아, 시바가 크게 한숨을 쉬고는 직원실을 나섰다. 고개를 갸웃거리며 뒤따라가자 도시락을 허겁지겁 먹고 있는 쓰기가 보였다. 지난번과 같이 김치를 얹은 돈가스 덮밥. 웬일인지 맞은편에는 쇼헤이가 앉아 있었다.

쓰기는 언제나처럼 점프 슈트 차림이었지만, 숲속을 헤매기라도 했는지 진흙투성이였다. 게다가 퍼석퍼석한 머리카락에는 퍼런 나뭇잎이 꽂혀 있었고 걷어 올린 소매 사이로 보이는 근육질의 팔뚝에는 쓸린 상처가 가득했다.

"왔어? 일하는데 불러서 미안."

"그건 상관없는데, 대체 뭘 하고 다니면 그런 꼴이 되는 거야?"

"어? 아아, 오는 길에 산에서 일을 좀 도와주느라고. 사례로 멧돼지 고기를 받아 왔는데, 먹을래?"

시바가 "안 먹어"라고 답하자 쇼헤이가 "나는 좋아하는데"하고 웃는다.

"그럼, 반 드릴게요. 아니 그냥 쇼헤이 씨 집에서 먹죠. 같이 구워 먹게."

"오, 좋지."

"근데 쇼헤이 씨랑 쓰기 씨랑 아는 사이셨어요?"

쇼헤이도 쓰기에 대해 잘 모른다고 하지 않았나? 시바의 등 뒤에 서 있던 미쓰리가 놀라서 묻자 그제야 미쓰리의 존재를 눈치챈 쓰기가 "아, 안녕하세요" 하고 고개를 숙였다. 그러고는 시바에게 "미안. 너 혼자 있는 줄 알았어" 한다. 덩달아 쇼헤이도 "아이코, 미안하게 됐네" 하며 급하게 입을 닫았다.

"아니, 괜찮아. 나카오 씨한테 계속 숨기기도 그래서 같이 온 거니까."

시바가 미쓰리를 돌아본다.

"그게, 나카오 씨. 사실 이 사람 우리 형이에요."

"네?"

순간 '형'이라는 단어의 의미를 까맣게 잊었다.

"두 살 많은 친형, 니히코."

시바와 쓰기를 번갈아 가며 쳐다본다. 시선 끝에 쇼헤이가 얄궂은 미소를 짓고 있는 것이 보인다. 아니 그건 그렇고, 안 닮았잖아. 하나도 안 닮았다고. '천연 페로몬 발생 장치'와 이 지저분한 남자가 형제라고?

"그럼, 쓰기라는 이름은….."

"아, 그건 별명이에요. 우리 집에 형제가 다섯인데 위에서 부터 이치히코一, 니히코二, 미쓰히코三, 요히코四. 죄다 히코, 히코라서 헷갈리니까 위에서부터 하나(이치), 그다음(쓰기), 셋(밋츠), 넷(욘) 이렇게 불러서."

우리 부모님이 이름을 너무 대충 지었죠? 살짝 부끄러운 듯 덧붙여 말하는 시바의 모습에 미쓰리는 혼란스러울 뿐이다. 정보량이, 너무 많다.

"잠깐, 잠깐만요. 형제가 다섯? 그럼 점장님 같은 사람이 몇 명이나 더 있다는 말이에요? 다섯 명이면 막내는 고히코五?"

"다섯째는 여자라서, 이름이 주에루예요."

"죄송해요. 정리가 잘 안 되는데요."

미쓰리가 비틀거리며 쓰기 앞의 의자에 걸터앉았다. 덥수룩한 머리칼 사이로 보이는 눈동자가 재미있다는 듯 흔들렸다. 그 눈을 보고 미쓰리는 깨달았다. 전에 느꼈던 알 수 없던 위화감의 정체. 쓰기의 눈. 그것만큼은 시바의 눈과 똑 닮아 있었다.

"세상에. 두 사람의 공통점이 설마, 눈이었어…?"

"미쓰리 씨, 놀랐겠네. 나도 처음 들었을 때는 깜짝 놀랐다니까."

쇼헤이가 허허 웃으며 쓰기의 머리에 매달린 나뭇잎을 쓱쓱 털어 준다.

"모지항에서 제일 수상한 남자랑 제일 괴상한 남자가 형제라니, 거짓말 같지?"

"바로 눈치채셨으면서 잘도 그런 말씀을 하시네."

물어보니 쇼헤이는 누구보다 빨리 두 사람의 관계를 알아차렸다고 한다. 역시 모지항의 정보통이다.

"그건 그렇고, 세 분은 왜 이 사실을 숨기는 거예요?"

내 관찰력이 이렇게까지 떨어질 줄이야. 스스로의 한심함에 볼을 부풀린 미쓰리에게 "귀찮아서요" 하고 쓰기가 답했다.

"이 녀석이랑 형제라는 사실만으로 피곤한 일이 얼마나 많았는데요. 수염 깎으면 좀 닮았을지도 모른다면서 면도기를 들고 쫓아오던 여자도 있었다니까요."

미쓰리는 "우와, 엄청나네…"라며 무심코 몸서리를 쳤다. 그러나 충분히 있을 법한 이야기다. 선을 넘은 시바의 팬들이야 여기서도 매일같이 보고 있지 않은가.

"너무 내 탓만 하지 말라고. 나도 동생이란 이유로 별일 다 겪었어요. 불량배들이 싸움을 걸지를 않나, 빌린 기억도 없는 돈을 갚으라 그러질 않나."

두 사람이 일제히 미쓰리를 붙잡고 한탄했다.

"생판 모르는 사람으로 지내는 것이 훨씬 편해요. 그러니까 다른 사람들한테는 비밀로 해 주세요."

"맞아. 나도 그게 나을 것 같아요. 괜한 소란을 피울 필요는 없잖아."

"알겠습니다. 말 안 할게요."

하긴, 고가네무라 빌딩 주민들한테 들키면 얼마나 번거로워지겠어. 밋짱의 형님이라니 잘 챙겨 줘야지, 하면서 바쁘게 움직이는 어머님들이 족히 세 명은 될 것이다.

"아, 그보다 밋츠, 이거 받아 왔어."

쓰기가 종이봉투에서 꺼낸 것은 큼직한 밀폐 용기였다. 뚜껑을 열어 보니 오하기(일본식 팥찰떡―옮긴이)가 예쁘게 담겨 있었다. 반쯤 으깬 팥소에 반지르르한 윤기가 흐른다.

"우와, 맛있겠다."

미쓰리가 자기도 모르게 뱉은 말에 쓰기가 "여동생의 특기 요리예요"라며 은근히 자랑하는 말투로 답했다.

"오늘 아침까지 본가에 있었는데 여동생이 밋츠를 엄청 좋아하거든요. 밋츠한테 가져다주라면서 싸 주더라고. 빨리 안 주면 또 욕먹으니까 어쩔 수 없이 불러냈죠."

"여동생이 만든 오하기, 제가 진짜 좋아하거든요. 그렇다고 이렇게 많이 만들 필요까지는 없는데."

여동생 주에루(이것이 정말 본명인 모양이다)는 곧 열일곱살이 된다고 한다. 나이 차이가 크게 나는 여동생이 직접 만든 음식을 눈앞에 둔 시바는 평소와 달리 '오빠의 얼굴'을 하고 있었다. 이런 표정을 보여 줬다가는 팬클럽 회원들이 엄청나게 흥분하겠지. 그의 모습을 바라보며 미쓰리는 생각했다.

"형은 먹었어? 모처럼 싸 줬는데 같이 먹지?"

"망친 건 다 나보고 먹으라고 해서 배 터질 만큼 먹었어. 그래도 하나 먹을까?"

"두 분도 같이 드세요. 저 혼자서는 이거 다 못 먹어요."

가게에서 일회용 접시와 나무젓가락을 사 와, 네 명이 같이 오하기를 먹었다. 고급스러운 단맛의 앙금과 쫀득한 찹쌀이 정말 맛있었다. 특기 요리라고 하기에 충분한 실력이라고 인정하며 미쓰리는 사양하지 않고 맛있게 먹었다.

"그렇구나. 그 근육맨 친구, 레슬링 열심히 하고 있구나."

잘못 만든 오하기를 배불리 먹고, 돈가스 덮밥까지 먹어 치운 다음인데도 쓰기는 마치 첫 끼를 먹는 사람처럼 위장에 오하기를 채워 넣고 있었다.

"그 친구, 손님 응대도 꽤 잘했는데. 좋은 인재 한 명을 잃었네."

"그러게. 내가 모지항 정보통의 후계자로 생각할 정도로 체격도 좋았는데."

쇼헤이 역시 노인답지 않은 기세로 오하기를 먹고 있다.

"사실 계속 일하고 싶어 하긴 했는데, 레슬링을 제대로 하기로 한 이상 두 가지를 병행하긴 어려우니까. 어쩔 수 없지."

점잖게 오하기를 입으로 가져가던 시바가 문득 젓가락질을 멈추고는 기쁜 듯 웃는다.

"맞다, 노미야가 아주 기분 좋은 말을 했어요."

미쓰리는 시바의 얼굴을 바라봤다.

"이 가게에 오는 사람들은 모두 각자의 하루를 열심히 살아가고 있다면서, 레슬링을 그만두고 나서 자신을 하찮은 존재로만 여겼는데 손님들의 하루에 조금이라도 도움을 주고 있다는 생각에, 이대로도 괜찮겠다는 마음이 들었대요."

오, 미쓰리도 눈을 가늘게 뜬다. 노미야는 레슬링만 해 왔던 터라 생전 처음으로 하는 아르바이트가 바로 이 편의점이었다고 했다. 처음에는 익숙하지 않은 일투성이라 그저 필사적으로 고객을 대하기에 급급했던 덩치 큰 남자아이. 손님들을 기분 좋게 해 준다는 칭찬을 받았을 때 노미야가 짓던 빛나는 미소를 기억한다.

"예전에도 똑같은 말을 했던 여자애가 있었는데."

차분한 말투로 시바가 꺼낸 말에 쇼헤이가 "아, 그 애 말이지" 하며 추억에 잠긴 듯 답했다. 쓰기는 유독 큰 오하기를 덥석 베어 물고는 주차장 쪽으로 시선을 돌린다.

"그 애 말을 듣고 최선을 다해 이 일을 하기로 마음먹었어요. 누군가의 인생에 단 한 조각만큼의 도움이라도 줄 수 있다면, 참 좋은 일이니까요."

시바의 목소리가 미쓰리의 귓가에 부드럽게 울린다. 이 사람이 그런 마음으로 이 일을 하고 있을 줄은 상상도 못 했다. 업무에 어느 정도 익숙해져서 사고 치지 않고 요령 있게 처리할 생각만 하던 자신이 부끄러웠다. 나도 마음가짐을 바꿔야겠어.

"그때 그 한마디 덕에 지금의 내가 있는 거예요. 편의점이 있어서 얼마나 다행인지."

조용하게, 마치 자신에게 이야기하듯 시바가 말한다. 그 얼굴에는 평소의 수상함도, 냄새가 진동할 정도의 페로몬 향도 없었다. 아름다운 장미 안에 젖어 든 한 방울의 이슬 같은 덧없음, 이것이야말로 그의 본질일지 모르겠다고 미쓰리는 생각했다. 그를 좋아하는 사람들은 모두 이 이슬을 원하고 있는지도 모른다.

그리고 또 한 가지. 그가 이 일을 진심으로 좋아하고 있다는 사실을 알 수 있었다.

"뭐 저도, 여기서 일하는 건 좋아요. 그래도 더 이상 연속 출근은 못 한다고요."

미쓰리가 농담 섞인 말을 던진 것은, 스스로가 그 이슬에 닿아도 되는 사람이 아니라는 사실을 알고 있기 때문이다. 그것을 만질 수 있는 사람은 시바에게 특별한 존재여야만 한다. 비록 관찰력은 떨어지지만, 그 정도는 알 만큼의 인생 경험은 있다.

꽃잎 깊숙한 곳에 이슬을 머금고 있는 시바가 "으으" 하며 가슴께에 손을 대고 웃는다.

"너무 그러지 마세요. 저도 열심히 면접 보고 있다고요."

"밋츠 너는 가면이라도 쓰지 그래. 말이나 부처 가면 같은 거 있잖아."

"형, 나카오 씨랑 똑같은 말 하지 말라고."

"차라리 인형 탈은 어때? 나 이벤트 회사 다니는 사람 아는데, 물어봐 줘?"

"쇼헤이 씨까지 왜 이러세요."

화기애애한 대화를 들으며 미쓰리가 웃는다. 앞으로 더 일이 재미있어질 것 같은 예감이 들었다. 수수께끼 가득한 이 형제는 분명히 더 많은 놀라움과 신비함, 드라마를 가지고 있을 것이다. 나는 그 모든 것을 알고 싶다. 왜냐하면, 창작 욕구를 마구 샘솟게 하니까!

아아, 나 이렇게 충만해도 되는 걸까. 오하기를 한 입 베어 물던 미쓰리가 큭큭 웃었다.

2

희망의
편의점 커피

기리야마 요시로의 8할은 에그 샌드위치와 커피로 이루어져 있다. 정확히는 '엄선된 달걀로 만든 폭신폭신 샌드위치'와 '프리미엄 커피'. 두 가지 모두 편의점 체인 텐더니스의 인기 상품이다.

요시로는 직장인 노조미가오카 학원에 출근하기 전 항상 텐더니스에서 늦은 점심 식사를 한다. 사는 물건도, 가는 지점도 항상 똑같다. 오사카마치 거리 중간쯤에 있는 텐더니스 모지항 고가네무라점. 요시로가 사는 '해풍장 아파트'와는 다소 거리가 있지만 그래도 매일 들른다.

정신없이 바쁜 점심시간이 거의 끝나갈 무렵인 오후 한 시 반을 살짝 넘긴 시간. 천천히 열리는 자동문 사이로 들어서면 익숙한 멜로디가 들린다. 한순간에 차가운 공기가 요시로를 감싼다. 땀이 배어 있던 피부가 숨을 토하며 이완한다. 요즘 방영 중인 드라마인가 뭔가의 주제가가 작게 흘러나오는 것을 들으며 요시로는 곧장 냉장 코너로 향했다. 삼각 김밥, 파스타 등 다양한 메뉴가 진열되어 있지만 망설임 없이 에그 샌드위치를 집는다. 오늘도 변함없이 빵과 달걀의 색이 조화롭게 어우러진 것을 확인한 후, 한 팩 더 집어 계산대로 향한다. 낯익은 30대 여성 점원(명찰에 '나카오'라고 적혀 있다)이 이미 따뜻한 커피를 담을 레귤러 사이즈의 종이컵을 들고 기다리고 있다. 샌드위치를 받아 든 나카오가 익숙한 손길로 포스기를 조작한다. 그 침착한 얼굴을 보며 요시로는 멍한 표정으로 이 점원은 과연 나를 어떻게 생각하고 있을까 상상한다. 어제 우연히 TV를 켰다가 편의점 점원들이 인상적인 손님들에게 별명을 붙인다는 내용을 봤다. 늘 같은 옷을 입고 오는 '빨간 티셔츠' 손님, 담배의 진열 번호만 말하는 '39번' 손님. 이런 식으로 말이다. 어쩌면 판에 박힌 듯 매일같이 에그 샌드위치와 커피만 사는 나한테도 별명이 있을지 모른다. 예컨대 '조식 세트'라든지. 아니면 그냥 '안경'일지도 모른다.

쓸데없는 생각을 하면서 계산을 마치고 종이컵과 비닐봉지에 담긴 에그 샌드위치를 건네받자, 언제나 "감사합니다"라고 인사하던 나카오가 "저…" 하고 말을 걸었다.

"네? 아, 네. 왜 그러시죠?"

속으로 한 생각이 들렸을 리 없다는 걸 알면서도 왠지 민망한 기분이 들어 목소리가 갈라졌다. 나카오는 부드러운 미소를 지으며 종이 한 장을 내밀었다.

"커피 말인데요, 다음 주부터 새 기계가 들어오거든요. 이게 그 안내용 전단지예요."

종이를 받아 든 요시로가 놀란 얼굴로 눈을 껌뻑거렸다. 그러자 나카오가 기쁜 얼굴로 "와, 역시 아시는구나" 한다.

"사치카 커피가 총괄 감수를 한다니, 굉장하죠?"

"그거야…."

사치카 커피는 커피 애호가 사이에서는 모르는 사람이 없는 하카타의 숨은 명물이다. 일찍이 이탈리아의 명소 '카페 그레코'에서 커피를 배워 왔다는 마스터 본인이 현지에서 원두를 대량으로 사들여 로스팅까지 직접 하는, 장인의 고집이 담긴 이 커피는 스파이시 하면서도 강한 풍미를 지닌다. 지금은 과일 향이나 신선함이 도드라지는 커피가 인기를 얻고 있지만, 옛 맛 그대로의 진한 커피를 제공하는 사치카 커피의 인기는 여전히 높다. 멀리서 그 커피 한 잔을 마시기 위해 일부러 찾아오는 단골손님도 많다.

요시로는 커피에는 일가견이 있다고 자부한다. 사치카 커피의 특제 블랜드 커피는 수많은 커피와 차별화되는 최고의 한 잔이다. 1930년대의 분위기가 감도는 이른바 쇼와(1926년부터 1989년까지를 가르키는 일본의 연호 — 옮긴이) 무던 스타일의 가게 안에서 사치카 커피 특제 블랜드 커피와 따뜻한 에

그 샌드위치를 먹는 시간은 무엇과도 바꿀 수 없을 정도로 소중하다.

"그 마스터가 잘도 승낙을 해 줬네."

전단지 중앙에는 익히 알고 있는 사치카 커피 마스터의 연륜이 느껴지면서도 엄격함이 풍기는 얼굴이 있었다. 그는 사치카 커피라는 이름에 프라이드가 강하다. 지금까지 여러 회사가 상품화를 제안했지만 한사코 거절해 왔다.

"믿어지지가 않네요. 도대체 어떻게 성사시킨 건지."

"아무래도 니세코가 설득한 모양이에요. 건의의 왕."

나카오는 뭔가 속뜻이 담긴 듯 답을 하더니 후후후 웃는다. 나카오는 평소 손님을 대할 때는 나이에 걸맞은 차분한 태도를 보이지만 가끔씩 어린 아가씨 같이 행동할 때가 있다. 그 천진난만한 미소를 힐끗 살핀 후 요시로가 '헤에' 하는 소리를 흘렸다.

"거기 커피 엄청 맛있다면서요? 저도 기대하고 있어요."

"명성 있는 가게예요. 그렇지만 과연 어떨지…."

성의 없이 전단지를 되돌려 준다. 앗, 눈을 동그랗게 뜬 나카오에게 요시로가 빠른 속도로 덧붙인다.

"거기 마스터는 매일 로스팅 상태나 추출 시간을 미묘하게 조절하고 있어요. 맛의 깊이를 모르는 사람들은 너무 쓰다는 둥 말들이 많지만 원두를 잘 볶아서 진하게 내린다고 다가 아니에요. 섬세한 작업이죠. 기계로 그 맛을 흉내 낸다고 하면 오래된 팬들은 슬퍼할 거예요. 게다가 사치카 커피라는 브랜드를 돈 주고 팔았다는 말을 듣게 되겠죠. 왜 굳이 사치카의 품위를 떨어뜨리는 일을 벌이는 건지. 팬으로서는 유감이네요."

나카오의 동그스름한 눈이 깜빡깜빡, 감았다 떴다를 반복한다. 당황한 듯한 모습을 보고 아차 싶은 요시로가 "아, 죄송해요"라며 머리를 긁적였다.

"제가 너무 좋아하는 커피라 흥분했네요."

"아니에요. 사치카 커피에 그 정도로 애정이 있으셨군요."

나카오는 사람 좋아 보이는 얼굴을 살짝 찌푸리더니 "그래도 분명 맛있는 커피가 될 것 같으니 한번 마셔 봐 주세요" 하고 밝은 목소리로 말했다. 그 싹싹한 접객 태도에 요시로는 다시 부끄러워졌다. 너무 감정적으로 굴었다. 기어들어가는 목소리로 재차 "미안해요"라고 사과한 후 계산대를 떠나 카페 코너로 이동했다.

컵을 세팅하고 커피가 나오기를 기다린다. 커피가 완성됐음을 알리는 멜로디가 울리고 선반에 있는 플라스틱 뚜껑을 집으려 하는데, 시선 끝에 있던 뚜껑이 눈앞으로 쓱 다가온다. 경망스러운 외모의 남자가 얼굴을 지나치게 가까이 들이밀고 있었다.

"으, 으앗!"

나도 모르게 커피를 떨어뜨릴 뻔했다.

"안녕하세요, 기리야마 씨. 출근 전이신가 봐요."

귓가에 달콤하게 맴도는 목소리로, 하얀 치아를 은근하게 드러낸다. 왼쪽 눈가의 작은 점이 눈웃음에 가려졌다, 보였다 한다. 요시로는 그 웃는 얼굴에 살짝 날카로워진 말투로 "아 뭐, 네" 하고 답했다.

나타났다, 페로몬족.

속으로 생각했다. 이 가게의 점장, 시바는 평소에도 눈에 보일 정도로 페로몬을 흘려 댄다. 요시로는 꽃미남 배우나 남자 아이돌을 가까이서 본 적이 없지만, 아마 시바 같은 생물임이 틀림없을 것이라고 생각한다. 그 사람들은 다 페로몬을 관장하는 일족의 후예들이 아닐까.

"기리야마 씨, 왜 그러세요?"

얼굴이 한 뼘 더 가까이 다가오자 심장이 크게 요동쳤다. 쓸데없이 얼굴 좀 들이밀지 말라고! 동요를 들키고 싶지 않아 태연하게 답하려 했으나 "아, 아무, 아무것도 아녜요"라고 말을 더듬고 말았다.

"여기, 뚜껑이요."

더 이상은 말하지 않을 생각으로 고개를 끄덕이며 뚜껑을 받아, 김이 모락모락 올라오는 컵을 덮는다. 거의 매일같이 시바와 얼굴을 마주하고 있지만 도무지 익숙해지지 않는다.
그 옆에서 시바는 느긋한 몸짓으로 행주를 꺼내 테이블 위를
닦는다.

"그, 그럼 저 가 볼게요."

"네, 또 오세요."

요시로는 포근한 미소로 배웅하는 시바를 뒤로하고 문을
지나면 나오는 취식 코너로 향한다. 다른 편의점에도 이런 공
간은 있지만 이곳은 유독 관리가 잘되어 있어 한층 안락하
다. 지금도 청소 업자로 보이는 여성이 꽃무늬 앞치마를 입고
바닥을 물걸레질하고 있다. 요시로의 얼굴을 보더니 "안녕하
세요" 하고 웃는다. 오이타에 사는 엄마와 어딘가 닮았다.

청소가 거의 마무리되었는지 여자가 신속하게 대걸레를
정리하고 빌딩 안쪽으로 연결된 문을 통해 나갔다. 취식 코
너 안에 다른 손님의 모습은 보이지 않았지만 요시로는 카
운터 끝자락에 자리를 잡았다. 물기 하나 없이 깔끔한 카운
터 위에 커피를 놓고, 높은 스툴에 출퇴근 가방을 올려 둔 다
음, 비닐봉지를 들고 오븐 토스터로 향했다. 샌드위치 한 팩
을 꺼내 토스터에 넣는다. 1,000와트로 5초. 빵의 표면이 노
릇해질 때까지 구운 후 맡아 둔 자리로 들고 온다.

살짝 구운 샌드위치를 덥석 베어 물었다. 겉은 바삭하고
속은 촉촉하다. 고소한 내음의 빵과 달걀 필링을 입안 가득

넣는다. 오늘도 역시, 맛있다. 빵의 은은한 단맛과 밀의 향. 달걀의 폭신함과 소금 간의 정도, 코를 살짝 찌르는 머스터드까지 밸런스가 훌륭하다. 한 팩에 든 두 조각을 눈 깜짝할 새에 먹어 치우고 커피에 손을 뻗던 요시로가 "그러네" 하고 중얼거렸다.

"이 샌드위치, 사치카 커피랑 같이 먹으면 맛있긴 할 거야."

텐더니스의 '엄선된 달걀로 만든 폭신폭신 샌드위치'는 사치카 커피의 따뜻한 에그 샌드위치와 비슷하다. 토스팅을 하면 더더욱 그렇다. 텐더니스의 프리미엄 커피도 물론, 잘 어울린다. 그래도 요시로는 매일 '이 커피가 사치카의 특제 블랜드 커피라면 더 깊은 맛이 날 텐데…' 하고 생각했었다. 어쩌면 니세코라는 사람도 이 샌드위치 때문에 사치카 커피를 떠올린 것은 아닐까?

"에이, 설마."

쓴웃음을 지었다. 하지만 마음 한구석에는 분명 그럴 것이라는 확신이 제멋대로 자라나고 있었다. 니세코는 자신과 비슷한 커피 센스를 가지고 있다. 커피 잔을 입에 가져다 대며 요시로는 처음으로 이 가게의 커피를 맛보고 깜짝 놀랐던 날을 떠올렸다.


편의점들이 커피 머신을 설치하기 시작한 것은 벌써 수년 전의 일인데 텐더니스는 다른 브랜드보다 3년 정도 늦게 커피 머신을 들여놓았다. 만반의 준비 끝에 등장한 커피를 처음 맛봤을 때는 조금 기뻤다. 정성스럽게 내린 원두의 향과 감칠맛이 취향에 딱 맞았다. 이제는 편의점에서 이런 저렴한 가격에 이렇게 질 높은 커피를 파는구나 싶어 감동할 정도였다. 그 후로 매일같이 텐더니스에서 커피를 마시기 시작했는데, 어느 날 무심코 들른 한 점포에서 지금껏 다른 매장에서 마셨던 것과 비슷한 듯, 확실히 다른 커피를 만났다. 다른 텐더니스의 커피와는 차원이 다르다고 느껴질 정도로 풍부하면서도 깔끔한 맛이었다. 너무 놀라서 점원에게 물었다. 텐더니스가 커피용 원두를 바꿨나요?

당시에는 이름을 몰랐지만 지금 생각해 보면 아마도 나카오였을 점원이 방긋 웃으며 "손님, 저희 가게는 처음이시죠?"라고 묻더니 "맛이 다른 게 느껴지시나 봐요. 사실 원두는 똑같아요. 모든 점포에서 동일하게 사용하는 프리미엄 커피 전용 원두를 쓰거든요" 하고 답했다.

하지만 분명 맛이 다르다며 쉽게 납득하지 못하는 요시로에게 나카오는 반가운 듯 눈웃음을 지었다. 그러고는 마치 비밀 이야기를 전하듯 속삭였다. 사실은 저희 가게만 원두 피킹 작업을 따로 하거든요.

하아, 무심결에 소리를 흘렸다. 피킹은 갈라지거나 벌레를 먹은 콩, 크기가 고르지 않은 콩 등을 선별하는 작업이다. 이 작업을 하면 잡냄새나 거슬리는 맛이 걸러져 커피의 맛이 한 단계 높아진다. 하지만 편의점 커피의 하루 판매량을 생각해보면 엄청난 노동력이 필요할 텐데 정말로 그 작업을 한다고? 의아해하는 요시로에게 나카오가 "맛있죠?" 하며 자랑하듯 말한다.

"매일 밤 작업해요. 체에 걸러서 크기별로 골라내기도 하고요. 하는 거랑 안 하는 거랑 맛 차이가 꽤 나더라고요. 뭐, 제가 하는 건 아니지만. 저희 점장님이 하시거든요."

정신이 아득해지는 그런 지난한 작업에 정성을 쏟는 점장이 있다니. 요시로는 처음으로 사치카의 오리지널 블랜드 커피를 마셨을 때만큼이나 감동했다. 정말로 커피를 사랑하는 사람이구나! 그러나 나카오가 "저분이 그 시바 점장님이에요"라고 손끝으로 가리키는 순간, 눈을 의심할 수밖에 없었다. 가게 한구석에서 핑크빛 아우라를 뿜어내는 남자가 노년 여성들에게 둘러싸여 있었다. 여성들은 모두 70대 전후 정도? 혹은 그 이상으로 보였는데 하나같이 소녀 같은 표정을 지은 채 남자의 주위를 에워싸고 있었다.

"어, 게이코 씨 립스틱 바꾸셨나 봐요. 예뻐요."

남자가 마치 피어나는 장미꽃처럼 요염하게 웃으며 말하자 당사자로 보이는 여성이 "하히힛" 하고 비명에 가까운 소리를 냈다. 그러자 주변의 여성들이 "꺄아" 하고 덩달아 소리를 높인다. 누구랄 것 없이 나이를 잊은 듯 수선을 떠는 모습을 직접 목격하고도 요시로는 여전히 눈앞의 광경을 믿을 수 없었다. 여기 무슨 호스트 클럽이야? 눈을 비비고 다시 확인해 봤지만, 이곳은 분명 텐더니스 편의점이고 남자는 나카오와 똑같이 텐더니스 유니폼을 입고 있었다.

"저, 저쪽에서 무슨 영화 촬영이라도 하는 건가요?"

"아니요, 저희 가게에서는 늘 있는 일이에요."

나카오의 담담한 반응에 요시로는 혼란스러워졌다. 아이돌의 팬 미팅을 방불케 하는 이 상황이 일상이라고? 심지어 저 가운데 있는 사람이 점장…?

"도대체 이해가 안 돼서 다시 여쭤보는 건데요. 굳이 그 번거로운 작업을 하는 이유가 뭐죠?"

저 희한한 현장은 그냥 못 본 것으로 하자. 억지로 생각의 방향을 틀어 질문을 던지자 나카오는 못 참겠다는 듯 웃음을 터뜨리며 말했다.

"아, 죄송해요. 어떤 분이 조언을 해 주셨거든요. 텐더니스의 호리노우치 회장님이 건의의 왕이라 부르는 사람이 있어요. 니세코라고."

원래 작은 슈퍼마켓이었던 텐더니스를 규슈 전역에서 운영되는 편의점 체인으로 성장시킨 호리노우치 다쓰시게는 규슈에서는 모르는 사람이 없는 유명인이다. 정정한 노인으로, 텐더니스 광고에 자주 등장한다. '사람에게 상냥한, 그리고 당신에게 상냥한 텐더니스.' 여든을 넘긴 노인이라고는 생각되지 않는 성량으로 텐더니스의 슬로건을 말하는 모습은 규슈 사람이라면 누구나 쉽게 떠올릴 만큼 익숙하다.

"건의의 왕, 니세코가 말했대요. 모처럼 좋은 원두를 쓰고 있으니 피킹 작업을 해야 한다고. 그래서 저희 매장에서 실험적으로 해 보고 있어요."

다시 한번 잔에 입을 가져다 댄다. 터무니없을 정도로 손이 많이 가는 그 작업을 정말 직접 한다고? 아니, 커피 맛을 보면 의심의 여지가 없다. 요시로가 납득하는 듯한 한숨을 쉬자 나카오가 살짝 눈꼬리를 내린다.

"하지만 모든 매장에서 이런 작업을 하려면 수지 타산이 안 맞을 거예요. 한 잔에 150엔에 팔기는 힘들겠죠. 앞으로는 로스팅 후 피킹 작업을 강화하는 방향으로 갈 것 같아요."

나카오의 말대로 수개월 후에는 모든 매장의 커피 맛이 향상되어 있었다. 하지만 시바는 피킹 작업을 멈추지 않았다. 모지항 고가네무라점의 커피는 지금도 다른 가게보다 한 차원 높은 맛이 난다.

커피 맛에 감격해 이곳에 다니기 시작하면서 나카오나 시바와도 대화를 가끔 나누게 되었다. 그러면서 니세코가 텐더니스의 사원이 아닌 단순한 고객 중 한 명이라는 사실을 알았다.

"호리노우치 회장님이 고객의 목소리를 직접 듣고 싶다며 사서함을 설치했어요. 중간에 아무도 개입하지 않고 곧장 회장님에게 전달되죠. 그 사서함에 니세코라는 사람이 계속 편지를 보내는데 이런저런 일화들이 있어요."

건의의 왕이라는 별명을 얻게 된 결정적 계기는 이유식 판매를 제안한 것이었다고 한다. 10대 아들이 있다는 나카오는 팔짱을 끼고 "이유식 만드는 거 정말 힘들거든요"라며 진지하게 말을 이었다.

"아기들이 먹을 음식을 만드는 건 정말 큰일이에요. 저희 남편은 옛날부터 요리를 잘했는데, 그래도 이유식은 힘들다고 하더라고요. 버거울 때는 레토르트 식품을 쓸 수밖에 없는데 집에 여분이 없을 때도 많고…. 아무튼 그래서 니세코가 회장님에게 편의점에서 이유식을 판매하는 게 좋겠다고 건의했대요."

아기들의 식생활에도 도움이 되어야 한다는 것이 이유였다. 그 의견이 회장에게 직접 전달되었고, 회장은 응답했다.

텐더니스는 전 매장에 가루 분유부터 기저귀, 레토르트 이유식을 취급하는 유아 코너를 만들었다. 그뿐만 아니라 아이들과 노인들을 위한 간이 심심하고 식감이 부드러운 도시락도 판매하게 되었다. 텐더니스가 사람들에게 상냥한 편의점을 목표로 삼게 된 시작은 그 고객의 건의 때문이었다. 이를 계기로 호리노우치 회장은 니세코가 보내는 편지를 진심으로 기다리게 되었다.


"니세코라…."

컵을 만지작거리며 요시로가 중얼거렸다.

요시로가 이 모지항 고가네무라점를 다니게 된 계기를 만들어 준 인물. 니세코가 어떤 사람인지는 알 수 없다. 알고 있는 것이라곤 자신과 또래라는 사실뿐이다. 언젠가 시바가 "아마 기리야마 씨랑 비슷한 나이 아닐까 싶은데"라고 말한 적이 있다.

동년배인 니세코는 편의점 체인 하나를 움직일 만한 힘을 지니고 있다. 게다가 이번에는 그 완고한 커피 장인까지 설득했다. 센스는 물론, 행동력이 있어야 가능한 일일 것이다. 도대체 어떤 사람일까. 한번 만나 보고 싶다. 니세코라면 지금의 자신에게 꼭 필요한 판단을 해 줄 것 같은 기분이 든다. 텐더니스를 성장시켰듯 요시로 자신에게 무엇이 부족한지, 무엇이 필요한지 조언해 줄 것 같은 그런 기분이.

어디까지나 요시로 입장에서 멋대로 하는 생각이지만 말이다.

쌉쌀한 웃음을 지으며 남은 샌드위치 한 팩을 손에 들고 오븐 토스터로 향한다. 아까와 마찬가지로 살짝 구워 자리로 돌아왔다. 조금 미지근해진 커피를 샌드위치와 함께 삼키며 바깥으로 시선을 던졌다.

내리쬐는 오후의 햇볕이 아스팔트를 달구고 있다. 지면에서는 열기가 하늘하늘 올라오고, 자동차가 매연을 뱉어 내며 그 위를 지나간다. 길을 오가는 인적은 드물다. 마음의 위안조차 되지 못할 만큼 작은 양산을 든 여성이 잰걸음으로 사라진다. 오본(우리나라의 백중—옮긴이)이 지나면 더위가 수그러든다고 말하곤 하지만 9월을 목전에 둔 지금도 한여름의 더위가 이어지고 있다. 일사병으로 몇 명이 쓰러졌다는 뉴스가 연일 보도된다. 올해는 이상 기온이다, 이례적인 폭염이다, 예년을 뛰어넘는 더위다, 하는 말이 자주 들리는데, 요시로의 눈앞에 펼쳐진 풍경은 예전과 달라진 것이 아무것도 없다. 창밖의 경치, 손에 든 커피, 샌드위치의 색까지. 자신 역시 마찬가지다. 이제 전철을 타고 직장으로 가서, 저녁에 할 강의를 준비하고, 중학생들에게 몇십 번째인지 모를 소논문 작문법을 설명한다. 밤에는 밥집에서 적당히 끼니를 때우거나, 슈퍼에서 떨이로 파는 할인 먹거리를 사서 귀가한다. 작년 오늘의 나도 똑같았다. 내년 오늘의 나도 똑같은 풍경을 보고 있지 않을까. 그렇게 되고 싶지 않지만, 어떻게 해야 할지 모르겠다.

그때 러닝셔츠 차림의 소년이 텐더니스 안으로 뛰어 들어가는 모습이 시야에 들어왔다.

모자를 눌러쓴 얼굴이 빨갛게 상기되어 있었다. 곧이어 미니 트럭이 미끄러지듯 주차장에 들어선다. 종종 보는 폐품 수거업자일 것이다. 짐칸에는 세탁기와 드럼통 등이 쌓여 있다. 운전석에서 수염이 덥수룩한 남자가 내린다. 옅은 녹색의 점프 슈트 차림에 소매를 팔뚝까지 걷어 올린 남자의 등판에는 흰색 글씨로 '무엇이든 맨'이라고 새겨져 있다. 볼 때마다 드는 생각인데, 회사 이름 한번 희한하다. 눈부시다는 듯 하늘을 올려다본 남자는 가벼운 발걸음으로 텐더니스 안으로 사라진다. 곧바로 텐더니스의 문이 열리더니 방금 전 그 소년이 취식 코너로 들어왔다. 요시로의 반대편 카운터 자리에 앉아 비닐봉지를 뒤적이더니 페트병에 든 탄산음료와 오늘 발매된 소년 만화 주간지를 꺼냈다. 작년에 애니메이션으로도 발표된 만화의 주인공이 칼을 쥐고 있는 표지를 설레는 표정으로 쓰다듬는다. 요시로는 이 소년도 분명 만화 팬이겠구나 하는 생각에 모습을 살핀다. 소년은 한동안 표지를 들여다보다 책을 펼쳤다. 관자놀이에 땀이 흘러도 아랑곳없이 만화를 읽기 시작한 소년은 순식간에 작품 속 세상에 빠져들어 근사한 표정을 지었다.

무심코 출퇴근 가방 속에 숨겨 둔 스케치북에 손을 뻗었다. 그 순간 카레 향이 은은하게 느껴져 고개를 돌렸더니 아까 봤던 털보 아저씨가 들어오고 있었다.

 털보 남자는 주위를 스윽 둘러보더니 음, 하는 소리와 함께 혼자 고개를 끄덕이고는 요시로의 옆에 앉았다. 뒤쪽에 빈 테이블이 여럿 있는데 왜 굳이 옆에 앉는 거지? 비난 섞인 눈빛을 보냈지만 남자는 신경도 쓰지 않고 손에 든 비닐봉지에 손을 집어넣었다. 들뜬 몸짓으로 꺼내 든 것은 '동글동글 소고기 블랙 카레'와 미니 팩에 든 후쿠진즈케(일본식 무 절임 반찬─옮긴이)였다. 다른 봉지에서는 1리터짜리 생수병을 꺼냈다. 그가 후쿠진즈케 팩의 절반을 덜어 모락모락 김이 나는 카레 한쪽에 얹었다. 후쿠진즈케의 붉은색과 검은빛 카레를 만족스러운 얼굴로 바라본 남자는 천천히 음미하듯 먹기 시작했다. 어지간히 배가 고팠던 건지, 아니면 원래 카레를 좋아하는 건지. 때때로 눈을 감고 진지한 표정으로 고개를 끄덕인다. 후쿠진즈케만 따로 먹기도 하고, 카레에 섞어 먹기도 했다. 남자는 먹는 방식에 세세하게 변화를 주고 그때마다 감탄하며 카레를 먹었다. 어찌나 맛있게 먹던지, 요시로는 무심코 그 모습을 바라보았다.

 요시로는 거의 매일 에그 샌드위치를 먹는다. 그걸로 만족하고 있지만, 이 남자를 보고 있자니 가끔은 카레를 먹어 볼까 하는 생각이 든다. 한 번도 관심을 가져 본 적 없는 블랙 카레도, 지나치게 선명한 색의 후쿠진즈케도 유난히 식욕을 돋운다.

마지막까지 맛있게 카레를 먹은 남자는 이내 목울대를 울려 가며 생수를 들이켰다. 그러고는 다시 봉지에 손을 넣어 요시로의 것과 같은 엄선된 달걀로 만든 폭신폭신 샌드위치를 꺼냈다.

샌드위치의 비닐을 벗긴 남자는 서서히, 마치 분해라도 하듯 빵을 두 쪽으로 나눴다. 뭘 하려는 건지 물을 새도 없이, 고스란히 모습을 드러낸 달걀 필링 위에 남은 후쿠진즈케를 뿌렸다. 연노랑 달걀 위에 도드라지는 색의 후쿠진즈케가 올라가자 그 선명한 대비에 요시로는 "으아" 하는 소리를 냈다. 대체 뭐 하는 거야.

남자는 마치 이제야 눈치챘다는 듯 요시로 쪽을 바라본다. 얼굴을 찌푸리고 있는 요시로와 자신의 손을 번갈아 본 남자가 입꼬리를 올리며 피식 웃었다. 보기 좋게 그을린 피부와 덥수룩한 수염 아래 숨겨진 얼굴이 의외로 젊어 보였다. 남자는 순진무구한 미소를 띤 채 느닷없이 '알레르기' 하고 말했다.

"음식 알레르기, 없어?"

"네? 어, 없긴 한데."

"그럼 그것 좀 이쪽으로 줘 봐."

남자가 가리킨 것은 요시로의 손에 들린 막 먹기 시작한 샌드위치였다. 엉겁결에 샌드위치를 내밀자 남자는 "열어 봐, 열어"라고 다급한 말투로 말한다. 재촉에 못 이겨 샌드위치를 두 쪽으로 나누자 남자가 그 위에 후쿠진즈케를 뿌렸다. "으아아" 하고 신음을 뱉는 요시로에게 남자가 "먹어" 하고 한마디 한다.

"먹어 봐. 맛있다니까."

남자는 익숙한 손길로 샌드위치를 다시 포개 덥석 물고는 오독오독 소리를 내며 씹어 먹는다. 눈웃음을 지으며 음미하는 얼굴을 보며 요시로는 손에 들린 분해된 샌드위치를 다시 포갰다. 조금씩 깨작거리다 한 입 베어 물고, 주뼛대며 먹기 시작했다.

"봐, 맛있지?"

수염에 달걀을 묻힌 채 말하는 남자를 보고 요시로는 천천히 고개를 끄덕였다. 후후후, 미소가 번졌다. 제법 맛있다. 새콤달콤한 맛과 식감이 마음에 든다. 이렇게 먹는 법은 생각도 안 해 봤다. 하지만 어딘가에서 먹어 본 것 같기도 했는데, 떠올려 보니 본가의 어머니가 항상 정성 들여 만들어 주던 타르타르소스와 비슷한 맛이었다. 단무지 같은 것을 다져 넣은 그 소스의 맛과 비슷하다.

"고추냉이랑 먹어도 맛있지만 나는 색감도 그렇고, 후쿠진즈케가 더 좋은 것 같아."

남자는 샌드위치를 다 먹은 후 남은 물을 꿀꺽꿀꺽 마셨다. 1리터를 어렵지 않게 다 마신 다음 만족한 듯 숨을 내뱉는다. 그러고는 쓰레기를 재빨리 치우고 "그럼, 먼저 실례"라는 말과 함께 망설임 없이 일어났다. 하지만 이내 다시 얼굴을 내민다.

"맞아."

남자의 뒷모습을 보고만 있던 요시로는 남자가 무슨 말을 하는지 이해할 수 없어 고개를 갸웃거렸다. 그러자 "에그 샌드위치는 살짝 구워 줘야지. 맞아!" 큰 소리로 그렇게 말한 후 이번에는 진짜로 떠났다. 강한 햇살에 감싸인 '무엇이든 맨'이 미니 트럭 안으로 모습을 감췄다. 트럭은 매끄럽게 도로 위에 섞여 들었다.

요시로는 무턱대고 기세가 좋은 미스터리한 남자를 반쯤 멍한 상태로 바라봤다. 그리고 문득 생각난 듯, 손에 든 샌드위치의 나머지를 베어 물고 작게 웃었다. 과연, 흥미로운 맛이었다.

"카레에도 꽤 잘 어울리겠네."

공간에 남아 있는 카레의 향기가 달걀 필링과 잘 어울린다는 생각이 든다. 다음에는 남자와 같은 조합으로 사 먹어 봐야겠다. 왠지 모르게 흡족한 식사를 마치고 나서 손목시계를 보니 열차 시간이 다가오고 있었다. 요시로는 서둘러 자리를 떴다.

*

자신이 꿈꾸던 일을 직업으로 삼는 사람이 세상에 얼마나 될까. 가끔 중학생들을 대상으로 장래 희망을 조사하는데, 과연 그중 몇 명이나 꿈을 이룰 수 있을까 싶다. 막차가 끊기기 직전의 전철에는 사람이 별로 없다. 좌석 깊숙이 앉은 요시로는 맞은편 차창에 비치는 자신의 모습을 멍하니 바라본다. 피로에 지친 얼굴에서는 패기를 찾을 수 없고, 피부에는 기름기가 돈다. 서른세 살이라니, 이제 아저씨 나이다. 이 나이쯤 되면 꿈을 이룬 후 멋지게 살고 있을 줄 알았다. 하지만 어린 시절 수없이 그렸던 이상적인 내 모습은 어디에서도 찾을 수 없다.

차창 속 내가 어린아이의 모습으로 바뀐다. 나는 특징이라곤 없는 아이였다. 운동도 공부도 그럭저럭, 외모조차도 평범했고, 점잖은 면이 있어서 그런지 학창 시절 내내 눈에 띄는 일도 거의 없었다. 자신감이 부족해 "나 같은 사람이 무슨"이라는 말을 입에 달고 살았다. 하지만 단 하나, 자부할 만한 것이 있었다. 꼭 이룰 것이라 믿었던 그런 꿈이었다.

만화가가 될 거야.

초등학교 4학년 때 확실히 정한 꿈이었다. 나는 언젠가 모두가 푹 빠져 읽을 수 있는 작품을 잔뜩 만들어 낼 거야. 그리기 상을 받은 적도 있었던 데다 아무것도 모르는 어린 시절부터 시간만 나면 종이를 붙잡고 있던 나에게 딱 맞는, 유일한 목표라고 생각했다. 계주 선수가 되는 것보다, 공부로 반에서 1등을 하는 것보다 훨씬 의미 있는, 나를 나답게 만들어 주는 꿈이었다.

하지만 꿈에 조금도 다가가지 못한 채 평범한 고등학교를 졸업하고 아무도 놀라지 않을 만한 대학을 나와 학원 강사가 되었다. 학원 강사가 된 이유는 딱히 없다. 추천한 사람이 있었고, 채용되었으니까. 그게 전부였다. 학원 강사는 언젠가는 그만둘 생각이었다. 일하면서 꿈을 좇다가 목표를 이루는 날 깔끔하게 그만둬야지, 그렇게 생각했다.

이런 어중간한 마음가짐이 문제였던 걸까.

"기리야마 선생님은 이 일을 왜 해요?"

수십 분 전에 한 학생이 던진 질문이 머릿속을 맴돈다.

강의가 끝나고 언제나처럼 집에 가는 학생들을 배웅할 때였다. 차로 데리러 온 가족들과 셔틀버스를 향해 가는 아이들 뒤로 인사를 건네는데 그때 한 여학생 무리가 다가와 요시로를 둘러쌌다. 눈짓을 주고받으며 히죽거리던 학생들 중 한 명이 결심한 듯 입을 열었다.

"수업이 너무 재미없다니까. 선생님, 솔직히 재미있게 수업하고 싶은 마음도 없죠? 그냥 돈 받은 만큼만 일한다는 느낌이랄까?"

대체 무슨 말을 하는 것인지, 알아들었지만 알아들을 수 없었다. 미소를 띠고 있던 얼굴이 그대로 굳어 버렸다. 그런 요시로를 보며 여학생은 내뱉듯 말을 이었다. 선생님처럼 사는 거, 너무 싫어.

주위에 있던 아이들이 깔깔거리며 웃는다. 진심으로 즐거워 보이는, 그러나 어딘가 수상쩍게 느껴지는 그 웃는 얼굴을 바라보고 있자니 머리끝부터 발끝까지 차가운 것이 흘러내리는 기분이 들었다. 머리를 긁적이던 요시로는 목소리를 억지로 쥐어짜며 웃었다. 그렇구나, 미안. 앞으로는 주의할게. 학생들이 머쓱한 표정으로 돌아갔다. 그 뒷모습을 웃는 얼굴로 배웅했지만, 다리가 덜덜 떨렸다.

나름대로 강사 일에 최선을 다하고 있다고 생각했다. 그러나 사실은 한쪽 발만 담근 채, 아이들을 상대하는 일을 우습게 여기고 있었던 것이다. 그리고 그런 마음가짐을 아이들에게 들키고 말았다.

요시로는 주머니에서 휴대폰을 꺼냈다. 화면에는 오늘 발표한 만화 대상의 2차 합격자 명단이 띄워져 있었다. 거기에 요시로의 필명은 없었다. 최종 단계까지 올라가지 못한 지 얼마나 됐더라.

오늘 일어난 모든 일은, 이제 적당히 하고 현실을 직시하라는 암시일지 모른다. 꿈을 버릴 때가 됐다. 아니 어쩌면 이미 늦었다는 의미의 경고. 요시로는 휴대폰 화면을 끈 후 작은 한숨을 흘렸다. 이뤄지지도 않을 꿈을 좇느라 현실에 소홀했던 아저씨. 수중에 아무것도 남지 않은 한심한 남자. 인정하고 싶지 않았지만 그것이 지금의 자신이었다. 이 얼마나 비참한 일인가.

가방 속 스케치북을 당장 찢어 버리고 싶은 충동과 그러지 말라는 마음의 외침이 동시에 밀려온다. 가방에 손을 찔러 넣은 채 미동조차 할 수 없었다.

모지항역에 도착하니 지친 얼굴로 퇴근하는 정장 차림의 여성, 교복을 입은 학생들이 하나둘 내린다. 한발 늦게 내린 요시로는 느릿느릿 홈을 지나 개찰구 앞에서 문득 뒤를 돌아봤다. 전철의 얼굴이 정면으로 보인다. 빨간색과 검은색의 넓적한 얼굴이 요시로를 쳐다보고 있었다.

모지항역은 기타큐슈시 모지구에서 가고시마시까지, 규슈 지역을 세로로 질러가는 가고시마 본선이 시작되는 역이다. 그러다 보니 이 역에서 선로가 시작된다. 요시로는 철도에 대해서 잘 알지는 못하지만, 전철의 얼굴을 이렇게 가까이에서 볼 수 있는 것은 흔치 않은 일이라 생각했다. 실제로 개찰구를 나오면 바로 보이는 이 광경을 사진으로 남기는 관광객들이 많다.

취직을 하려고 이 지역에 왔을 당시, 요시로 역시 이 광경에 놀라 넋을 잃었다. 선로의 시작점에 서서, 자신의 가능성도 이곳을 기점으로 어디까지든 펼쳐질 것만 같은 기분에 기뻐했다.

하지만 지금은 이곳이 종착지일지도 모른다는 생각밖에 들지 않는다. 모지항역이 시발역이자 종착역이듯, 나의 가능성도 뻗어 나가지 못하고 여기에서 종식된다. 그저 쳇바퀴 돌듯 똑같은 나날을 반복하고 있을 뿐.

출발 시각이 가까워진 모양이다. 벨이 울리고 전철의 얼굴이 서서히 멀어진다. 머리를 한번 흔든 요시로는 이내 역을 떠났다.

여름의 따뜻한 밤바람이 뺨을 어루만진다. 바다 내음이 났다. 낮에는 많은 관광객으로 붐비지만, 이 시간에는 확실히 사람이 많지 않다. 역 앞 편의점에 들어간 요시로는 캔 맥주를 하나 사서 집과 반대 방향의 해변을 향해 걷기 시작했다.

다이쇼(1912넌에서 1926넌까지를 가리키는 일본의 연호—옮긴이) 시대에 지어진 모지항역 건물은 네오 르네상스라고 불리는 독특한 형식으로 건축되었다. 국가 주요 문화재로 지정된 복고풍 스타일 건물로, 그 주변도 마찬가지로 역사적 가치가 있는 고풍스러운 건축물이 곳곳에 자리하고 있다. 평소에는 역사와 그 외 건물에 조명이 켜져 있지만 지금은 늦은 시간이라 그런지 하나같이 숨을 죽인 채 늘어서 있다. 캔 맥주를 따서 홀짝홀짝 마시며 바다로 향한다. 밤바다를 바라보는 몇몇 커플이 스쳐 지나갔다.

익숙해지지 않는 맥주 맛에 얼굴을 한 번 찡그리고는 밤하늘을 올려다본다. 별들은 반짝이고, 파도 소리는 부드럽다. 문득 멈춰 서서, 바다의 반대편에 눈길을 던진다. 해협 저편, 시모노세키 거리의 등불이 보인다. 이곳에 온 직후 모지 항과 시모노세키를 왕복하는 연락선을 탄 적이 있었다. 배는 두 지역 사이에 있는 간류 섬에도 들렀다. 미야모토 무사시와 사사키 고지로의 결투 이야기는 요시로에게는 뽀얗게 먼지 쌓인 옛날이야기일 뿐이지만 막상 그 땅에 발을 딛고 보니 알 수 없는 고양감이 느껴졌다. 무사시와 고지로가 칼을 맞대는 순간을 표현한 동상 앞에 우두커니 멈춰 섰다. 언젠가는 나도 이렇게 동상으로 남겨질 만한 멋진 순간을 그리는 만화가가 되어야지. 어린이 독자들이 읽는 순간, 소름이 돋고 숨을 삼키게 되는 그런 뜨거운 장면을 그릴 거야. 어른이 되어서도 문득문득 떠올라 그 장면 참 좋았지 하고 되새기게 되는 그런 장면을, 언젠가 꼭.

호호, 어디선가 들려오는 불쾌한 웃음소리는 자신의 무의식 속 목소리였다. 큰맘 먹고 캔을 기울여 맥주를 목구멍에 들이부으려 했지만, 익숙지 않은 탄산에 목이 꽉 막혔다. 손으로 양 무릎을 짚고 몸을 구부린 채 기침을 하고 있는데 "기리야마 씨 아니세요?" 하는 목소리가 들렸다. 입가를 닦고 고개를 돌려보니 노년 여성 여러 명에게 둘러싸인 시바가 서 있었다. 눈에 익은 텐더니스 유니폼이 아니라 심플한 셔츠에 청바지를 입고 있었다. 그에 비해 어르신들은 모두 격식을 차린 차림이다. 호스트와 후원자라는 말이 머릿속에 빙빙 맴돈다. 저 사람, 밤에는 호스트 클럽에서 일하나?

"기리야마 씨, 이런 데서 뭐하고 계세요?"

"아, 아니 그건 제가 할 말인데요."

어르신들은 밝은 목소리로 "밋짱의 친구분인가?" 하고 요시로에게 묻는다. 늘 의아한데, 대체 이 여성들은 어디서 쏟아져 나오는 것일까. 항상 한두 명씩은 시바의 곁에 있는 기분이다. 마치 옵션으로 붙어 있는 것처럼.

"저희 가게 손님이세요."

시바가 답하자 기모노 차림의 여성분이 기억난 듯 "어라?" 하는 소리를 냈다.

"에그 샌드위치 그 손님이잖아."

대체 어떻게 아는 거지? 너무 놀란 나머지 말문이 막혀 입만 뻥긋대는 요시로를 보고 다른 어르신들이 "정말이네"라고 입을 모았다. 다들 요시로의 얼굴을 알고 있는 듯했다. 하지만 요시로는 전혀 감이 오지 않았다. 필사적으로 기억을 더듬고 있는 요시로를 보고 시바가 미소를 지으며 말했다.

"취식 코너를 관리해 주시는 분들이에요."

아아, 소리가 흘러나왔다. 자세히 보니 어머니를 닮았다고 생각했던 분의 얼굴도 보였다.

"직원분들이셨군요. 덕분에 잘 이용하고 있습니다."

고개를 숙이자 어머니를 닮은 분이 "어머, 아니야" 하고 눈앞에서 손을 저었다.

"우리는 그냥 고가네무라 빌딩에 사는 주민들이야. 원래 거기는 주민 전용 휴게실인데 그걸 일반 사람들한테도 개방해 놓은 거지."

아아, 요시로는 눈썹을 씰룩였다. 그 빌딩 위층이 고령자 전용 맨션이라는 이야기는 들었다. 그래서 위에 사는 주민들이 항상 가게에 와 있는 것이구나.

"처음에는 밋짱을 도와주려고 시작했는데 의외로 생활의 활력소가 되더라고."

호호호, 하고 웃는 여성들에게 시바가 "정말 얼마나 감사한지 몰라요"라고 달콤한 목소리로 답했다.

"늘 깨끗하게 관리해 주셔서 손님들도 아주 좋아하세요."

"그렇게 말해 주는 것만으로 충분해. 거기다 고맙다고 이렇게 식사에도 초대해 주잖아."

시바가 복요리를 대접해서 먹으러 다녀오는 길이라고 했다. 호스트와 후원자는 아닌 듯하지만, 그래도 역시 희한한 관계라고 요시로는 어렴풋이 생각했다.

"아, 맞다. 자기도 다른 음식들도 먹고 그래야 해. 맨날 그렇게만 먹으면 영양이 부족하잖아."

한 명이 생각난 듯 말하자 모두가 고개를 크게 끄덕였다. 하다못해 샐러드라도 같이 먹어야지. 야채 주스도 괜찮고. 마치 친엄마처럼 한마디씩 거드는 바람에 요시로는 민망해졌다.

혼자 식사를 할 때는 최대한 신속하게 밥을 먹고 나머지 시간에 다른 일, 그러니까 만화를 그릴 생각이었는데 여기서 그런 이야기를 해 봤자 무슨 소용이겠는가. "저는 그럼, 가 보겠습니다"라는 인사와 함께 그 자리를 뜨려 했다. 내일부터 그 편의점에는 가지 말아야겠다. 맛있는 커피를 못 마시는 것은 아쉽지만, 불편해졌다. 돌아서는데 "식사에 신경을 덜 쓰는 건 예술가들의 특징인 것 같더라고요"라는 시바의 목소리가 들려왔다.

요시로가 자기도 모르게 발길을 멈추고, 시선을 돌렸다.

왠지 조금 미안하다는 듯, 그리고 부끄럽다는 듯 시바가 말했다.

"저, 기리야마 씨 그림의 팬이에요. 실은 가끔 그림 그리시는 거 몰래 봤거든요."

마치 달콤한 고백 같은 말투였지만, 술기운에 달아올라 있던 몸이 한순간에 차게 식었다. 목구멍 깊은 곳에서 올라온 숨이 틈새 바람처럼 새어 나갔다. 시바는 살짝 들뜬 듯 말을 이었다.

"특유의 감성이 있다고 할까요? 온기가 느껴지는 다정한 그림체가 너무 멋지더라고요. 그렇게 푹 빠져서 할 수 있는 일이 있다니, 정말 좋을 것 같아요."

도대체 이 감정은 무엇일까. 화도 아니고 부끄러움도 아닌 무언가가 마치 마그마처럼 목을 타고 치밀어 오른다. 어디선가 여학생들의 웃음소리가 들려오는 듯하다. 점점 커지는 웃음소리가 요시로를 감싼다. 그 목소리 너머로 시바의 웃는 얼굴이 보였다.

"시끄러워."

눈앞의 무언가를 뿌리치려는 듯 손을 휘적거리며, 요시로가 외쳤다.

"시끄러… 시, 시끄럽다! 잘 알지도 몬하면서 그런 소리 하지 마라!"

스스로도 놀랄 만큼 큰 목소리가 튀어나왔다. 어르신들의 눈이 휘둥그레지고, 곁을 지나가던 커플이 요시로를 힐끔힐끔 쳐다본다. 온몸을 떨던 요시로가 다시 입을 열었다.

"내도 열심히 살고 있다. 내한테도 내 나름 사정이 있다 안 카나. 당신같이 잘난 사람들은 암것도 모르겠지마는 내 나름 필사적으로 살고 있데이!"

감정이 격해지면 눈물이 난다. 어릴 때부터 고치고 싶었지만 끝내 버리지 못한 버릇이 나오자 요시로는 입술을 꽉 깨물었다. 그러고는 발길을 돌려 뛰기 시작했다. 참고 있던 눈물이 흐르고, 스스로가 한심하게 느껴진다. 나이도 먹을 만큼 먹은 놈이, 뭐 하는 거야.

숨을 헐떡이며, 운동 부족으로 힘이 없는 다리가 비명을 지를 때까지 달린 후 멈춰 선 곳은 아파트 근처였다. 어깨를 들썩이면서 왈칵 쏟아진 땀과 눈물을 닦아 낸다. 지친 몸과 달리, 정신만큼은 냉정함을 되찾은 요시로가 피폐해진 몸을 질질 끌다시피 하며 집에 돌아왔다.

부엌에서 물을 마신다. 석 잔째 들이켜다 숨을 토했다. 손에 컵을 든 채 방으로 들어갔다. 학창 시절부터 사용해 온 검은색 책상에 앉아 시선을 떨군다. 책상 위에는 어젯밤 늦게까지 그리던 원고가 놓여 있었고, 주인공인 소년 검객이 용감하게 검을 휘두르고 있었다.

"난 늘 바보 취급을 당해."

손가락 끝으로 소년 검객의 얼굴을 쓰다듬는다.

그저 그림 그리는 것을 좋아하던 요시로에게 만화가라는 직업을 알려 준 것은 초등학교 3학년 때 전학 온 친구, 모기였다. 도쿄에서 이사 온 모기는 나중에 커서 만화가가 될 것이라고 공언했고, 프로 못지않게 많은 그림 도구를 가지고 있었다. G펜, 둥근 펜, 스크린 톤에 켄트지까지. 모기는 그 도구들을 자유자재로 다루면서 〈소년 점프〉에 나오는 주인공들을 아주 근사하게 그려 냈다. 실물로는 처음 보는 그림 도구들과 세련된 그림체. 그런 모기를 보며 요시로의 꿈은 점점 명확해졌다. 모기를 만나지 않았더라도 결국에는 만화가를 꿈꿨을지 모르지만, 모기가 있어 그 꿈에 몰두할 수 있었다. 같은 꿈을 좇는 친구의 존재는 늘 크기만 했다.

고등학생이 될 즈음에는 둘 다 출판사에 원고를 투고하기 시작했는데 언제나 입상 근처까지 가는 것은 모기였다. 초등학생 때부터 섬세하고 치밀했던 그림 실력은 고등학생이 되자 더욱 훌륭해졌고, 캐릭터 구상 능력도 탁월했다. 곧 있으면 담당 편집자와 연결되어 졸업 전에 데뷔할 수 있을 것이라고들 했다. 요시로는 그런 친구를 자랑스럽게 여겼다.

하지만 그런 요시로가 부담스러웠던 것일까. 언제부터인가 모기는 요시로에게 선 작업을 도와달라는 부탁을 하지 않았고, 원고도 보여 주지 않았다. 더 이상 만화에 대해 상의하지 않는다는 사실을 깨달았을 때는 이미, 모기 혼자 다른 커뮤니티에 들어간 후였다. 하카타에 사는 만화가의 어시스턴트로 들어가게 된 모기는 갑작스러운 변화에 당황하는 요시로에게 태연하게 말했다.

"실력 차라고 할까, 처한 상황이 너무 다른 녀석한테 상담해 봤자 쓸 만한 대답이 나올 리가 없잖아. 게다가 너도 이제 힘들지 않아? 내 레벨에 맞춰 얘기 들어 주느라 늘 무리했잖아."

모기가 도쿄에서 오이타의 시골로 이사 온 지 이미 몇 년이나 지난 후였다. 그런데도 모기는 한 치의 흐트러짐도 없는 깔끔한 표준어로, 하나하나 단어를 골라 가며 말했다. 거기에는 미처 숨기지 못한 동정심이 묻어 있었다.

요시로는 모기처럼 그림을 잘 그리지 못했다. 아무리 연습해도 늘지 않아 늘 혹평을 받았다. 그래도 두 번 정도는 결선에 진출했지만, 이렇다 할 성장으로 이어지지는 않았다. 자신에게는 모기 같은 재능이 없다. 모기처럼 센스 넘치고 아름다운 그림은, 화려한 작품은, 다시 태어나지 않는 한 그리지 못할 것이다. 그저 자기 나름의 방식으로 그려 나갈 수밖에 없다. 그리지 못할 그림을 그리려 애쓰기보다는 그릴 수 있는 그림을 너 발전시켜 니기야 한다. 요시로는 이런 마음가짐으로 최선을 다해 왔다. 그리고 모기 역시 요시로의 이런 마음을 알아주고 있다고 믿었다. 그런데….

"기리야마한테는 분명… 다른 재능이 있을 거야. 맞아, 그러니까 나랑 같이 있다고 이 길로 계속 가는 건 좀 아닌 것 같아. 나도 더 깊은 부분까지 공유할 수 있는 사람들이랑 지내는 게 좋고."

"…재미있다고 했잖아."

떨리는 목소리로 말했다. 모기는 늘 요시로의 만화를 칭찬했었다. 그것이 얼마나 큰 기쁨이었는지. 모기처럼 금방 만화가가 되지 못한다는 것은 스스로도 알고 있었다. 하지만 어시스턴트 정도는 시켜 줄 수 있잖아. 필사적으로 설득해 봤지만 모기는 고개를 저었다.

"넌 그림도 못 그리는 주제에 개성만 강해. 아마추어 레벨인 사람한테 내 원고에 손대게 할 수는 없어. 질이 떨어지잖아."

가차 없는 거절에 경악하는 요시로에게 모기가 덧붙였다. 너처럼 안일한 태도로는 업계에서 경쟁할 수 없어. 나는 진심으로 만화가가 될 생각이거든. 장난이 아니라고.

"나도 장난으로 하는 거 아냐. 나도 진심으로!"

만화가를 꿈꾸는 마음은 항상 진심이었다고. 그렇게 말하려 했지만, 목구멍 안쪽에서 굳어 버린 듯 소리는 끝내 나오지 못했다. 모기가 비웃기 시작했기 때문이다. 깊은 곳에서 우러나 자연스럽게 번지는 웃음소리였다.

"그만해. 착각에도 정도가 있지. 넌 네 실력이 초등학생 낙서 수준이라는 거 몰라? 어쩌다 결선까지 올라간 것도 기적이야."

요시로를 앞에 두고 한바탕 웃어 젖힌 모기는 어이없다는 듯 입을 닫았다. 그러더니 이내 "아무튼 각자 어울리는 '필드'에서 놀자고"라는 말을 남기고 사라졌다. 그 후 모기와는 그 어떤 대화조차 하지 않았고 그대로 연이 끊겼다.

모기가 어시스턴트로 들어갔던 하카타의 만화가는 금세 인기 작가가 되었고, 이제 그가 연재하는 만화는 항상 잡지 앞머리에 실린다. 애니메이션으로도 제작되어 아이들에게 큰 사랑을 받고 있다. 모기는 20대 초반까지 어시스턴트로 일했던 것 같다. 그때까지만 해도 배경이나 단역 캐릭터의 그림에서 그의 펜 터치를 발견할 수 있었는데 어느 순간부터는 전혀 보이지 않았다. 모기의 필명으로 찾아봐도 나오는 것이 없다. 모기는 지금 어떤 필드에서 살고 있는 것일까.

책상 위의 펜을 들어 봤지만 손이 움직이지 않는다. 분명 다가오는 공모전에 출품하려고 최선을 다해 그리고 있었는데 어젯밤까지만 해도 넘치던 열의가 생기질 않는다.

바보 취급을 당해도, 결과가 좋지 않아도, 만화를 그리는 일만큼은 도저히 그만둘 수가 없었다. 나름대로 최선을 다했다. 하지만 이제는 멈춰야 한다. 자신의 인생을 다시 한번 되돌아봐야 한다. 그렇지 않으면 지금보다 훨씬 더 비참한 날이 기다리고 있을 것이다.

소년 검객이 요시로를 바라본다. 그 얼굴에 대고 "미안해" 하고 말을 건넸다. 어쩌면 나는 더 이상 만화를 그리지 않는 것이 나을지도 몰라. 과거의 상처와 이런저런 일들이 뒤섞여서 너무 괴로워. 이제 이걸로 끝일지도 모르겠다.

소년 검객은 아무 말이 없다. 어딘가 슬퍼 보이는 얼굴을 향해 잠시 고개를 숙인 후, 요시로는 책상에서 멀어졌다. 그리고 그날 밤은 씻지도 않고 이불 속에 몸을 묻었다.

*

요시로는 고향에 돌아가기로 했다. 학원을 그만두고 아파트에서 나와 본가가 있는 오이타로 가기로 한 것이다.

모든 짐을 본가에 보내 놓고 텅 빈 방 한가운데에 우두커니 선 순간, 눈물이 날 뻔했다. 나는 대체 몇 년 동안 여기서 무엇을 한 것일까.

두 번 다시 이곳에 오는 일은 없겠지. 작은 가방을 들고 아파트를 떠난 요시로는 발길이 닿는 대로 걷기 시작했다. 본가가 있는 오이타까지는 모지항역에서 출발해 전철을 갈아

타고 갈 생각이지만, 훌쩍 떠나기가 쉽지 않아 곧바로 역으로 향하지는 않았다.

빨간 벽돌색이 선명한 구 모지세관 청사 앞까지 휘청거리듯 걸어가 멍하니 바다를 바라본다. 여름 햇살을 받은 해수면이 아름답게 반짝이는 모습에 요시로가 눈을 가늘게 뜬다. 기분을 맑게 해 주는 경치 앞에서도 마음은 점점 갑갑해지기만 한다. 본가에 돌아간다 한들 지금과 별반 다르지 않은 생활을 하겠지. 꿈도, 직장도 다 버렸는데 이제 뭘 어떻게 해야 할까….

"오오, 여기 있었네!"

등 뒤에서 갑작스레 큰 목소리가 들려 돌아보니 빨간 삼륜 자전거를 탄 노인이 이쪽을 보고 있었다. 모지항역 주변에 자주 출몰하는 남다른 복장의 남자다. 학원 학생들이 빨강 할아버지라고 부르던 그 사람 같은데…. 여기까지 생각했을 때 "선생님" 하고 부르는 소리가 들렸다.

"선생님, 요즘 통 안 보이신다고 밋짱이 걱정하던데."

밋짱? 그게 누군데. 그보다 대체 어떻게 저 빨강 할아버지가 날 아는 거지. 놀란 마음에 그저 쳐다만 보고 있자 "한번 들러 줘" 한다.

"선생님한테 실례되는 말을 했다고 페로몬 남이 풀이 죽어 있다고."

그 말을 듣고서야 밋짱이 시바 점장이라는 사실을 알았다. 그러고 보니 주변의 어르신들도 그렇게 불렀던 것 같다.

시바와 우연히 만났던 그날 이후로 모지항 고가네무라점은 물론, 다른 텐더니스 편의점조차 가지 않았다. 아마도 빨강 할아버지는 그 얘기를 하는 것 같았다. 쓸데없는 참견이라고 한마디 하려다 입을 다물었다. 어차피 이곳을 떠난다. 대충 얼버무리면 된다. 일단 꾸벅하고 머리를 숙이자 빨강 할아버지가 만족스럽게 웃는다. 가뜩이나 무서워 보이는 얼굴이 더욱 무섭게 느껴져 살짝 덜컥했다.

"잘됐다. 그럼 꼭 들러 줘."

고개를 몇 번 끄덕인 요시로였지만 그대로 도망치듯 모지항역으로 향했다. 망설임 없이 개찰구를 빠져나간다. 전철이 움직이기 시작했지만, 뒤돌아보지 않았다.

모지항을 떠난 후 눈 깜짝할 새에 한 달이라는 시간이 흘렀다. 요시로는 본가에서 지내며 스스로 예상했던대로 시시한 생활을 하고 있었다. 나이 드신 부모님은 처음에는 아들이 고향에 돌아왔다고 기뻐했지만 얼마 안 가 "얼른 직장을 찾아야지", "혼자 살아서 이렇게 된 거다" 등의 잔소리를 쏟아 냈다. 직업소개소에 다니고 있지만 마땅한 일자리가 없는 것을 어쩌겠는가.

집에 있기 불편해 밖에 나와 봤자 걸어 다닐 수 있는 반경 안에는 아무것도 없다. 산과 밭, 농가 몇 채밖에 없는 동네에서 어떻게 시간을 보내야 할지.

여기에 비하면 모지항 주변은 대도시만큼은 아니지만 충분히 편한 동네였다. 하카타까지 전철로 한 시간도 안 걸렸고 생활에 불편한 점이 아무것도 없었다. 텐더니스의 커피를 마시고 싶으면 집에서 5분만 걸으면 됐다. 너무 당연해서 느끼지 못했지만, 그때는 참 행복하고 호화롭게 살았구나 싶다. 어찌 됐든 지금은 집에서 제일 가까운 편의점까지 차로 25분이 걸리니까 말이다.

방 침대에 드러누워 천장을 바라본다. 언제 뭘 어떻게 했더라면 이런 미래가 되지 않았을까, 하는 생각만 온종일 하고 있다. 모기를 만나지 않았다면? 만화가라는 큰 꿈을 꾸지 않았다면? 하지만 아무리 머리를 굴려 생각해 봐도, 나는 분명 만화에 빠졌을 것 같다.

"바보네."

혼자 중얼대고 있는데 "있어 봐라, 요시로!" 하는 엄마 사토미의 목소리가 들렸다.

"이것 좀 해 도고. 헛간에 있는 응접 세트 좀 버려뿌자."

창문 밖을 보니 하늘이 오렌지빛으로 물들기 시작하고 있었다. 대체 왜 이런 시간에 헛간 청소를 하는지 알 수가 없다. 하지만 이런 말을 하면 엄마 사토미는 금세 저기압이 될 것이다. 요시로는 한숨을 한 번 쉬고 밖으로 나갔다.

"엄마, 뭘 또 도와 달라는 건데…."

머리를 긁적이며 헛간에 들어서는데 "찾았다!" 하는 큰 소리가 들렸다. 놀라서 쳐다보자 그곳에는 언제였던가 텐더니스에서 카레를 먹던 수염이 덥수룩한 남자가 있었다.

"역시, 분명히 이 근처에 있을 것 같더라니."

남자는 그렇게 말하며 다가와 "너 찾으러 다녔어" 하고 등을 팡팡 두드렸다.

"아파요, 아파! 대체 뭐예요."

남자가 자신을 기억하고 있다는 사실에 놀랐지만, 찾으러 다녔다는 말이 무슨 뜻인지 알 수가 없다. 가죽이 다 벗겨진 소파 앞에 있던 사토미가 "무슨 일이고?" 하고 묻는다. 남자는 "찾아 다녔다고" 하고 밝은 목소리로 대꾸했다.

"내가 숨바꼭질이랑 보물찾기를 엄청 잘하거든. 분명 찾을 줄 알았다고."

뭐가 그리 기쁜지 남자는 목젖이 다 보일 정도로 입을 크게 벌리며 웃더니 곧이어 "아, 그보다 일단 이것부터 차에 싣자. 어머니, 그쪽 좀 들어 보세요" 하고 사토미에게 지시한다. 화제 전환 한번 빠르네, 요시로는 욱신욱신 아픈 등을 만지며 생각했다.

"엄마, 저 사람 알아?"

"가끔 한번씩 찾아오는 '무엇이든 맨' 아이가. 이 동네는 다 노인들밖에 없는데 젊은 남자가 힘쓰는 일 거들어 주면 훨씬 낫제. 니는 힘도 없어서 쓸 데가 없다 아이가."

사토미는 그렇게 구박을 하고는 "그러는 니는 어떻게 시바네 형제를 아노? 친구가?" 하고 묻는다. 요시로가 답하기도 전에 남자가 태연하게 고개를 끄덕이며 말했다.

"나랑은 에그 샌드위치 같이 먹은 사이지."

그렇다고 친군가? 쏘아붙이고 싶은 요시로였지만 엄마 입에서 나온 남자의 이름이 더 신경 쓰였다.

"시바?"

아는 이름이다. 혹시 하고 묻자 "아 걔는 내 동생" 하고 답한다.

"거기 점장, 내 동생이라고."

"안 닮았는데?"

말을 삼킬 새도 없이 마음속 생각이 튀어나왔다. 하나도 안 닮았다. 섹시함을 빚어 만든 것 같은 남자와 눈앞에 있는 수염 덥수룩하고 지저분한 남자가 형제라니, 믿을 수 없다. 하지만 이런 반응도 아마 익숙할 테지. 남자는 끄덕거리며 말했다.

"한배에서 나왔어. 진짜 친형제라고. 아, 나는 쓰기라고 부르면 돼."

요시로가 답하기도 전에 쓰기가 사토미와 소파를 옮기기 시작했다.

헛간 바깥에서 너도 거들라고 소리치는 사토미의 말에 요시로는 서둘러 오토만 스툴을 들었다.

"폐지도 수거한다 카는데 가져가라 하까?"

요시로는 말문이 막혔다. 두 개 정도 되는 박스 안에는 요시로가 그린 원고가 쌓여 있었다. 사토미가 일구는 밭 구석에서 태워 버릴 생각이었는데, 막상 그럴 수가 없었다. 적어도 안 보이는 곳에 둬야겠다 싶어 헛간에 치워 놨던 것이다.

"니 손으로는 못 버리지 싶은데."

"어⋯. 그건 그렇지만."

커다란 박스를 쳐다보며 사토미가 말했다.

"그 나이 먹고도 좋다카는 일인데, 그거를 직업으로 삼으면 좋겠지만 그기 맘대로 되나. 인생이 그런 기다. 좋아하는 일 하면서 먹고사는 사람이 얼마나 될끼고."

나직한 목소리에 요시로는 고개를 떨궜다. 먹고 자는 시간마저 아껴 가며 만화에 열중하던 아들의 모습을 그녀도 잘 알고 있다.

"포기할 줄 아는 것도 중요한기다."

다정한 엄마의 목소리에 요시로가 고개를 끄덕이려 했다.

"포기를 꼭 해야 되나?"

목소리가 들려 고개를 돌리자 수염 덥수룩한 얼굴이 보였다. 페트병에 담긴 스포츠 음료를 벌컥벌컥 마시며 "계속하면 안 되는 거야?" 하고 묻는다.

"그럼 말이야. 지금까지 직장 다니면서도 그렸는데 못할 거 없잖아?"

"나는 재능이…."

"꾸준히 하는 게 재능이라고들 하던데."

쓰기가 아무렇지 않게 말했다.

"성공한 사람들은 다들 그렇게 말하잖아? 무슨 일이든 계속하지 않으면 소용없다고. 그 나이까지 아무 보상도 없이 꾸준히 했다는 것만으로 재능 아닌가?"

요시로는 입술을 깨물었다. 그러고는 쥐어짜듯 "나는 진짜 재능이 없다니까" 한다.

"형편없어, 정말로. 만화가 같은 건 될 수가 없다고."

"그래? 적어도 내 동생은 좋아하던데. 당신 그림이 좋대. 그 자식 왠지 수상쩍어 보이는 구석이 있어서 믿기 힘들겠지만 말이야."

"엄마야, 쓰기 니는 다른 줄 아나. 처음에는 웬 수상한 형제가 다 있네 카면서 다들 경계했다 아이가."

사토미가 말하자 쓰기가 "히긴, 그렇지" 하고 웃는다.

"확실히, 수상해 보이는 건 우리 집안 핏줄일지도 모르겠네.”

“좋은 사람인 것도 핏줄인 갑네. 인자 이 동네 사람들 다 시바네 올 날만 기다리고 있데이.”

쓰기는 조금 기쁜 듯 “그런가” 하고 말한 뒤 요시로를 바라봤다.

“아무튼, 동생이 한 말은 진심이었어. 전달이 잘 안 돼서 그렇지. 사과하려고 했는데 이사 가 버렸다고. 동생이 혹시 자기가 잘못해서 떠났나 걱정하더라. 그래서 당신을 찾아 달라고 나한테 의뢰했어.”

찾아서 다행이라며 쓰기가 이를 드러내고 웃었다. 이어 요시로의 손을 잡았다.

“이제 드라이브 가자. 모지항으로.”

너무 쉽게 말하는데, 여기서 거기까지 가려면 고속 도로를 타도 세 시간 가까이 걸린다.

“자, 잠깐. 이렇게 갑자기 가자고 그러면 어떡해. 벌써 어두워졌는데.”

“뭐 어때. 내일 또 여기 올 일 있으니까 거기서 하룻밤 자고 다시 오자. 됐지?”

쓰기는 등 뒤에 있는 자신의 미니 트럭을 돌아본다. 짐칸에는 여전히 물건이 가득했지만 사토미 왈, 아직 쓰기를 기다리고 있는 집이 더 있다고 한다.

"잠은 시바네에서 자면 되잖아? 이건 비밀인데 사실 그 녀석 고가네무라 빌딩 4층에 살아. 주인이 월세를 싸게 해 줬는데 엄청 넓고 좋다니까. 그니까 어머니, 내가 아들 좀 빌려 가도 되지?"

쓰기가 묻자 사토미는 "그래라" 하고 단박에 허락했다.

"죽상을 해 가지고 집에만 붙어 있어가 짜증 나던 차에 잘됐다 마. 아, 모지항 갈 거면 모나카 좀 사 온나, 내 그거 좋아한다."

예상 밖의 전개에 당황하고 있는데 쓰기가 손을 꽉 잡고 놓지 않는다. 한 시간 후 요시로는 고속 도로를 달리는 미니 트럭의 조수석에 앉아 모지항으로 가고 있었다.

"대체 날 어떻게 찾은 거지?"

요시로가 창밖의 풍경을 바라보며 묻자 쓰기는 자신만만한 표정으로 웃었다.

"말했잖아. 나 찾는 거 진짜 잘한다니까."

"그걸 어떻게 믿어. 모지항 사람들한테 어디 간다고 말한 적이 한 번도 없는데."

학원 원장님이라면 본가의 주소를 알고 있겠지만 어느 학원에 다녔는지 이 사람들 알 턱이 없었다. 도대체 어떻게 조사한 건지 의아해하는 요시로를 쓰기가 힐끗 쳐다본다.

"빨강 할아버지. 방 빼고 모지항을 떠난 것 같다고 그러더

라. 그 사람한테 물어보면 웬만한 건 다 알 수 있거든."

수염에 덮인 무서운 얼굴을 떠올리며 요시로는 "으어" 하는 소리를 흘렸다. 우스꽝스러운 차림으로 어슬렁거리고 있지만, 사실은 모지항을 평정한 조직의 구성원인가? 아니면 무슨 첩보 활동이라도 하는 거야?

"뭐, 아무리 빨강 할아버지라도 본가 주소까지는 모르지. 근데 동생이 그러더라고 오이타 출신일 거라고. 사투리를 듣고 알았나 봐."

그날 밤, 감정이 격해져 고함을 치면서 사투리를 썼던가. 의식하지 못했다.

"난 일 때문에 규슈 지역은 대부분 다 돌아다니니까. 요즘은 오이타를 돌면서 당신을 찾고 있었지. 오이타라는 힌트만 가지고 찍은 거였는데, 실제로 찾아내다니 굉장하지?"

본능적인 감각이랄까, 하고 덧붙인 쓰기가 큰 입을 활짝 벌리고 웃는다. 상남자 냄새를 풍기는 모습을 보고 있자니 이 사람이 시바의 친형이라는 사실이 의아하게만 느껴진다. 아니지, 시바와 형제라서 이런 특수한 능력을 가진 건가?

"말이 나와서 말인데, 나도 좀 보여 주지? 그 가방 안에 들어 있을 거 아냐."

요시로는 갈아입을 옷이 담긴 가방을 무릎 위에 올린 채 끌어안고 있었는데 그 안에는 쓰기의 말대로 스케치북 한 권이 들어 있었다. 가방을 열고, 스케치북을 꺼냈다. 그러고는 빛바랜 낡은 스케치북의 표지를 가만히 어루만졌다.

모지항을 떠날 때는 결국 구 모지세관밖에 들르지 못했다. 그게 아쉬워 모처럼 모지항에 가게 됐으니 추억이 담긴 장소들을 돌며 제대로 이별을 고하자는 생각에, 가장 마음에 드는 한 권을 들고 나온 것이다.

"이거, 모지항에 이사 오자마자 산 스케치북인데."

상점가의 오래된 문방구에서 샀다. 가게를 보고 있던 괴팍한 인상의 남자가 계산을 마치자 "이 주변에 그림 그릴 만한 곳 많으니까 맘껏 그려"라고 말했다.

"산속에서 자라서 그런지 바다가 근처에 있다는 것만으로 좋더라."

환경이 새로워지면 자신도 바뀔지 모른다. 두근거리던 그때를 지금도 기억한다. 페이지를 넘기자 모지항의 풍경이 펼쳐졌다. 메카리 시오카제 공원에 있는 거대한 문어 모양의 미끄럼틀에서 놀고 있는 아이들, 메카리 공원의 야경.

목조 건물 산키로를 등 뒤로 잠든 고양이와 해양관의 펭귄. 신호를 기다리는 사이 스케치북을 슬쩍 본 쓰기가 "호오" 하며 밝은 목소리를 냈다. 요시로가 말했다.

"거봐, 못 그린다니까."

"아니, 좋은데? 매력 있어."

말투에 가식이 없어서일까, 아니면 그가 가진 기질일까. 요시로는 선뜻 그 말을 받아들였다.

"고마워. 그래도 프로는 어림없어. 내 그림에는 상업 잡지에서 성공할 만한 무기가 없어."

느닷없이 모기의 말이 떠올라 슬퍼진다. 그때 모기의 말투는 잔인했지만, 틀리지는 않았다.

"난 잘 모르겠네."

쓰기는 고개를 갸웃거렸다.

"직업으로 삼는다느니, 밥벌이를 한다느니, 그리고 뭐, 상업 잡지에서 성공할 수 없다고? 그런 게 그렇게 중요해?"

진심으로 신기해하는 목소리에 요시로는 목소리를 높여 "그야 당연하지" 하고 답했다.

"그게 당연한 거 아니야? 나는 옛날부터 아이들이 푹 빠져서 볼 만한 만화를 그리고 싶었어. 그러니까…."

"그래, 그러니까 말이야. 네가 말한 꿈이랑 아까 그 얘기가 같은 뜻이냐고."

요시로의 움직임이 멎었다. 쓰기가 부스스한 머리를 긁적이며 말했다.

"밥벌이니, 직업이니. 그런 건 꿈 뒤에 따라오는 덤 같은 것 아닌가?"

가벼운 말투가 마치 혼잣말 같기도 해서 요시로는 아무 말도 하지 못했다.

"그게 아니라 재능이"

힘겹게 말하자 "다시 말하지만 나는 요시로의 그림이 좋다니까? 동생도 그렇다고 하고"라고 답한다.

"모든 사람이 좋아하는 작품? 그거야 말처럼 쉽지 않겠지. 그렇지만 적어도 두 사람이 벌써 네 작품을 좋다고 하잖아. 그런 사소한 건 필요 없나?"

지나치게 이상적인 이야기다. 하지만 되받아치지 못했다.

말이 나오지 않아 엄한 스케치북만 뒤적인다. 예전에 만화에 푹 빠져 그렸던 그림들을 눈에 담는다. 그러던 중 갑작스레 쓰기가 "아아!" 하고 큰 소리를 냈다. 다급하게 길가에 차를 세운다. 무슨 일인가 싶어 쳐다보자 반짝이는 눈으로 "방금 그 페이지, 다시 한번 보여 줘!" 한다. 무슨 말을 하는지 알지 못한 채로 들춰 봤던 페이지를 다시 찾았다.

"뭐, 여기?"

펼쳐 놓은 페이지는 미야모토 무사시와 사사키 고지로의 대결 장면이었다. 간류 섬에 있는 동상을 본 순간 그리지 않고는 배길 수가 없어 남겨 뒀던 장면이다. 대상을 정밀하게 데생하는 기술은 없기 때문에 요시로 자신의 스타일대로 그려 봤다. 그 그림을 쓰기는 만족스러운 표정으로 바라본다.

"좋네. 진짜 좋아. 네 그림에만 있는 맛이랄까? 그런 게 있어. 나 이 두 사람 엄청나게 좋아하거든."

"아, 무사시랑 고지로?"

다시 차를 몰기 시작한 쓰기는 "우리 아버지가 좋아하셔서"라고 답한다.

"분위기 좋을 때는 꼭 하거든. 간류 섬의 결투."

"한다니, 뭘?"

"본인 말로는 어릴 때 보던 그림연극 흉내라는데. 종이를 동그랗게 말아서 테이블을 두드리면서 '바로 그때 눈앞에 나타난 것이 무사시가 탄 나룻배! 어이어이 무사시, 겁먹은 건가? 기다리고 있던 고지로가 장검을 쑥 뽑아 칼집을 백사장에 내던지고! 거기서 무사시가, 자네는 이미 졌네, 하고 외치는데' 막 이러면서."

마치 실제 연기를 하듯이 목소리를 높여 보여 주고는 "나도 꽤 하지?" 하고 웃었다.

"거의 수십 번을 들었어. 그래서 좋아하게 됐지."

쓰기는 요시로의 무릎 위에 펼쳐진 스케치북을 가리키면서 진심 어린 말투로 "진짜 좋다, 이거"라고 말했다.

"어딘가 따뜻하고 애정이 느껴진달까. 난 정말 마음에 드는데. 요시로는 아이들이 푹 빠져서 볼 수 있는 만화를 그리고 싶은 거잖아? 그럼 그림연극이라도 상관없는 거 아냐?"

"하하, 그림연극이라니."

쇼와 시절의 유물 같은 것이 지금 시대에 필요할 리가 없다. 요시로는 웃어넘겼지만 한편으로는 마음이 쿵 울렸다. 만화가 말고도 그림으로 아이들을 푹 빠지게 만드는 직업이 있으려나.

"뭐, 그림연극이 아니더라도."

쓰기의 목소리에 정신을 차렸다.

"뭔가 있을지도 몰라."

정말 뭔가 있을까. 모르겠다.

활짝 열린 창밖으로 바닷바람이 흘러들어 와 밖으로 시선을 돌린다.

"아, 모지항에 다 왔다."

텐더니스 모지항 고가네무라점 주차장에 미니 트럭이 들어선다. 엔진을 끄자마자 가게 안에서 시바가 뛰어나왔다. 조수석에 앉은 요시로를 보고 마치 꽃이 피어나는 듯한 미소를 짓는다. 애타게 그리워하던 여성에게나 지을 법한 미소에 요시로는 순간 멈칫했다. 잊고 지냈던 '페로몬족'이라는 단어가 선명하게 되살아났다. 형한테는 그런 페로몬이 느껴지지 않는데, 종족은 관계없는 건가.

"형! 고마워."

"대단하지 않냐, 나?"

"설마 여기까지 데려올 줄은 생각도 못 했다!"

시바는 조수석에서 주뼛주뼛 내리는 요시로에게 깊게 고개를 숙였다.

"죄송했어요. 지난번에는 제가 실례되는 말을 했습니다."

"아, 아니요. 그땐 저도 너무 감정적으로 굴어서… 죄송했습니다."

고개를 숙인 요시로의 손에 들린 스케치북을 본 시바가 휴우 하고 숨을 내쉬었다.

"하아, 다행이다. 혹시 저 때문에 그림을 그만두시면 어떡하나, 그것도 걱정이었거든요."

"아, 그렇게까지 신경을…."

쓰기는 요시로와 동생을 남겨 둔 채 재빨리 가게 안으로 들어갔다. 그러고는 어느새 물건을 다 골랐는지 취식 코너에서 얼굴을 내밀고는 "어이, 요시로. 뭐 좀 먹자. 배고프다"라고 말을 건다.

"형, 내 건?"

"없어. 넌 네가 사 먹어."

"너무하네."

형제의 대화를 듣고 요시로가 웃었다. 스타일은 전혀 다르지만 아무래도 형제가 맞는 것 같다.

"요시로, 빨리. 커피 다 식어."

"아, 사치카 커피! 그것도 샀어?"

편의점 쪽 입구에는 "사치카 커피가 전 과정 감수한 커피, 데뷔!"라는 배너가 세워져 있었다. 텐더니스라는 편의점 자체와 거리를 두고 있었기 때문에 지금껏 마셔 보지 못했다.

"바로 갈게!"

서둘러 뛰어들어 가자 옛날 기억이 떠오르는 취식 코너의 4인용 테이블 위에 따뜻한 커피와 에그 샌드위치가 두 개씩 나란히 놓여 있었다. 후쿠진즈케도 같이.

"하하, 익숙한 조합이네."

당장이라도 에그 샌드위치를 토스터에 굽고 싶지만 우선 커피 맛부터 봐야겠다. 쓰기 맞은편에 앉은 요시로는 종이컵에 손을 뻗었다. 엠보싱 가공된 고급스러운 컵에는 사치카 커피의 로고가 인쇄되어 있었다. 그 글자를 손가락으로 따라 그리며, 플라스틱 뚜껑을 열었다. 확 퍼지는 향기를 맡은 요시로가 고개를 갸우뚱했다.

"어?"

"드셔 보세요."

돌아보니 조금 떨어진 곳에서 시바가 쳐다보고 있었다. 어딘가 의미심장한 그의 미소에서 컵으로 시선을 돌린 후, 요시로는 커피에 입을 살짝 가져다 댔다. 그리고 잠시 후 몸을 부르르 떨었다. 진한 와인을 닮은 향이 콧속을 채우고 은은한 과일의 산미가 입안에 감돈다. 부드러운 쓴맛이 퍼진 다음, 신선한 커피 체리의 달콤함이 은은하게 남는다.

"이, 이거… 스페셜티 커피잖아."

이 맑은 맛은 틀림없다. 깊은 맛이 나도록 로스팅하는 것을 제일 중요시하는 사치카 커피의 마스터가 정말 이런 맛을? 지금까지의 사치카 커피와는 달라도 너무 달랐다.

한 모금 마시고는 고개를 갸웃, 한 모금 더 마시고는 신음 같은 소리를 흘린다. 자신이 알고 있던 사치카 커피와 지금 혀끝에 맴도는 커피의 맛이 도저히 연결되지 않았다.

"돈 때문에 사치카 커피의 이름을 팔아넘겼다면서 일부에서는 비난이 엄청나요."

요시로의 모습을 지켜보다가 슬쩍 말을 꺼낸 시바의 눈꼬리가 처져 있다.

"열광적인 팬들이 항의하겠다고 매장까지 몰려오고 그랬다니까."

그렇게까지? 조금 놀라긴 했지만 그럴 수도 있겠다 싶다. 요시로 역시 소식을 처음 들었을 때는 그런 생각을 했었다. 그러니 사치카 커피의 진한 맛을 기대했던 팬들 또한 뒷맛이 깔끔한 이 산미에 마치 배신당한 듯한 기분을 느꼈을지 모른다.

"지레짐작만 하고 제대로 마셔 보지도 않은 거야. 이거 끝내주는데. 이 맛도 다 샌드위치에 어울리게 맞춘 거라고."

어느 틈에 구워온 건지, 쓰기가 토스트한 샌드위치를 들이

밀었다. 자신감 넘치는 그 표정을 보며 샌드위치를 받아 든 요시로가 조금씩 빵을 베어 문다. 천천히 씹은 다음 커피를 한 모금 홀짝였다. 한동안 말이 없던 요시로가 부드러운 미소를 띠었다.

"아, 뭐지."

맛이 이렇게까지 확 바뀌었는데, 커피의 근본은 바뀌지 않았다. 빵의 고소함, 달걀 필링의 달콤함을 조금도 해치지 않는다. 그렇다고 커피의 존재감이 약해지는 것도 아니다.

"왠지 맛있어."

새로운 풍미였다. 어떻게 이런 것이 가능하지?

"원래 스페셜티 커피를 주문한 건 텐더니스의 임원진이었어요."

시바가 말했다. 그러자 사치카 커피의 마스터가 고맙다는 인사를 했단다. 이 나이에 좋아하는 분야에서 새로운 도전을 할 수 있게 해 줘서 고맙다고. 제안을 받은 이상, 한 명이라도 더 많은 사람에게 사랑받을 수 있는 맛을 개발하겠다고.

요시로는 손에 든 컵을 가만히 들여다봤다. 마스터는 이미 허리가 구부정한 노인이다. 몸도 가늘고, 지난번에 들렀을 때는 다니는 병원이 많아졌다며 어깨를 움츠리고 있었다. 그런 노인이 이런 모험을 하다니, 그게 가능하다니.

"텐더니스의 하루 평균 방문객 수가 800명이 훌쩍 넘거든요. 그중에서 커피를 구입하는 손님은 약 130명 정도고요. 총 점포 수를 생각하면 방대한 숫자잖아요. 저는 과연 그 모든 사람을 만족시키는 맛이 있을까 싶었는데 결과적으로 지금 이 커피는 엄청난 인기예요. 일부 비판의 목소리는 있지만, 매출은 계속 오르는 중입니다."

요시로는 샌드위치를 먹으며 커피를 마셨다. 감동. 이렇게밖에 표현할 수 없는 감정이 가슴 깊은 곳에서 솟구쳤다. 그 나이의 노인도 이런 도전을 하고, 도전할 수 있음에 기뻐하다니. 게다가 좋은 성과까지 이뤄 냈다.

"대단하죠. 이번에는 본인 가게에서 최고의 스페셜티 커피를 선보이겠다며 좋은 원두를 구하기 위한 여행을 떠났대요. 멋지죠?"

요시로의 손에 들린 컵은 어느새 비어 있었다. 그 컵을 내려다보고 있자니 스스로가 한심하게 느껴졌다. 과연 나는 이 정도까지 부딪쳐 봤는가. 지금 맛본 이 커피가 지닌 훌륭함의 10분의 1이라도, 작품을 통해 표현해 왔는가. 그것조차 해내지 못한 주제에, 모든 것을 어중간하게 해놓고 대단한 상처를 받은 양 다시 일어설 생각을 하지 않았다.

가방 안에서 스케치북을 꺼냈다. 낡은 스케치북을 한동안 바라보던 요시로가 "점장님" 하고 말을 걸었다. 그새 퇴근을 한 건지, 유니폼을 벗은 시바가 요시로의 엄마에게 받아 온

무장아찌를 맛있게 먹고 있었다. 한 손에는 맥주 캔까지 들었다. 빠르다.

"저기, 점장님. 그리고 쓰기 씨. 내 그림이 정말로 괜찮나요?"

"물론이죠."

시바가 고개를 끄덕인다. 뒤에서 슬쩍슬쩍 보던 거라 주제넘게 평가할 수는 없지만 저는 그런 의미 없는 거짓말은 절대로 안 해요. 항상 그림체가 좋다고 생각해 왔어요.

"아, 밋츠. 그거 봤어? 그 그림 진짜 최고야. 요시로, 좀 보여 줘 봐."

요시로는 쓰기가 시키는 대로 순순히 스케치북을 펼쳤다. 무사시와 고지로를 본 순간, 시바는 그의 형과 마찬가지로 기뻐했다.

"우와, 아버지가 말했던 그 그림연극, 분명 이런 느낌이었을 거야!"

"나도 그렇게 생각했다니까."

자신의 그림을 보는 두 사람의 반짝이는 얼굴. 요시로는 자기도 모르게 웃고 있었다. 이런 표정이 보고 싶어서 그림을 그려 왔던 것이다. 누군가의 감정을 흔들 수 있는, 그런 그림을 그리고 싶었다. 어쩌면 그것이 꼭 소년 만화일 필요는 없을지도 모르겠다.

"그림… 계속 그려 볼까."

작은 읊조림을 형제는 놓치지 않았다. 생판 다른 얼굴, 그러나 똑같은 눈빛을 하고 "찬성이야" 하고 입을 모았다.

"이러지 말고 어디 가서 한잔할까? 기리야마 씨, 지난번 일 사과도 할 겸 제가 살게요."

"나, 복어 먹고 싶어."

"기리야마 씨 것만 살 거야. 형은 형 돈으로 먹어."

희한한 형제와 함께 밤 깊은 모지의 거리를 나선다. 기분 좋게 시원한 바닷바람이 살포시 스쳐 간다. 익숙한, 그러나 여전히 아름답게 빛나는 거리에 녹아들며 요시로는 오랜만에 소리 내 웃었다.

무심코 뒤를 돌아보니 환한 빛을 쏟아내는 텐더니스가 눈에 들어왔다. 저 커피는 분명 나에게 용기를 줄 것이다. 어디에 있든, 텐더니스에 가면 용기를 얻을 수 있다. 기분이 조금 좋아진 요시로가 바람에 펄럭이는 배너를 보고 살짝 목례를 건넸다.

🏪

°

3

멜랑콜리
딸기 파르페

마당에서 비명에 가까운 미치요의 외침이 들려왔다. 못살아, 진짜. 하여튼 당신은 몰라도 너무 몰라. 그렇게 하면 식물이 제대로 못 자란다니까. 점점 격양되는 미치요의 목소리에 아즈사가 한숨을 뱉으며 읽던 책을 덮고 창문 밖으로 얼굴을 내밀었다.

"엄마, 무슨 일이야?"

"아, 아즈사. 내 말 좀 들어 봐. 아빠가 키우고 싶다고 그래서 어제 식물을 사 왔는데 이렇게 막 심잖아!"

원예용 분홍색 트레이닝복을 입은 미치요가 밀짚모자 아래로 얼굴을 뾰로통하게 부풀린다. 이것 봐, 하면서 꽃삽으로 가리킨 곳에는 미치요가 정성스럽게 가꾸는 텃밭이 있었다.

꽃, 허브, 채소의 구획이 확실히 나뉜 텃밭 중 허브가 모여 있는 구역이었다.

저 구역 안에 다양한 종류의 허브가 있다는데, 아즈사는 전혀 구별하지 못한다. 그러니 이것 보라는 말을 들어도 뭐가 문제인지 알 길이 없다.

"막 심는다니, 흙을 제대로 안 덮었다는 건가?"

뿌리가 드러난 것은 없었지만 다른 이유가 생각나지 않아 물어보니 미치요가 답답하다는 듯 "궁합이 하나도 안 맞잖아!" 하고 날카롭게 소리를 질렀다.

"허브에도 다 궁합이 있다고 엄마가 알려 줬잖아. 여기, 레몬 밤이랑 로즈메리 위치 좀 봐! 자기한테 다 맡기라더니 아빠가 해 놓은 것 좀 보라니까. 이게 뭐야!"

미치요는 말도 안 된다며 짜증을 냈지만 아즈사는 도통 뭐가 문제인지 알 수가 없다. 다시 물어보려다 그냥 관뒀다. 어차피 미치요의 화만 돋울 뿐이니까. 미치요는 자신의 소중한 취미인 텃밭 가꾸기를 가볍게 여기는 태도를 보이면 바로 욱한다. 화가 나면 그 불똥이 아즈사에게도 튀기 때문에 2차 피해를 입은 적이 한두 번이 아니다. 그래서 "아빠 잘 좀 해" 같은 말을 대충 추임새처럼 던지고 방으로 도망갔다.

침대에 쓰러지듯 누워 머리맡에 굴러다니던 휴대폰을 들었다. 뒹굴뒹굴하며 '허브 궁합'을 검색해 본다.

"흐음, 생육 환경에 대한 취향이라."

건조한 것을 좋아하는 식물, 습기를 좋아하는 식물, 햇볕이 드는 곳과 그늘진 곳 등 그런 조건이 식물의 생육을 좌우

하는구나. 취향이 다른 식물들을 같이 키우면 성장에 문제가 생긴다고. 음, 그렇군. 하고 중얼거리며 별생각 없이 스크롤을 내리던 아즈사의 손가락이 멈췄다.

"우와, 민트, 대박이잖아."

그것은 '위험한 허브'라는 제목의 특집이었다.

"민트는 생육이 너무 왕성해서 다른 식물과 모아 심기가 매우 어려운 허브입니다. 제대로 관리하지 않으면 다른 허브를 시들게 해서 민트밖에 남지 않는 경우도 있습니다. 땅에 직접 심으면 지면에 줄기를 팽팽하게 둘러치며 점차 번식의 범위를 넓혀 갑니다."

흐음, 하고 웅얼거리며 다른 사이트에 들어가자 민트를 땅에 직접 심는 바람에 옆집 마당까지 점령해 버려 이웃 간 문제가 생겼다는 이야기가 드라마틱하게 쓰여 있었다. 민트가 벌레 퇴치, 살균 작용, 항염 작용에는 딕월한 효능이 있는 한편, 취급이 어렵다는 사실은 대충 알겠다. 민트라고 하면 케이크나 아이스크림 위에 듬뿍 올려져 있는 그거잖아, 하며 기억을 더듬었다. 자기주장이 강하고 상쾌한 맛을 지닌, 입 안을 깔끔하게 해 주는 허브 잎. 우리 집의 치약도 드라이 민트 맛이었지. 그 정도 존재감이면 생명력이 강할 수밖에 없겠다고 납득한다. 인터넷 창을 닫이 배경 화면 상태로 돌려놓았다. 배경 화면에는 튤립 정원 앞에서 포즈를 취하고 있는 아즈사의 곁에 커트 머리의 여학생이 기대듯 나란히 서 있다. 아즈사는 자기 옆의 예쁜 얼굴을 물끄러미 바라본다.

"왠지, 미즈키 같네."

무라이 미즈키는 모범적인 여학생이다. 미즈키가 하는 말에는 틀림이 없고, 가끔은 선생님을 말로 설득할 정도다. 항상 최상위권 성적을 유지할 뿐 아니라 배구 팀 에이스이기도 하다. 학기마다 임원을 도맡아 학급 일을 정리하는 중심인물이기도 하다. 축제나 음악 발표회 같은 행사도 미즈키가 이끄는 대로만 하면 항상 좋은 결과가 나오기 때문에 모두가 인정하고 따른다. 아즈사가 속한 3학년 3반에서 미즈키는 절대적인 영향력을 지니고 있다. 그런 미즈키가 민트 같다는 생각이 들었다.

아즈사는 곧이어 또 다른 반 친구를 떠올린다. 다구치 나유타. 미즈키가 민트라면, 나유타는 뭘까. 민트에게 밀려날 것인가, 아니면 민트에 둘러싸여 동료가 될 것인가. 아니, 양쪽 다 아닐 것 같다. 강인한 의지가 엿보이는 그녀의 짙은 눈썹과 검은 눈동자를 떠올리자, 민트의 영향 따위 받지 않으리라는 생각이 들었다.

"응, 괜찮을 거야."

그 애는 강하잖아. 그렇게 혼잣말을 하는데 갑자기 배 속이 요동쳤다. 요즘 들어 계속되는 돌발성 통증이다. 배를 움

켜줘고 장수풍뎅이 애벌레처럼 몸을 움츠린다. 미즈키의 얼굴, 나유타의 얼굴, 그리고 인상 좋아 보이는 한 남자의 얼굴이 떠오른다. 머리를 흔들며 아니야, 아니야 하며 억지로 생각을 떨쳐 낸다. 좀처럼 잦아들지 않는 통증을 견디며 아즈사는 울 것 같은 기분에 휩싸였다. 나는, 비겁해.

아즈사가 교실에 들어가기 전 심호흡을 한다. 입꼬리를 확 올리고 '이'라고 작게 발음한 후에 입 모양을 유지한다. 매일 아침 아즈사가 하는 하나의 의식이다.

문을 열자 먼저 등교한 반 친구들이 아즈사를 바라본다. 순간 긴장으로 발이 오그라들었지만 모두의 웃는 얼굴을 보고 안심했다.

"안녕!"

"왔어, 이즈시?"

교실 창가 맨 앞줄에 여학생들 여럿이 무리 지어 있었다.

그 중심에 있는 미즈키. 어른스러운 느낌의 예쁜 얼굴과 쭉 뻗은 눈매, 늘씬하고 큰 키에 다카라즈카 극단(미혼 여성 배우만으로 이루어진 뮤지컬 극단-옮긴이)에서 남자 역을 맡는 배우들을 연상시키는 청결한 멋이 주변의 여학생들과는 어딘가 다르다. 아즈사는 어제 봤던 인터넷 기사를 떠올렸다. 역시나 미즈키는 민트 같다.

"안녕, 미즈키. 어제 갔던 '가상세계' 콘서트는 어땠어?"

아즈사의 물음에 미즈키의 얼굴이 환해진다.

"너무 좋았어! 세트리스트가 굉장했다니까."

가상세계는 요즘 인기몰이 중인 이색 밴드다. 멤버 전원이 어딘가 꼬질꼬질한 토끼 인형 옷을 입고 하드 록을 연주하는데 최근 들어 중고생들에게 절대적인 지지를 얻고 있다. 미즈키 또한 둘째가라면 서러운 열혈 팬이다.

"와! 미즈키, 좋겠다! 티켓을 용케 구했네."

다른 친구의 목소리에 미즈키가 살짝 자랑하듯 "부럽지?"라고 한다.

"가나코가 기적처럼 티켓을 두 장 구했다면서 같이 가자고 해서. 아, 시간을 돌려서 어제로 다시 가고 싶다. 그치, 가나코?"

미즈키가 옆에 있던 가나코의 어깨에 손을 얹으며 말하자 가나코가 기쁜 얼굴로 고개를 끄덕인다.

"완전 최고였어. 마지막에는 너무 흥분해서 미즈키랑 얼싸안고 봤다니까."

"맞아. 심지어 가나코가 막 우는 거야."

"아니, 너무 감동적이니까 그렇지."

가나코는 미즈키에게 맞장구를 치면서 슬쩍 아즈사 쪽을 쳐다봤다. 아즈사는 어딘가 의미심장한 그 시선을 모른 척하며 "잘됐네"라는 무난한 답변을 건넸다. 웃고 있는 얼굴 뒤로 가나코도 고생이 많네, 하는 생각이 들었다. 가나코가 가상 세계의 팬이라는 말은 들어 본 적이 없으니 아마도 미즈키를 위해 일부러 티켓을 구했을 터였다.

"다음에는 아즈사도 같이 가면 좋겠다. 아즈사도 가상세계 엄청 좋아하잖아."

미즈키의 말에 가나코의 얼굴이 단번에 흐려졌다. 아즈사는 여전히 미소를 띤 채 "그래" 하고 끄덕였다.

"꼭 가자. 미즈키랑 가면 정말 재밌겠다."

아즈사를 향한 가나코의 눈빛에서 불쾌한 기색이 느껴졌다. 이번에도 눈치채지 못한 척 넘어가며 아즈사는 창가 맨 뒤에 있는 자신의 자리로 향했다. 가나코는 미즈키에게 집착해 언제나 옆에 딱 붙어 있으려 한다. 그리고 어릴 적부터 미즈키의 친구였던 아즈사를 싫어했다.

기나코가 내 자리를 노리고 있구나, 아즈사는 이렇게 생각했다. 미즈키에게 특별한 존재가 된다는 것은 이 반, 아니 이 학년 전체에서 편안한 생활이 보장됨을 의미한다. 늘 눈치를 살피며 주위를 신경 쓰는 가나코의 입장에서는 내 자리가 부럽기 그지없을 테다. 티켓이든 뭐든 다 동원해서 내 자리를 꿰차고 싶겠지. 하지만 생각만큼 쉽지는 않을 것이다.

아즈사와 미즈키는 어릴 때부터 친하게 지내온 소꿉친구다. 두 사람의 엄마가 고등학교 시절부터 친구이기 때문이다. 옛날 사진을 보면 아즈사 옆에 항상 미즈키가 있다. 미즈키가 아즈사보다 9개월 먼저 태어났기 때문에 아즈사가 태어난 당일에 함께 찍은 사진이 남아 있을 정도다. 말 그대로 세상에 나온 순간부터 이어진 인연이다.

체구가 작고, 남들보다 성장이 다소 더뎠던 아즈사는 다른 친구들에 뒤처지는 일이 많았다. 술래잡기할 때 부르지 않거나 소꿉놀이에 끼워 주지 않아 매일같이 훌쩍훌쩍 울곤 했다. 그에 반해 미즈키는 어릴 때부터 리더십이 넘치는 아이였다. 그 때문일까, 철이 들 때쯤에는 이미 미즈키가 나서서 아즈사를 보살펴 주는 관계로 자리가 잡혀 있었다. 아즈사의 엄마도 "항상 옆에 붙어서 미즈키 말대로만 하면 돼"라는 말을 입버릇처럼 달고 살았기 때문에 아즈사 역시, 미즈키가 이끄는 대로 하는 것을 딱히 이상하게 생각하지 않았다. 아즈사에게 미즈키는 절대적이었다.

책가방에서 꺼낸 필통과 교과서를 서랍 속에 정리하면서 아즈사는 생각했다. 엄마들끼리는 지금도 사이가 좋아 서로를 평생의 '절친'이라 칭하는 데 주저함이 없다. 그리고 딸들이 이 우정을 고스란히 이어받기를 기대하고 있다. 엄마들이 대를 잇는 우정에 대해 꿈꾸듯 이야기할 때, 미즈키가 어이없다는 듯이 웃으며 말했다. 우리랑 엄마들의 우정은 별개야. 그렇게 한데 묶어 말하면 안 되지. 나는 아즈사를 부모님

다음으로 소중하게 여길 거라고. 우리 둘은 진짜 잘 맞거든.

아즈사는 대답 대신 고개를 끄덕였지만, 사실 엄마들의 말이 더 맞는 것 같다. 우리는 엄마들이 지켜 온 우정의 끄트머리를 붙잡고 있을 뿐이다. 소꿉친구가 아니었다면 미즈키와 나는 지금만큼 친하지 않았을 것이다. 미즈키는 우리가 잘 맞는다고 하지만 사실은 취향도, 성격도, 휴일을 보내는 방식도 전혀 다르다. 실은 가상세계도 별로 좋아하지 않는다. 무표정한 토끼 무리가 어딘가 기분 나쁘기도 하고 음악도 너무 시끄럽기만 하다. 하지만 미즈키는 절대적이기 때문에 그런 말을 할 수는 없다.

그럼 나는 앞으로도 계속 미즈키의 그늘에서 미즈키가 말하는 대로 살아가야 하는 걸까? 그걸로 된 걸까?

교실 안의 공기가 바뀌는 것을 느낀 아즈사가 고개를 들었다. 앞문으로 나유타가 들어오고 있었다. 뻣뻣해 보이는 흑발을 짧게 자르고 체육복을 입은 모습이 언뜻 남학생처럼 보인다. 나유타는 아무와도 대화를 나누지 않고 교실 한가운데에 있는 자기 자리에 앉았다.

"오늘도 교복 안 입었네."

가나코의 목소리에 아즈사가 시선을 돌렸다. 미즈키를 둘러싼 여러 명이 눈살을 찌푸리고 있었다.

"선생님은 저걸 왜 그냥 두는 거야. 교칙 위반 아니야?"

들으라는 듯 큰 목소리로 꺼낸 이야기는 벌써 몇 번이나 들어 온 내용이다. 나유타는 교복이 아닌 체육복을 입고 등교한다. 그것을 본 미즈키의 추종자 중 한 명이 '교복'이라는 단어를 꺼내면 미즈키가 타이르는 것까지가 마치 약속이라도 한 듯 반복되는 패턴이다. 오늘도 역시 미즈키는 "에이, 아냐" 하고 나지막한 목소리로 말한다.

"위반은 아니라니까. 학교에서 지정한 체육복이라서 원칙적으로는 문제없어."

교칙에 따르면 체육복을 입고도 등교할 수 있으며 특별 행사가 있는 날에만 교복 착용을 의무화하고 있다는 내용을 아즈사는 얼마 전까지 알지 못했다. 알게 된 계기는 물론 나유타였다.

나유타는 3월 무렵부터 어딘가 조금 이상해졌다. 갑자기 허리까지 내려오던 머리카락을 짧게 자르고, 교복이 아닌 체육복을 입고 등교하기 시작했다. 지각과 조퇴가 많아졌고 결석도 잦았다. 원래도 그리 사교적인 성격은 아니었지만, 이때부터는 의도적으로 벽을 세우고 사람들과 거리를 두기 시작했다. 무슨 일이 생긴 것인지, 이유를 물어도 아무 일 없다고 답할 뿐이다. 미즈키 무리도 처음에는 조금 신경을 써 주는 듯했지만 입을 꾹 다물고 이유를 가르쳐 주지 않는 나유타에게 짜증이 났는지, 두 달 정도의 시간이 흐른 지금은 비난하는 쪽으로 돌아섰다. 비난의 이유는 반의 화목한 분위기를 흐트러뜨리고 주변 사람들을 신경 쓰게 만들어 놓고 제대로 된 설명조차 하지 않는다는 것이었다.

하지만 선생님이 별말 안 하는 것을 보면 뭔가 사정이 있지 않을까?

아즈사는 대각선 방향에 앉아 있는 나유타를 바라본다. 분명 가나코의 말을 들었을 텐데 나유타는 아무 반응도 없이 담담한 태도다. 도대체 어디에서 저런 굳건함이 나오는 걸까. 머리 스타일이나 교복은 아무래도 상관없다. 그저 이런 상황에서 올곧게 앞만 보고 나아갈 수 있는 저 강인함의 바탕이 무엇인지 알고 싶다.

가나코가 "근데 쟤 우리 무시하는 거야?" 하고 불쾌한 티를 내며 말했다.

"인사도 안 하고, 최악이네."

가나코의 말에 아즈사는 울컥했다. 저쪽에서 먼저 인사를 하는 것이 당연하다고 생각하는 것일까? 인사를 주고받고 싶으면 먼저 말을 걸면 될 일이다.

"그러게 말이야. 지가 뭐라고."

"여기 좀 봐 주지?"

미즈키 곁에 있는 다른 아이들도 한마디씩 거들고, 다른 무리도 말리기는커녕 히죽히죽거리며 그 모습을 지켜보고 있다. 남자들이 조그맣게 "여자애들, 장난 아니다"라고 속닥대는 것이 들린다.

"다들, 신경 꺼 주자. 원하지 않는 걸 억지로 시킬 수는 없잖아."

미즈키가 한숨을 쉬며 말하자 가나코가 "미즈키는 너무 착하다니까" 하면서 입술을 쭉 내민다.

"그러니까 쟤가 기가 살아서 저러잖아."

"근데 지금 이 분위기, 왠지 우리가 집단으로 괴롭히는 걸로 오해받는 느낌이네? 그런 거 아닌데. 좀 그렇다."

미즈키가 억지웃음을 짓자, 가나코 무리가 아까 뭐라고 했던 남자들 쪽을 노려본다. 그 광경을 본 아즈사는 어김없이 울컥하고 말았다. 무의식적으로 주먹을 쥔다. 미즈키 역시 자신은 인사를 받는 입장이라고 생각하는 것이다. 그것이 당연하다고 믿고 있다.

"아즈사, 왜 멍하니 그러고 있어?"

문득 들려오는 목소리에 아즈사가 번뜩 정신을 차렸다. 시선을 옮기니 어느샌가 미즈키가 무리에서 벗어나 내 옆에 서 있었다.

"아까 나유타 쪽 보던데, 무슨 용건이라도 있어?"

"아, 별생각 없이 그냥 본 거야."

미즈키가 이쪽을 보고 있을 줄은 몰랐기에 당황하고 말았다. 미즈키가 "괜히 관심 있는 티 내면 안 돼" 하고 말했다.

"쟤가 이 무리에 들어오고 싶어지면 아즈사 너부터 노릴 걸? 너를 이용해서 우리한테 접근하려고. 그러면 괜히 너만 안 좋은 일 겪게 되잖아."

뜨끔했지만 티 내지 않으려 애쓰며 "같이 어울릴 생각은 없는 거구나?" 하고 부드럽게 물었다. 그 말을 들은 미즈키는 "당연하지"라고 질색하듯 말했다.

"이런 우유부단한 성격이 아즈사의 발목을 잡는다니까. 이쪽에서 몇 번이나 손을 내밀었는데 그걸 뿌리친 건 쟤잖아. 거절할 때마다 우리한테 얼마나 상처를 줬는데. 너도 확실히 알아 두라고."

미즈키의 거리낌 없는 목소리가 나유타에게도 들렸을 것이다. 초조함을 감추지 않는 아즈사를 본 미즈키는 "뭐, 아즈사도 필요할 때는 똑 부러지게 말할 줄 아는 애니까" 하고 웃었다. 그 말에 아즈사는 자신의 표정이 굳어지는 것을 느꼈다. 또다시 배가 뒤틀리는 느낌에 손을 가져다 댄다. 아파. 아프다.

"아즈사가 알아서 잘하겠지만, 역시 걱정이 돼서 말이야. 알지?"

"아… 그래"

"아무튼, 쟤 너무 신경 쓰지 마. 아즈사는 사람이 좋아서 이

용당하기 십상이니까. 알겠지?"

미즈키의 말대로 살아가야 하나? 정말 이게 맞는 것일까? 배가 다시 찌르르 아파 온다. 하지만 아즈사는 가만히 고개를 끄덕였다. 끄덕이며 생각한다. 정말 이대로 괜찮은 거야? 아, 배가 아프다.

*

아즈사의 비밀스러운 즐거움은 화요일 저녁마다 편의점에 가는 것이다.

화요일은 학원에 안 가는 날이자, 파트타임으로 일하는 엄마가 늦게 퇴근하는 날이다. 서둘러 옷을 갈아입고 지갑을 챙겨 뛰어오르듯 자전거를 탄다. 목적지는 텐더니스 모지항 고가네무라점이다.

도보 3분 거리에 있는 다른 편의점을 지나고, 10분 정도 열심히 페달을 밟아 도착한 두 번째 다른 편의점도 통과한다. 20분 남짓 걸리는 거리지만 꼭 그곳으로 가야 하는 이유가 있다. 편의점에 다니는 것을 누구에게도 들켜서는 안 되기 때문이다.

포동포동한 체격에 얼굴이 동그스름한 엄마를 닮아 아즈사도 살짝 통통한 외모를 가지고 있다. 피부도 하얘서 어릴 때 남자아이들에게 찹쌀떡이라 놀림을 받곤 했다. 그때마다 미즈키가 감싸 주면서 "아즈사가 무슨 살이 쪘다고 그래"라고 위로했다. 하지만 몇 달 전 엄마의 한마디에 상황이 바뀌었다.

"미즈키랑 같이 있으니까 아즈사가 통통해 보이네. 미즈키, 아즈사가 간식 못 먹게 신경 좀 써 줘."

미즈키는 "맡겨만 주세요"라고 답했다. "하긴 아즈사는 달달한 걸 좋아하니까. 조금 과하게 먹는 걸지도 모르겠다." 그후 미즈키는 아즈사가 뭘 먹을 때마다 엄격하게 관리하기 시작했다. 집에서는 엄마가 눈을 부릅뜨고 있고, 미즈키랑은 학원까지 같이 다니다 보니 군것질을 할 수가 없다. 두 사람의 감시를 모두 피할 수 있는 화요일만이 아즈사가 사랑해 마지않는 편의점 디저트를 마음껏 먹을 수 있는 날이다. 게다가 텐더니스 모지항 고가네무라점에는 가게 옆에 취식 코너까지 마련되어 있다. 깨끗하고 안락한 장소다. 거기에서 먹고 치워 버리면 어떤 흔적도 남기지 않고 집에 돌아올 수 있다. 아즈사에게는 최고의 가게다.

낯익은 간판이 보이기 시작하자 페달을 밟는 다리에 힘이 들어갔다. 아아, 남아 있을까. 봄에만 나오는 딸기 케이크 파르페!

주차장에 자전거를 세워 두고 가게 안으로 들어간다. 입장을 알리는 멜로디가 울리고 계산대 안쪽에 있던 남성이 "어서 오세요" 하고 부드러운 어투로 인사를 건넨다. 아즈사는 망설임 없이 디저트 코너로 향했다.

"헤헤, 있다!"

먹고 싶었던 제품을 발견하자 무심결에 목소리가 튀어나왔다. 오랫동안 기대해 왔던 '봄 한정 딸기 케이크 파르페'가 깔끔하게 진열되어 있다. 그 옆에는 눈여겨 뒀던 '딸기 맛 도라야키'도 있었다. 고민도 없이 두 개를 모두 집어 들고 음료 코너로 발걸음을 옮겼다. 즐겨 먹는 밀크셰이크를 챙겨 계산대로 향했다.

계산대에는 가까이 다가가면 목덜미가 근질근질해지는 남자, 이 가게의 점장이 수상쩍은 미소를 지으며 서 있었다. 지금은 다소 적응했지만, 처음에는 점장이 카운터에 서 있으면 일부러 피할 정도로 이상한 아우라가 스멀스멀 피어오르는 것이 느껴졌다. 미즈키가 있었다면 이런 이상한 남자가 있는 가게에는 오지 말라고 한 소리 했을지도 몰라. 계산하는 사이 멍하니 이런 생각을 했다. 아마 여기에서 이러고 있는 것만으로도 혼이 날 것이다. 엄마 귀에도 들어가 용돈도 깎이겠지. 그런 일이 생길까 봐 이렇게 조심하는 것이다.

봉지를 들고 문으로 연결된 취식 코너로 갔다. 초등학생 남자아이 한 명이 4인용 테이블 구석에 앉아 휴대용 게임기로 게임을 하고 있었다. 테이블에는 먹다 만 야키소바가 놓여 있었다. 아즈사는 남자아이와 떨어진 자리에 앉아 봉지 속에서 대망의 디저트들을 하나씩 꺼내 늘어놓았다. 그러고는 잠시 고민하다 도라야키를 집었다. 아마오(후쿠오카현에서 재배되는 고급 딸기 품종—옮긴이)가 통째로 들어가 있는 도라야키는 속이 꽉 차 묵직하다. 겉을 감싼 빵 사이로 분홍색 생크림과 윤기 가득한 단팥이 드러나자 선명하게 대비되는 색감에 설렌다. 봉지를 뜯어 한입 가득 크게 베어 물었다.

폭신폭신한 빵과 생크림, 통통한 단팥이 한데 어우러져 깊은 단맛을 낸다. 안쪽에 있는 아마오 딸기에서 퍼지는 신선한 산미에 아즈사가 눈을 꼭 감았다.

아아, 맛있어. 행복하다.

일주일에 단 한 번 만끽할 수 있는 아즈사의 은밀한 즐거움이다. 무엇과도 바꿀 수 없다. 정신없이 도라야키를 배 속에 집어넣고 밀크셰이크를 마신다.

주스류도 금지당하고 있어 밀크셰이크가 더욱 맛있게 느껴졌다.

후우, 달콤한 숨을 뱉으며 메인인 케이크 파르페에 손을 뻗었다. 플라스틱 뚜껑을 열고 한동안 바라본다. 큐브 모양으로 썰린 스펀지케이크에 딸기 시럽이 스며들어 있다 생크림과 딸기 시럽으로 적신 케이크 위에는 커다란 아마오 세

개가 놓여 있고, 슈거 파우더가 눈처럼 뿌려져 있다. 토핑은 슬라이스 피스타치오. 아즈사는 그 귀여우면서도 식욕을 자극하는 모습을 황홀한 눈빛으로 바라보다가 휴대폰을 꺼내 들고는 케이크 파르페의 사진을 찍었다.

달콤한 디저트가 먹고 싶어 참기 힘들 때 이 사진을 봐야지. 밀크셰이크를 마시며 다양한 각도에서 사진을 찍은 후 조금씩 먹기 시작했다. 새콤달콤한 딸기의 부드러운 맛에 푹 빠져 있는데 가게 쪽에서 누군가 들어오는 인기척이 느껴진다. 무심코 시선을 던진 아즈사의 입에서 "아" 소리가 새어 나왔다. 모습을 드러낸 것은 여전히 체육복을 입고 있는 나유타였다. 나유타도 아즈사를 발견하고는 "아아" 하는 목소리를 흘렸다.

"아, 안녕."

"응."

보통의 반 친구라면 아즈사의 옆자리에 앉았을 테다. 하지만 나유타는 취식 코너 안을 쓱 둘러보고는 아즈사의 반대쪽에 자리를 잡았다. 아즈사의 존재 따위는 까맣게 잊은 듯 무설탕 아이스커피 캔 뚜껑을 따더니 꿀꺽꿀꺽 마셨다. 아즈사는 자신도 모르게 유난히 어른스러운 그 모습을 물끄러미 바라봤다. 후우, 하고 숨을 내뱉은 후 캔을 내려놓은 나유타가 아즈사의 시선을 느꼈는지 입을 열었다.

"왜?"

"아, 그, 그게 대단하다 싶어서. 나는 커피 못 마시거든."

아즈사는 무슨 말을 해야 할지 몰라 아무렇게나 생각나는 대로 말했다. 우유와 설탕을 넣어 달달하게 만들지 않으면 못 마시겠더라고. 커피 젤리나 모카 맛 아이스크림은 좋아하는데. 나유타는 신기하다는 표정으로 아즈사를 쳐다보더니 살짝 눈을 접고 웃었다.

"단 거 좋아하는 모양이네."

나유타의 눈이 케이크 파르페와 밀크셰이크에 가 있는 것을 본 아즈사가 정신을 번뜩 차렸다.

"아, 저기! 아무한테도 말하면 안 돼!"

저도 모르게 튀어나온 큰 목소리에 게임을 하던 남자아이가 아즈사를 쳐다봤다. 나유타도 어리둥절한 표정이다.

"비밀로 해 줬으면 좋겠어. 내가 여기서 디저트 먹은 것 말이야."

단 음식 금지거든. 아즈사가 주저하며 말하자 나유타가 "왜?" 하고 묻는다. 짧고도 강한 어조에 아즈사는 부탁을 들어주지 않을지도 모른다는 생각을 했다. 그러나 나유타는 "의사가 못 먹게 하거나 뭐 그런 거야?" 하고 덧붙였다.

"설마 그럴 리가. 그게 아니라 내가… 뚱뚱하다고 엄마가 금지시켰어."

말을 뱉고 나니 부끄러움이 밀려온다. 고개를 숙이자 "에이, 뭐야" 하고 맥 빠진 소리를 냈다. 다시 얼굴을 들자 나유타가 살짝 웃고 있었다.

"이런 얘기 다른 사람에게 할 생각도 없지만, 먹고 싶은 거 마음대로 먹어도 되지 않아? 내가 보기엔 별로 살 안 찐 것 같은데."

아즈사를 보더니 나유타가 말했다. 얼굴형이 동그란 편이라 그렇게 보이는 건가. 뒤에서 다른 말을 할 것 같지 않은 솔직한 말투에 아즈사는 기분이 조금 좋아졌다. 자신의 체중이 표준 범위 안이라는 것은 스스로가 가장 잘 알고 있다. 미즈키 같은 모델 체형에 비하면 통통해 보일 수도 있지만 사실 절대 뚱뚱한 것은 아니다.

"고, 고마워."

"고마워할 일도 아닌데 뭐. 미즈키한테 말 안 할 테니까 걱정 마. 애초에 대화할 일도 없고."

이어진 나유타의 말에 아즈사의 배가 찌르르 아파진다.

"아, 미즈키가. 저기, 그."

사과한다고? 미즈키 무리를 한 번도 저지한 적 없는 내가 무슨 자격으로. 치밀어 올랐던 말이 목구멍 깊숙한 곳에서 꽉 막혀 버렸다. 어떻게든 우물쭈물 이어 갈 말을 찾는 아즈사를 보는 나유타의 표정이 시큰둥하게 바뀌었다. 남아 있던 캔 커피를 들이켰다.

"그런 건 아무래도 상관없어."

툭 내뱉는 듯한 말투에 흠칫 놀라고 말았다. 나유타는 커피를 다 마시고 자리에서 일어났다. 쓰레기통에 빈 캔을 던진다. 아즈사가 그 모습을 눈으로 좇자, 몸을 휙 돌린다.

"뭐라고 하든 난 괜찮아. 남의 눈치를 보는 것보다 중요한 일들이 있으니까. 그런 하찮은 이유로 소중한 것들에 소홀했다가 나중에 후회하고 싶지 않아."

단호하게 말한 나유타가 그대로 자리를 떴다. 얼마 안 가 자전거를 타고 멀어지는 뒷모습이 보였다. 사라져 가는 나유타를 보면서 아즈사는 방금 들은 말을 곱씹었다. 나는 남의 눈치만 살피고 있지 않은가. 그럴 리 없다는 생각과 그럴지도 모른다는 생각이 교차한다. 나유타의 이야기를 듣고 곧바로 떠올린 사람이 바로 미즈키였다. 나는 미즈키의 안색과 기분을 살피고 있지 않나. 그래, 분명 눈치를 보고 있어. 그러니까 그런 일까지 저질렀지.

"기리야마 선생님은 이 일을 왜 해요?"

작년 여름 방학에 있던 일이다. 아즈사는 학원의 남자 선생님에게 이런 말을 했다.

도대체 왜 그랬을까. 그냥, 그렇게 흘러가 버렸다. 미즈키는 그 선생님에 대해 "패기도 없고, 일에 대한 의욕도 하나도 없어 보여"라고 말했다. 부모님들은 적지 않은 학원비를 내고, 우리는 선생님을 믿고 시간을 내서 학원에 다니는 거잖아. 그런데 저렇게 날림으로 수업을 하다니 잘못된 거 아냐? 나는 그 선생님의 수업 태도가 용서가 안 돼. 미즈키는 어디선가 기리야마에게 그림을 그리는 취미가 있다는 정보를 입수한 후로 "수업 말고 딴 데 신경이 가 있으니까 저러지"라며 더욱더 강하게 비난했다.

학교뿐 아니라 학원에서도 모두의 중심에 있는 미즈키의 말을 비판하는 친구는 아무도 없었다. 그래서 그날, 다 같이 가서 직접 담판을 짓자고 말하는 미즈키를 아무도 말리지 않았고 결국 무리 지어 선생님을 에워싸게 된 것이다. 아즈사도 당연히 그중 한 명이었다.

하지만 "선생님이 어떤 표정을 지을지 궁금하네"라며 장난을 치던 아이들도 사람 좋은 얼굴로 "무슨 일이야?" 하고 묻는 기리야마 앞에서는 꽁무니를 뺐다. 미즈키의 말에 동조하긴 했지만, 기리야마 선생님의 수업을 진심으로 불편해하는 친구는 아무도 없었던 것이다. 그저 고조되는 분위기에 맞장구 쳤을 뿐.

아즈사는 기리야마의 수업을 좋아했다. 다른 강사들처럼 농담을 던지거나 분위기를 띄우는 스타일은 아니지만 차근차근, 정중하게 가르쳐 주는 방식이 아즈사에게 잘 맞았다.

하지만 미즈키에게 그런 말은 하지 못했다. 미즈키를 거스르는 일은 지금껏 생각조차 해 본 적이 없었으니까.

기리야마 선생님을 세워 놓고 다들 서로의 눈치만 살폈다. 이대로 흐지부지되어 버리면 좋겠다고 생각하고 있는데 가나코가 아즈사의 귀에 대고 속삭였다.

"가끔은 너도 말 좀 하지? 맨날 미즈키 그늘에서 어리광만 부리지 말고, 치사하게."

놀라서 쳐다보니 가나코가 히죽히죽 웃고 있었다. 미즈키 한테 어리광 부린 적 없어. 이렇게 말하려다 가나코 외의 아이들도 똑같이 생각하고 있을지 모른다는 느낌이 들어 그대로 입을 다물었다. 미즈키와 소꿉친구이기도 하고, 미즈키가 특별히 챙기니까 누구도 겉으로 드러내지 못할 뿐, 불만을 품고 있어도 이상할 것은 없다. '아즈사는 치사하고 교활하다니까' 친구들이 이런 생각을 하지 않는다고 장담할 수 있을까.

미즈키도 나한테 불만이 있을지 모른다. 생각이 거기까지 미치자 갑자기 두려움이 몰려왔고, 정신을 차리고 보니 이미 입을 열고 있었다.

"수업이 너무 재미없다니까. 선생님, 솔직히 재미있게 수업 하고 싶은 마음도 없죠? 그냥 돈 받은 만큼만 일한다는 느낌 이랄까?"

평소에는 미즈키의 부록처럼 옆에 서 있기만 했던 아즈사가 말문을 열자 한순간에 무리가 술렁였다. 그러더니 스위치가 켜진 듯 다들 선생님에게 한마디씩 하기 시작했다. 어깨를 들썩이며 숨을 몰아쉬는 아즈사의 등을 가만히 두드린 손은, 미즈키의 것이었다.

"그래, 마음먹으니까 잘하잖아. 아즈사가 내가 하고 싶은 말을 다해 줬어. 역시 내 소꿉친구!"

아즈사는 반가운 듯 말하는 미즈키에게 어색하게 웃으며 당연한 반응이라고 생각했다. 그도 그럴 게, 미즈키가 입에 달고 다니던 말을 그대로 옮긴 것뿐이었으니까.

기리야마 선생님은 잠시 충격을 받은 듯했지만, 그래도 웃어 보였다.

"앞으로는 더 주의할게."

늘 그렇듯 온화하게 대응하고는 "자, 조심해서 돌아가"라며 배웅까지 했다. 그런 그의 모습에 다들 시시하다는 표정을 지었지만, 아즈사만큼은 마음 깊은 곳에서 안심하고 있었다. 다행이다. 별로 신경 쓰지 않나 봐. 자신이 입에 담은 말이 가벼워진 듯한 기분이 들었다.

그러나 기리야마는 곧 학원을 그만뒀다. 다른 선생님이 집안 사정 때문이라고 했지만, 아즈사는 그럴 리 없다고 생각했다. 기리야마는 분명 학생들에게 비난받은 일 때문에 그만

둔 것이다. 그리고 그 계기를 만든 것은 다른 사람이 아닌 바로 자신이었다. 내가 기리야마 선생님의 인생을 바꿔 버렸다. 뉘우치고 있던 내게 미즈키는 "잘된 거야"라고 말했다. 덕분에 이런 결과를 얻었잖아. 죄책감 같은 것 느낄 필요 없어.

그런데도 아즈사는 몇 번이고 자신에게 되물었다. 도대체 왜, 가나코의 말에 욱하고 만 것일까. 도대체 왜, 선생님에게 가는 미즈키를 말리지 않았을까. 나는 기리야마 선생님, 꽤 괜찮은 것 같은데. 이렇게 말했다면 뭔가 달라졌을지도 모르는데.

덜컹하는 소리가 들려 정신을 차렸다. 돌아보니 남자아이가 식사를 마치고 집에 가려고 하고 있었다. 신속하게 쓰레기를 정리한 아이는 그대로 취식 코너를 떠났다. 느릿느릿 자신의 테이블을 둘러보니 미지근해진 케이크 파르페가 보인다. 그렇게나 먹고 싶었는데 영 먹을 기분이 들지 않는다. 남은 파르페를 비닐봉지에 담아 쓰레기통에 밀어 넣었다.


그다음 화요일 저녁에도 아즈사는 텐더니스에서 나유타와 마주쳤다. 이번엔 나유타가 먼저 도착해 무가당 탄산수를 마시고 있었다. 나유타가 "안녕" 하고 아즈사에게 인사를 먼저 건넸다.

"어, 아, 안…녕."

나유타는 지난주 금요일부터 오늘까지 쭉 학교를 빠졌다. 담임 선생님은 감기라고 했지만 페트병에 담긴 탄산수를 마시고 있는 나유타의 모습을 보니 딱히 아픈 것 같지는 않았다. 게다가 티셔츠에 반바지를 입은 가벼운 차림이었다.

취식 코너에는 두 사람밖에 없었다. 아즈사는 바 자리 끝에 앉아 있는 나유타의 반대쪽 자리에 자리 잡았다. 지난주와 같은 위치다. 사 온 디저트를 봉지에서 꺼내며 잠시 고민하다 "학교, 안 나오더라" 하고 말을 건넸더니 나유타가 "바빠서"라며 어깨를 으쓱였다.

"학교 다닐 여유 같은 거, 없어."

작게 트림을 한 나유타의 옆모습을 본다. 왠지 조금 지쳐 있는 것 같았다. 이유를 물으려다 그냥 "딸기 에클레어 같이 먹을래?" 하고 물었다. 나유타가 "허어?" 하고 얼떨떨한 소리를 냈다.

"텐더니스의 쁘띠 에클레어는 한 상자에 네 개거든. 반 나눠 먹지 않을래?"

이것 봐, 하면서 보여 주는 큼지막한 박스에는 옅은 핑크빛의 초콜릿이 뿌려진 에클레어가 예쁘게 담겨 있었다. 헤헤헤, 하고 웃자 나유타가 잠시 말없이 있다가 "하나만 먹을게, 그럼" 하고 우물쭈물 답했다.

"내가 단 걸 별로 안 좋아해서."

"아, 왠지 그럴 것 같기는 했어. 매번 무가당만 마시더라. 그래도 이 에클레어는 많이 달지 않으니까 한번 먹어 봐."

상자를 열고 손짓하자 나유타가 옆자리에 와서 앉았다. 왠지 모르게 기분이 좋아진 아즈사가 에클레어 상자를 내밀며 웃었다. 나유타는 "고마워" 하고 작게 말하고는 에클레어를 집어 들었다. 한입 먹어 보더니 "역시 달긴 달다… 그래도, 맛있어"라며 부드러운 표정을 지었다.

"피곤할 때는 단 걸 먹는 게 좋대. 왠지 조금 지쳐 보여서."

나유타가 눈을 살짝 크게 뜨더니 "그래?"라고 묻는다. 아즈사도 에클레어를 베어 먹으며 "눈 밑이 약간 꺼진 게, 피곤해 보이길래. 우리 엄마도 힘들면 눈부터 티가 나더라고" 하고 답했다.

"흐음, 그런 줄 몰랐네."

나유타가 중얼거렸다. 말투와 표정에서 긴장감이 사라지자 부드러움이 느껴진다. 생각해 보니 요즘의 나유타는 늘 굳은 얼굴을 하고 있었다. 물론 날카로운 반 분위기도 한몫했겠지만, 더 결정적인 이유가 있는 것 같다. 무슨 일인지 물어보고 싶지만, 당연히 알려 주지 않겠지. 아즈사는 질문 대신 에클레어를 하나 더 건넸다.

"맛있지? 하나 더 먹어."

"아, 나는 됐어. 너 먹을 게 없잖아."

"괜찮아. 밀크 푸딩도 있거든."

"단 거 진짜 좋아하는구나. 그럼… 못 이기는 척 하나만 더."

나유타가 두 번째 에클레어에 손을 뻗으며 조금 부끄러운 듯 "이렇게 맛있을 줄 몰랐네"라고 말하자 아즈사가 웃는다.

에클레어 두 개를 먹은 후 탄산수까지 다 마신 나유타가 "이제, 한숨 돌리기 끝!" 하고 자리에서 일어났다.

"가끔은 이런 것도 괜찮네. 잘 먹었어, 아즈사."

"아냐, 신경 안 써도 돼."

페트병을 쓰레기통에 넣은 나유타의 뒷모습을 보던 아즈사는 잠시 망설이다가 "여기 오는 게 한숨 돌리는 거야?" 하고 물었다. 돌아보는 나유타에게 "말하고 싶지 않으면 안 해도 돼" 하고 서둘러 덧붙였다. 나유타는 아즈사의 눈을 보고 고개를 끄덕였다.

"응, 맞아. 바깥 공기를 마시면서 한숨 돌리지 않으면 실이 툭 끊어져 버린다고, 엄마가 그러더라고."

"아, 그… 그렇게까지 바싹 긴장하고 지내야 하는 상황인 거야?"

나유타의 얼굴이 심각해진다. 얼마 지나지 않아 고개를 끄덕였다.

"그래도 내가 하고 싶어서 하는 일이니까, 괜찮아."

마치 선언하듯 결연하게 뱉는 말에 아즈사는 더 이상 아무것도 묻지 못했다. 함부로 건드리면 안 되는 이야기임을 직감했다.

"힘내."

할 수 있는 말은 이것뿐이라고, 아즈사는 생각했다.

"한숨 돌리지 않으면 버거울 정도로 힘든 상황인 거지? 그래도 너무 무리는 하지 마. 그리고 난 화요일 이 시간에 여기 있으니까 그날은 나랑 같이 디저트 먹어 주라."

한숨 돌리는 데 내가 딱히 도움은 안 되겠지만 하고 덧붙인다. 나유타는 신기한 것을 보듯 아즈사를 바라보더니 수줍게 웃었다. 그 미소에 아즈사의 심장이 덜컹했다.

"고마워. 그럼 화요일에 또 봐."

나유타는 훌쩍 손을 흔들고 곧장 떠났다. 아즈사는 방금 전 자신을 보고 웃던 나유타를 떠올리며 잔잔한 미소를 지었다.

그리고 다음 주, 그다음 주에도 화요일에 텐더니스에서 나유타를 만나 함께 과자를 먹었다. 봄 한정 상품이었던 딸기 시리즈가 진열대에서 사라지고 초여름을 맞아 '여름귤 파르페'나 '비파 젤리' 등이 놓여 있었다. 나유타는 학교에 거의 출석하지 않았으며, 얼굴에는 항상 피로가 묻어났다. 하지만 아즈사를 만날 때면 조금이나마 웃는 얼굴로 디저트를 함께 먹었다.

"아즈사는 단 걸 정말 잘 먹네."

"어, 너무 좋아."

이날은 둘이 같이 '몽글몽글 슈크림'을 먹고 있었다. 취식 코너에는 둘 말고도 작업복 차림을 한 수염이 덥수룩한 남자가 있었다. 그는 도시락을 우걱우걱 먹어 치우는 중이었다. 남자를 등지고 앉아 슈크림을 입안 가득 넣은 아즈사에게 "다른 디저트 가게는 안 가? 카페 같은 데" 하고 나유타가 물었다. 모지항은 관광지이기도 해서 디저트 전문점이 많다. 하지만 아즈사는 고개를 저으며 눈꼬리를 접고 웃는다.

"엄마가 고등학생이 될 때까지는 혼자 그런 데 다니면 안 된다고 그래서."

미즈키와 같이 가는 거면 괜찮다고 했지만, 간식을 금지당한 지금은 같이 갈 수도 없다. 과일 파르페에 케이크, 먹고 싶은 것은 산더미지만 포기할 수밖에 없다.

"편의점 디저트도 맛있어서 괜찮아. 내가 텐더니스 디저트를 엄청 좋아하기도 하고."

텐더니스는 항상 파는 디저트도, 계절 한정 디저트도 다 맛있다. 특히 계절 한정 제철 과일 시리즈는 하나같이 명작이라는 것이 아즈사의 생각이다. 가볍게 들르는 편의점에서 이 정도 수준의 맛을 볼 수 있다니. 과분할 정도라 불만은 전혀 없다.

"그리고…."

아즈사가 고개를 떨구더니 잠시 말을 멈췄다. 잠깐 망설인 뒤 고백하듯 말했다.

"사실, 어른이 되면… 텐더니스에서 일하고 싶거든."

나유타는 "편의점에서 일하고 싶은 거야?" 하고 호기심 가득한 목소리로 묻는다.

"아니, 그게 아니고. 텐더니스의 상품 개발팀 같은 데. 디저트 파트에서 일하고 싶어. 최고의 제과류를 만들고 싶거든."

파티시에가 되는 것. 그것이 유치원 시절부터 아즈사가 품어 온 꿈이었다. 글짓기에 '과자의 집' 같은 가게를 만들겠다고 쓴 적도 있고 부모님들도, 미즈키도 그 꿈을 알고 있다. 하지만 지금 아즈사는 꼭 자신의 가게가 아니어도 좋겠다고 생각한다.

"멋지네."

담담한 목소리에 아즈사가 머뭇머뭇 고개를 돌리자 입가에 크림을 묻힌 나유타가 감탄한 듯 고개를 끄덕이고 있었다.

"너무 좋은데? 규슈 전역에 있는 텐더니스가 아즈사의 가게가 되는 거니까."

아즈사가 "맞아!" 하고 환한 표정을 지었다. 설마 이렇게 난빈에 내 생각을 이해해 줄 것이라고는 생각하지 않았다. 아즈사는 자신도 모르게 바짝 다가가 앉았다.

"자기 가게에서 열심히 하는 것도 좋지만. 편의점도 진짜 괜찮지 않아? 나는 일주일에 한 번씩 여기 와서 디저트를 먹는 게 큰 즐거움이거든. 나 같은 사람이 기대할 만한 그런 디저트를 만들고 싶어."

조금씩 선명해지고 있는 꿈을 남에게 털어놓은 것은 이번이 처음이었는데, 멋지다는 말을 들었다는 사실이 아즈사는 말할 수 없이 기뻤다. 그런 모습을 보고 나유타가 미소를 짓는다.

"아즈사는 꿈이 있어서 좋겠다."

그 미소가 어쩐지 쓸쓸해 보여 "나유타는 없어?" 하고 아즈사가 물었다. 나유타가 곤란한 듯 미간을 찡그리더니 "지금은 그런 생각할 겨를이 없어서"라고 답했다.

"당장 눈앞에 놓인 일만으로도 버거워서 앞일 같은 건 전혀 생각 못 하겠어."

뺨을 긁적이며 덤덤하게 말하는 나유타의 얼굴이 평소와 달랐다. 지금껏 묻지 않았지만 지금이야말로 나유타의 이야기를 들을 수 있는 기회가 아닐까 하고 아즈사는 생각했다.

"저기, 나유타가 지금 열심히 하고 있는 일 있잖아…. 어떤 일이야?"

조심스러운 질문에 나유타의 표정이 흐려졌다.

"아, 미안. 말하고 싶지 않으면 괜찮아."

역시 물어보지 말걸 그랬나, 하는 생각에 아즈사가 다급하게 말하자 나유타가 고개를 저었다.

"아냐, 너한테는 말할 수 있어. 어쩌면 나도 누군가한테 털어놓고 싶었는지도 몰라."

조용히 말한 나유타가 한숨을 뱉었다.

"사실 꽤 힘들거든. 내가 한다고 해 놓고 나도 참 한심하지. 실은…."

"뭐 하는 거야?"

냉랭한 목소리에 화들짝 놀란 아즈사와 나유타가 흠칫 몸을 떨었다. 출입구에 미즈키가 서 있었다. 성큼성큼 다가온 미즈키는 아즈사가 손에 들고 먹고 있던 슈크림을 난폭하게 쳐냈다. 그러고는 아즈사의 뺨을 때렸다. 커다란 마찰음이 울렸다.

"나한테 비밀로 하고 몰래 숨어서 뭐 하는 거야? 최악이다."

아즈사는 그저 넋이 나가 있었다. 나유타 쪽으로 시선을 돌린 미즈키가 "다구치 나유타" 하고 이름을 불렀다.

"학교는 매일같이 땡땡이 치는 주제에 아즈사랑 팔자 좋게 과자나 먹고 있고, 도대체 정신이 있는 거야, 없는 거야? 네가 멋대로 굴든 말든 알 바 아닌데, 다른 사람까지 끌어들이는 건 아니지. 민폐잖아."

아즈사는 맞은 뺨에 손을 올리고 화를 내는 미즈키의 옆모습을 바라본다. 도대체 미즈키가 어떻게 여기에. 혹시 하는 생각에 시선을 돌린 곳에서 답을 찾은 아즈사가 입술을 깨물었다. 주차장 구석에 가나코가 서 있었다.

"가나코가 말한 거야?"

중얼거리듯 묻는 목소리에 미즈키가 아즈사 쪽을 힐끗 쳐다본다.

"그래. 가나코가 알려 주더라. 사실은 아즈사가 나 몰래 나유타랑 만나고 있다고. 둘이서 우리 욕하느라 아주 신이 났다면서?"

미즈키 무리의 이야기는 입에 올린 적도 없었다. 그저 함께 디저트를 먹었을 뿐.

"디저트를 같이 먹은 것뿐인데, 무슨 문제 있어?"

나유타가 똑 부러지게 말했지만 미즈키는 코웃음을 쳤다.

"당연하지. 너는 학교에 출석할 의무를 져버렸잖아. 어쩌다 학교에 와도 반 분위기 다 흐려 놓고 나 몰라라. 그런 애가 이런 데서 태평하게 놀고 있는데 문제가 없어? 의무는 내팽개치고 권리만 찾는 게 말이 돼?"

미즈키는 멈출 줄을 몰랐다. 계속해서 쏘아붙였다.

"거기다가 나유타는 아즈사한테 나쁜 영향을 끼치잖아. 아즈사는 부모님이랑 내 눈을 피해서 이런 거나 먹는 비겁한 애가 아니라고. 얘가 이러고 있는 게 바로 그 증거야. 험담도 분명 네가 일방적으로 아즈사한테 쏟아 냈겠지. 미안하지만 이제 아즈사랑 얽히지 마."

단호하게 말한 미즈키는 "가자" 하고 아즈사의 손목을 잡아끌었다.

"이번만 넘어가 줄게. 너희 엄마한테도 간식 먹었단 얘기 안 할 테니까, 얼른 따라와."

잡힌 손목과 맞은 뺨이 얼얼하다. 멀리 있는데도 가나코가 히죽거리는 것이 보였다. 너무 싫은 얼굴이다. 미즈키의 얼굴은 무서웠고, 맞은편에 있는 나유타의 표정은 슬펐다. 머릿속에서 미즈키의 목소리가 웅웅거려 시끄럽다. 아즈사는 미즈키의 손을 뿌리쳤다.

"내가 좋아서 나유타랑 같이 있었던 거야. 미즈키 말대로 따를 생각 없어."

미즈키의 얼굴이 순간적으로 굳었다. 입술이 떨린다.

"무슨 소리야? 내 말을 안 듣겠다는 거야?"

"미즈키. 나유타한테 가서 사과해. 나쁜 영향을 준다고 한 거 사과하라고. 내가 원해서 같이 먹자고 한 거야."

아즈사는 자신의 목소리가 떨리고 있음을 알았다. 미즈키에게 이렇게 말대꾸한 것은 처음 있는 일이었다. 게다가 미즈키한테 사과하라고 다그치기까지 했으니, 상상조차 한 적 없는 상황이다. 미즈키도 이런 태도가 믿기지 않는지 아즈사의 정체를 확인이라도 하듯 날카로운 시선으로 바라본다. 그 눈빛을 피하지 않으려 애쓰며 아즈사가 다시 말을 이었다.

"사과해, 미즈키."

"이봐, 싸울 거면 나가서 싸워."

그때 낮은 목소리가 들려왔다. 방금 전까지 맛있게 도시락을 먹고 있던 남자였다. 바닥에 떨어진 슈크림을 주우며 "그런 얘기는 나가서 해. 다른 손님들 안 보여?" 하고 턱짓을 했다. 편의점 쪽 출입구에 빨강 할아버지가 서 있는 것이 보였다. 이쪽 무리의 시선이 향하자 "싸우면 안 되지. 사이좋게들 지내, 사이좋게. 러브 앤드 피스!"라며 우스꽝스러운 표정을 짓는다.

"자, 얼른 나가라고."

슈크림을 쓰레기통에 버린 남자가 파리를 쫓는 듯한 손짓을 한다. 제일 먼저 움직인 것은 미즈키였다.

"나 이제 너 안 챙겨 줘. 용서 못 해."

이런 말을 내뱉고, 뛰쳐나가듯 문을 나섰다. 그대로 가나코 옆을 지나쳐 달려가 버리는 바람에 가나코가 다급하게 쫓아가는 모습을 아즈사는 멍하니 쳐다보았다.

"저, 저기, 죄송합니다."

나유타가 남자에게 사과하는 소리에 고개를 돌렸다. 남자는 "공공장소니까 조심해야지" 하고 담담하게 답했다.

"빨강 할아버지. 뭘 보고만 있어요. 할아버지가 말려야 되는 거 아니에요?"

남자가 스스럼없이 말을 건네자 빨강 할아버지는 "내가 나서면 여자를 울리니까"라는 느닷없는 말을 하더니 안으로 들어섰다. 언제부터 보고 있었던 것인지 아즈사에게 "괜찮니?" 하고 묻는다.

"뺨 한번 무섭게 때리더라. 나도 한 번만 더 손대려고 하면 바로 말리려고 그랬지."

목소리를 깔고 헤헤 웃는 소리에 아즈사는 비로소 정신을 차렸다.

나유타가 "괜찮아?" 하고 물으며 아즈사의 얼굴을 들여다본다.

"아, 미안… 나유타 미안해. 미즈키가…."

"아즈사가 사과할 거 없어. 그나저나 미즈키한테 그렇게 말해도 괜찮아?"

나유타가 걱정스러운 듯 물으며 미즈키가 사라진 방향으로 시선을 돌린다.

"나 감싸 줄 필요 없었는데."

시간이 지나자 아즈사의 몸 전체가 덜덜 떨리기 시작했다. 심장이 평소보다 몇 배는 빨리 뛰는 느낌이다. 엄청난 짓을 저질렀다. 아마 내일부터 학교에서도, 학원에서도 내가 있을 곳은 없을 것이다. 이제 미즈키의 공격 대상은 나다.

"고마워."

나유타가 떨리는 아즈사의 손을 잡았다. 조금은 버석한 양손으로 아즈사의 손을 꼭 감싼다.

"아까 정말 기뻤어. 고마워, 내 편 들어 줘서."

언제, 어떤 비난을 받아도 꿋꿋하고 강인한 모습을 보이던 나유타의 눈꼬리에 눈물이 번졌다. 그 모습에 아즈사는 잘했다는 생각을 한다. 나는 분명 후회하지 않고 나아갈 수 있는 길을 선택했다.

"근데 미안. 나 아직은 학교에 갈 여유가 없어. 학교에서는 아즈사 혼자 지내야 할지도 몰라."

"아니야, 괜찮아. 걱정 마."

내가 내 의지로 선택한 일이다. 나유타에게 웃는 얼굴을 보여 주려 했지만 마음대로 되지 않아 애써 입꼬리를 끌어올리는 것이 최선이었다.

"너도 열심히 노력하고 있잖아. 나도 할 수 있을 거야."

나유타의 눈에서 눈물이 툭 떨어졌다. 그 순간 휴대폰의 벨 소리가 울렸다.

"아, 내 전화네."

눈물을 훔친 나유타가 주머니에서 휴대폰을 꺼낸다. 화면을 본 나유타의 안색이 싹 바뀌었다. 곧바로 통화 버튼을 누른다.

"어, 엄마? 응⋯. 그래, 알았어. 바로 갈게."

짧은 통화를 마친 나유타가 "미안" 하고 고개를 숙였다.

"나 급하게 집에 가 봐야 할 것 같아. 이런 상황에 그냥 가서 미안."

"신경 쓰지 마. 근데, 무슨 일 있어?"

휴대폰을 주머니에 다시 넣고 자전거 열쇠를 꺼낸 나유타가 입술을 꽉 깨물었다. 그러고는 쥐어짜듯 "위독하대"라고 말했다.

"우리 아빠⋯ 암 말기거든. 마지막은 집에서 맞이하고 싶다고 그래서 엄마랑 나랑 둘이 집에서 간호하고 있어."

아즈사는 자신과 너무 멀게만 느껴지는 나유타의 상황을 쉽게 이해하지 못했다. 위독, 암, 말기, 간호. 책이나 드라마에서만 듣던 슬픈 단어들인데 그것이 나유타 아버지의 이야기라니.

"아무튼, 가 볼게. 미안."

나유타는 곧바로 자전거에 뛰어올라 페달을 밟았다. 아즈사는 나유타에게 들은 이야기를 지금까지 있었던 일들과 꿰맞춰 본다. 나유타가 짊어지고 있던 짐이 얼마나 무거웠을지. 얼마나 많은 눈물을 흘려 왔을지. 상상하는 것만으로 가슴이 미어졌다.

"화요일이 기대된다고 하더라."

목소리가 들리는 쪽으로 고개를 돌리니 아즈사 뒤에 수염 난 남자와 빨강 할아버지가 서 있었다. 수염으로 반쯤 뒤덮인 남자의 얼굴은 어딘지 모르게 부드러웠고 빨강 할아버지의 눈은 조금 붉었다.

"우린 그 녀석의 '한숨 돌리기 친구'거든. 우리 같은 아저씨들이랑 커피 마시는 게 재미있냐고 물으니까 달콤함은 화요일에 친구와 같이 만끽할 수 있으니까 괜찮다고."

"나유타의 사정… 알고 계신 건가요?"

아즈사가 묻자 뭐 대충, 하고 남자가 답한다.

"환자를 돌보는 사람들 특유의 분위기가 있거든. 지친 기색이 역력한 얼굴이었으니 아마 상태가 그리 좋지는 않았을 거고."

"나는 알고 있었지만 떠벌리고 다닐 일은 아니니까."

두 남자는 묵직한 한숨을 내쉬었다. 아즈사는 나유타가 사라진 방향을 물끄러미 바라본다.

"나는… 전혀 몰랐는데."

"그야 그 나이에는 모르는 게 당연하지. 원래 그런 거야."

아즈사의 눈에 눈물이 글썽글썽하다.

"나 진짜 최악이구나."

몰랐으니 별수 없다, 말해 주지 않았으니 어쩔 수 없다. 이런 것은 다 의미 없다. 나유타의 행동이 조금 달라졌다는 이

유만으로 비난하는 사람들을 말리지 않고 그저 방관하기만
했다. 나 또한 그녀를 힘들게 만든 사람 중 하나다.

얼얼한 뺨이나 지긋지긋한 복통은 대단한 아픔도 아니다.
아즈사는 스스로가 한심해서 화가 났다. 무너질 듯 괴로운
가슴의 통증을 그저 참아 낸다.


학교에 가자 노골적인 무시가 시작됐다. 나유타가 당했듯,
에둘러 비꼬는 험담도 쏟아졌다. 어제까지만 해도 같이 어울
리던 아이들이 손바닥 뒤집듯 태도를 바꿔 비웃음을 던진다.
"옛날부터 짜증 났어"라고 큰 소리로 말하는 가나코. 미즈키
는 그 상황을 말리지 않고 보고만 있다. 너무나도 급격한 변
화에 잠시 충격을 받았지만 각오한 바였다. 나유타는 쭉 이
런 일을 겪어 왔다. 그것도 시한부 아버지를 간호해야 하는
괴로움 속에서 말이다. 내가 어떻게 약한 소리를 할 수 있을
까. 고립된 교실 안에서도 아즈사는 고개를 떨구지 않고, 똑
바로 앞을 응시했다. 나유타를 생각하면 마음이 서서히 잔잔
해진다. 아즈사는 오랫동안 자신을 괴롭혔던 복통이 사라졌
음을 깨달았다. 분명, 이제 배가 아플 일은 없을 것이다. 나
는, 괜찮다.

나유타의 소식을 알지 못한 채 여름 방학을 맞이했다. 학
교는 쉬지만 학원에서는 미즈키 무리와 마주쳐야 하기 때문

에 상황은 딱히 달라지지 않았다. 아즈사의 엄마는 미즈키에게 둘에 대한 이야기를 듣고 기분이 안 좋은 상태다. 미즈키가 엄마에게 아즈사가 일방적으로 절교를 선언했다고 말한 모양이었다. 미즈키가 울더라. 늘 너를 소중하게 생각했는데 배신당했다고. 게다가 미즈키 눈을 피해서 몰래 간식까지 먹고 다녔다며. 어떻게 그럴 수가 있어? 엄마에게 뭐라고 설명해야 할지 막막해서 제대로 이야기를 못 했기 때문에 집에 있기가 영 불편했다. 그래도 아즈사는 하루하루를 충실하게 보내고 있다.

화요일뿐 아니라 다른 요일에도 텐더니스를 찾아가 봤지만 나유타를 만나지는 못했다. 그 사이 수염이 덥수룩한 남자(쓰기라고 부르라고 했다)와 빨강 할아버지와는 여러 번 마주쳐 인사를 나누는 사이가 되었다. 하지만 두 사람도 나유타의 근황은 모르는 것 같았다. 나유타는 어떻게 지내고 있을까. 괜찮은 거겠지?

나유타의 소식을 알게 된 것은 8월 어느 등교일이었다.

"나유타는 집안 사정으로 전학을 갔다."

여름 방학 틈새의 외딴섬 같은 시기. 교실의 분위기는 붕 떠 있었고 여기저기서 들뜬 목소리가 오가고 있었다. 하지만 담임인 후가와의 이 한마디에 교실에는 축 가라앉은 듯 정적이 찾아왔다.

"편찮으신 아버지를 간병하느라 애쓰고 있었는데, 얼마 전에 아버님이 돌아가셨단다. 어머니 고향인 나가사키로 이사 갔어."

후가와도 초등학생 딸을 가진 아빠다. 남다르게 느낀 점이 있었는지 눈시울을 붉힌 채 이야기를 이어 나갔다.

"후회하고 싶지 않다면서 최선을 다해 아버지를 병간호하느라 어머니랑 둘이 오랫동안 고생이 많았어. 모두에게 사정을 말하고 오해를 풀어 보라고 권했었는데, 친구들이 동정하면 마음이 약해질 것 같다고."

머리를 짧게 자른 것은 간병에 방해가 되기 때문이었다고 했다. 체육복 차림을 고집했던 것도 언제든 편하게 몸을 쓰기 위해서였다. 후가와는 지금껏 감춰 왔던 이야기를 조용히 들려주며 도중에 몇 번이나 마른세수를 했다. 학생들은 조용히 고개를 떨궜다. 아즈사의 앞쪽에 앉은 가나코만이 멀리 떨어진 자리에 있는 미즈키의 눈치를 살피며 어쩔 줄 몰라 하고 있다.

아즈사는 교실에 앉아 있는 자신이 마치 먼 존재처럼 느껴졌다. 울음이 터질 뻔했지만, 꾹 참았다. 이제 나유타를 만나지 못할 것이라는 생각이 들었다. 미안해. 나유타를 더 괴롭게만 했을 뿐, 어떤 도움도 주지 못했다. 미안. 직접 만나서 사과하고 싶은데 그것조차 할 수 없다는 사실이 슬프다.

"알고 있었어?"

방과 후, 귀가하려던 아즈사를 멈춰 세운 것은 미즈키 무리였다. 날 선 표정으로 주위를 에워싸 숨이 막혔다. 아아, 기리야마 선생님한테도 사과해야 하는데. 그 순간 아즈사는 머릿속으로 이런 생각을 하고 있었다.

"무슨 일이야?"

"너는 나유타 사정 알고 있었냐고. 알고 있었으면 말을 해 줬어야 할 거 아냐?"

미즈키가 아닌, 가나코가 불평하듯 말했다. 괜히 우리만 나쁜 사람이 된 것 같은데 도저히 납득이 안 간다고. 나유타가 딱하긴 하지만, 말을 안 하는데 그 사정을 무슨 수로 알아? 얘기도 안 해 주면서 알아서 눈치채라는 것도 웃기지 않아?

아즈사는 가나코를 무시한 채, 옆에 서 있는 미즈키를 마주했다.

미즈키는 아무 말도 없이 아즈사를 노려보고 있었고, 아즈사는 그 시선을 묵묵히 받아 냈다.

"미즈키, 오랫동안 친하게 지내줘서 고마워. 덕분에 즐거운 일도 많았어. 하지만 난 네가 이러는 게 싫더라. 네가 용서하든 말든 각자 양보할 수 없는 것이 있어. 좀 더 이해심과 상냥함을 갖는 게…"

말을 미처 끝마치기도 전에 미즈키가 아즈사의 뺨을 때렸다. 큰 소리가 울리고, 가나코가 한쪽 입꼬리를 올리며 피식 웃는 것이 보였다. 아즈사는 아랑곳하지 않고 미즈키를 쳐다봤다.

"자기 맘에 안 든다고 이렇게 성질부리는 버릇도 고쳐. 더 심한 분노나 폭력으로 되돌려 받는 날이 반드시 올 테니까."

또다시 손을 올리려던 미즈키가 마지막 순간에 멈춘다.

얼굴을 일그러뜨린 채 서서히 손을 내리는 모습을 아즈사는 그저 바라보고 있었다.

"먼저 갈게, 미즈키."

미즈키와 가나코의 사이를 빠져나가려는 순간 가나코가 어깨를 붙잡았다.

"거기 서. 아직 얘기 안 끝났어."

"나를 나쁜 사람 만들어서 너희의 죄책감이 없어진다면, 좋을 대로 해."

가나코의 손을 뿌리친 아즈사가 이번에야말로 자리를 떴다. 걸으면서 "괜찮아, 괜찮아"라고 작게 중얼거렸다. 심장이 빠르게 뛰고 다리는 형편없이 떨렸다. 긴장을 풀면 그 자리에 쓰러질 것만 같았다. 실은 울고 싶을 정도로 무서웠다. 하지만 나유타를 생각하며 감정을 가라앉히고 하고 싶은 말을 분명히 전했다.

"그래, 마음먹으니까 잘하잖아."

혼잣말을 하고는 피식 웃었다. 나유타도 이렇게 한 걸음, 한 걸음 극복해 갔을까. 그렇다면 나도 잘 해낼 수 있을 것 같다.

학교에서 나와 하늘을 올려다본다. 솜사탕 같은 뭉게구름이 소다빛 하늘에 두둥실 떠 있었다. 하늘을 나는 새가 마치 솜사탕을 쪼아 먹는 것 같다.

"텐더니스 소다 파르페 먹고 싶다."

아즈사가 화창한 기분으로 말했다.

＊

텐더니스의 디저트 코너에서 가을의 향기가 물씬 느껴지는 시기가 왔다. 화요일 저녁 혼자서 텐더니스의 디저트를 즐기는 아즈사의 습관은 여전했다.

여름 방학에 미즈키와 갈라선 이후 많은 것을 했고, 많은 일이 일어났다. 먼저, 지망 학교를 바꿨다. 엄마들은 두 사람의 인연이 시작된 여고에 딸들이 함께 입학하길 원했고, 아즈사도 그 의견을 따를 생각이었다. 하지만 그 여고보다 더 평균 성적이 높은 인문계 학교에 도전하겠다고 부모님께 말씀드렸다. 엄마는 강하게 반대하며 "미즈키랑 당장 화해해"라고 투덜댔지만, 아빠는 아즈사의 편을 들어 줬다. 부모가 아이 인생의 선택지를 좁히는 일을 해서는 안 된다고 엄마를 설득해 준 덕에 지금은 새로운 지망 학교에 들어가기 위한 공부에 매진하고 있다. 미즈키 무리와는 평행선 상태랄까, 점점 더 멀어지고 있다. 그들은 아즈사가 금방 사과하러 올 것이라고 생각한 모양이지만, 아즈사는 남들이 뭐라고 하든 상관하지 않고 꿋꿋하게 학교를 다녔다. 시간이 갈수록 초조해하던 미즈키는 아즈사가 지망 학교를 바꿨다는 사실을 알고 여름 방학의 등교일에 그랬듯 아즈사를 몰아세우려 했다. "지금 나한테서 벗어나겠다는 거야?"라며 덤벼드는 미즈키에게 아즈사는 고개를 저었다. 나는 그냥 남이 정해 놓은 길이 아닌 내가 가고 싶은 길을 가려는 것뿐이야. 그때 처음으로 눈물을 보인 미즈키는 그날 이후로 아즈사를 없는 사람 취급했다.

고립된 학교생활이 계속됐지만 최근 들어 말을 거는 아이들도 생겨났다.

"아즈사를 보고 있으니까, 말도 안 걸고 멀리서 보고만 있는 내 자신이 부끄러워지더라고."

이렇게 말해 준 친구가 있어 기뻤다.

텐더니스 모지항 고가네무라점의 주차장에 미끄러지듯 들어선 아즈사는 자전거를 세우고 늘 그렇듯 니저트 코너로 향했다. 진열된 고구마 디저트들을 보며 활짝 웃는다. 잠시 고민하다 군고구마 타르트와 고구마 슈크림을 손에 들고, 늘 마시던 밀크셰이크를 집었다. 카운터에서 계산을 하는데, 평소에는 최소한의 대화만 주고받던 점장이 "저기" 하고 말을 걸어왔다.

"항상 저희 가게를 이용해 주셔서 감사합니다."

"아, 네."

"갑자기 이런 말씀 드려서 당황하실 것 같은데, 이거 조금만 이따 드시면 안 될까요?"

쓸데없이 달콤한 목소리 탓에 아즈사의 등줄기에 소름이 돋았다. 같은 반 남학생들이 마치 어린애처럼 시끄럽게 캬아 캬아거리며 소란을 피우는 것을 보고 무슨 원숭이들 같다고 생각해 왔는데, 그 남자애들도 어른이 되면 이렇게 요상한 섹시함을 풍길까. 아니, 절대 그럴 리 없다.

"왜 그러시는데요?"

일단 물어보자 점장은 미간을 살짝 찌푸리더니 말을 고르는 듯한 모습을 보였다. 그런 사소한 행동에도 요염함이 느껴져 아즈사는 멍하니 '이게 바로 버들잎처럼 아름다운 눈썹, 유미의 찡그림이라는 건가?' 하는 생각을 했다. 사전에 적힌 설명을 읽어도 와닿지 않던 표현이었는데.

"으음, 혹시 수염 덥수룩한 아저씨 알아요? 빨강 할아버지 말고 민트색 작업복 입고 다니는 사람."

"네, 쓰기 씨 말씀하시는 건가요? 그 아저씨가 왜요?"

"그 사람이 같이 디저트 먹고 싶으니까 조금만 기다리라고 전해 달래요. 이제 올 때가 다 됐는데."

웬일인가 싶었지만, 어쨌든 고개를 끄덕였다. 가끔은 다른 사람이랑 같이 먹는 것도 괜찮지. 계산을 마치고 취식 코너로 들어갔다. 바 자리에 앉아 밖을 바라본다. 가로수의 단풍이 붉게 물들어 있었다. 관광용 전단지를 나눠 주러 가는 길인지, 언제나 빨간색 삼륜 자전거를 타고 다니는 빨강 아저씨가 지나가다 자신을 보고 손을 흔들길래 아즈사도 손을 흔들어 화답했다.

10분 정도 지났을 무렵, 미니 트럭이 주차장으로 들어왔다. 쓰기의 작업복 등판에 쓰인 것과 똑같은 '무엇이든 맨'의 로고가 보인다. 쓰기와 눈이 마주치자 그가 손을 흔들었다.

"어?"

역시 손을 흔들어 답하던 아즈사가 눈을 의심했다. 그러고는 자리에서 벌떡 일어나 밖으로 뛰쳐나간다.

"정말? 진짜로?"

소리를 지르며 달려갔다. 조수석에서 미끄러지듯 내린 사람은 다름 아닌 나유타였다.

"아즈사, 오랜만이야!"

시원스럽게 웃는 나유타에게 아즈사가 뛰어들 듯 안겼다.

"어떻게 된 거야? 왜 여기에 있어? 나가사키로 이사 갔다며!"

"무엇이든 맨한테 의뢰했거든."

나유타는 헤어질 때보다 조금 살이 붙은 모습이었다. 건강해 보이는 볼에 홍조를 띠고 쓰기를 올려다본다.

"나가사키에서 일하시는 걸 발견하고 말을 걸었어. 늘 아즈사가 마음에 걸렸거든. 제대로 얘기를 하고 싶었어. 그래서 여기에 데려다 달라고 부탁했지."

"보통 일이 아니었어."

쓰기가 어깨를 움츠리며 말했다.

"나처럼 수상하게 생긴 남자가 여중생을 데리고 돌아다니니까. 신분 확인 같은 것도 당하고 아, 맞다, 업무 보고는 필수!"

쓰기는 휴대폰을 꺼내 아즈사와 나유타가 포옹하고 있는 모습을 찰칵찰칵 찍었다.

"무사히 만났다고 연락해야지."

아무래도 나유타의 엄마에게 메시지를 보내는 듯했다.

"미안해요, 무슨 수를 써서라도 만나고 싶었거든요."

"신경 쓸 거 없어. 그게 내 일이니까."

쓰기는 아무렇지 않다는 듯 말했다. 아즈사는 두 사람을 보고 있는 것만으로도 왠지 모르게 눈물이 날 것 같았다. 환한 얼굴, 근심 없는 목소리. 나유타의 진짜 모습을 보고 있는 듯한 기분이 들었다.

"있지, 아즈사."

다시 아즈사와 눈을 마주친 나유타가 웃으며 말했다.

"늘 고맙다는 말을 하고 싶었어. 나 화요일마다 아즈사를 만나는 게 정말 큰 즐거움이었거든. 만나서 같이 디저트를 먹고 나면 기운 내야겠다는 생각이 들더라. 정말 힘이 났어."

이렇게 말하는 나유타의 눈에 눈물이 흐르고 있었다.

"아즈사가 내 사정을 캐묻지 않고 함께 있어 줘서. 달콤한 디저트를 같이 먹어 줘서. 그게 나한테 힘을 주는 유일한 시간이었어. 덕분에 후회 없이 아빠를 보내 줄 수 있었어. 고마워…"

눈물을 뚝뚝 흘리는 나유타를 아즈사는 다시 한번 끌어안았다.

"나도 고마워. 나유타 덕분에 강해질 수 있었어. 나 최선을 다하고 있어. 그날 이후로 계속 힘내서 열심히 지내고 있어."

품 안의 나유타가 몇 번이고 고개를 끄덕인다. 어느새 아즈사의 눈에서도 눈물이 흘렀고, 두 사람은 그렇게 한동안 부둥켜안고 있었다.

그러고 나서 바에 나란히 앉아 전에 그랬던 것처럼 함께 디저트를 먹었다. 나유타는 아즈사 때문에 단 것을 좋아하게 됐다고 했다. 군고구마 타르트를 입안 가득 넣고 "맛있다"며 웃는다. 걱정 없어 보이는 얼굴에 아즈사도 함께 웃었다.

"나가사키의 학교에 완전히 적응을 못했거든. 힘들다, 외롭다는 생각이 들면 그 동네의 텐더니스에 가. 텐더니스 디저트를 먹으면 아즈사랑 같이 먹고 있는 것 같은 기분이 들더라고."

이상하지? 하고 수줍은 듯 나유타가 뺨을 긁적인다. 뭐가 이상해, 하고 아즈사가 답한다.

"나도 그래. 나유타라면 이 상황에서 무슨 말을 해 줬을까 생각하면서 먹곤 했어."

"그럼, 우리 둘이 똑같네."

나유타와 아즈사가 목소리를 겹쳐 가며 웃는다. 멀리 떨어져 있지만 두 사람은 같은 디저트를 먹으며 서로를 떠올렸던 것이다.

"전에 아즈사가 텐더니스의 상품 개발을 해 보고 싶다고 했잖아? 그때는 그냥 가볍게 좋다고 대꾸했는데, 지금은 정말 꼭 됐으면 좋겠어."

나유타가 말했다. 그러면 내가 힘든 일이 있을 때마다 텐더니스에 갈게. 아즈사가 만든 디저트를 먹으면 언제든지 힘이 날 것 같아. 텐더니스가 있는 한, 어디서든 아즈사를 만날 수 있는 거니까.

진심이 담긴 그 말을 아즈사는 가슴 깊숙한 곳의 보석 상자에 조심스레 담아 두었다. 분명 앞으로 몇 번이고 꺼내 보는 말이 될 거야. 그런 확신이 들었다.

"꼭 될게. 열심히 살아가는 누군가에게 힘이 될 수 있는 디저트를 꼭 만들게."

"이왕이면 전통 과자에 조금 더 주력해 줘."

낮은 목소리가 끼어들어 두 사람이 동시에 고개를 돌리자, 쓰기가 웃고 있었다.

"나 전통 과자 좋아하거든. 그, 오하기나 경단 같은 그런 종류 좀 더 늘려 줘."

"참고할게요. 전통 과자."

"아, 우리 엄마도 그런 거 좋아하셔."

"그래? 그럼 열심히 해 볼게!"

아즈사와 나유타는 함께 달콤한 디저트를 베어 물었다. 행복한 달콤함에 저절로 미소가 지어진다. 텐더니스가 있는한, 그곳에 가기만 하면 멀리 떨어져 있어도 분명 이어질 수있다. 그런 믿음이 생겼다.

"아즈사, 언제 한번 나가사키에 놀러 와서 우리 집에서 자고 가."

"갈래! 그럼 그때도 쓰기 씨한테 부탁해야겠다."

"잠깐, 잠깐. 나보고 보호자 행세를 또 하라고?"

쓰기의 말에 아즈사는 오랜만에 큰 소리로 웃었다.

4

꼰대 할아버지와
부드러운 달걀죽

아침에 일어나면 아내가 없다.

거실로 나가자 식탁 위에 놓인 랩을 씌운 달걀말이와 고등어자반 구이가 보인다. 가스레인지 위에는 된장국이 담긴 냄비가 놓여 있다. 오쓰카 다키지는 그 음식들을 다시 데워 혼자 아침 식사를 한다. 활짝 열린 베란다 창문에서 마른 세탁물의 세제 향이 흘러들어 온다. 슬쩍 내다본 바깥 날씨가 화창하다. 한동안 기분 좋은 가을 날씨가 이어진다고 했던 일기 예보가 생각난다. 외출하기에 안성맞춤인 날씨입니다. 딸보다 어린 여성 리포터가 환하게 웃으며 말했지만, 아무 일정도 없는 사람에게는 그러거나 말거나인 정보일 뿐이다.

식사를 빠르게 마치고 그릇을 설거지통에 담가 두었다. 텔레비전을 켜고 소리를 들으며 신문을 읽는다. 어쩌다 보기 시작한 아침 드라마 시간에만 텔레비전에 시선을 둔다. 드라마 속 주인공의 아빠는 유난히 밝고 털털한 성격으로 주위 사람들에게 사랑을 받는다. 다키지는 그 점이 마음에 들지 않는다. 그 아빠는 주인공이 자기 인생을 멋대로 사는데도 이를 타이르기는커녕, 부모에게 폐를 끼치는 것조차 기쁘게 생각한다. 아빠의 권위라는 것이 없나? 자식 농사에 실패해 놓고 부끄럽지도 않은가? 지금도 딸이 빽빽 소리를 지르는데 그 옆에서 시답지 않은 농담 따먹기나 하는 장면이 나오고 있다. 아빠가 그 모양이니까 딸이 아빠를 우습게 보는 것 아니겠는가.

"빌어먹을. 성질나서 못 보겠네. 어이, 준코."

무심코 말을 꺼냈다가 이내 입을 다문다. 아내 준코는 슈퍼마켓에서 파트타임으로 일하고 있다. 반찬 코너인가 어딘가의 담당으로 아침 일찍 출근했다가 오후가 되어야 퇴근하는데, 그 후 부녀회 활동을 하러 서둘러 다시 나가기 때문에 저녁 시간이 되어서야 제대로 얼굴을 본다.

텔레비전 소리만이 울리는 거실에서 다키지가 작게 한숨을 쉰다. 어쩌다 이렇게 허무한 나날을 보내게 되었을까.

대학 졸업 후부터 평생을 근무했던 자동차 부품 공장에서 60세에 정년을 맞이하고, 재고용되어 5년 더 출근했다. 남자는 결코 처자식이 생활고를 겪게 해서는 안 된다는 신념을 가지고 일했다. 휴일을 반납하는 일은 다반사였고, 거래처 접대는 뭐가 됐든 빠지지 않았다. 가정을 돌보고 외동딸

나나오를 키우는 일은 모두 아내인 준코에게 맡겼는데, 그것이 부부의 역할 분담이니 어쩔 수 없다고 생각한다. 남자는 밖에서 돈을 벌고, 여자는 가정을 지킨다. 당연한 일이다. 젊은 직원 중에는 "언제 적 얘기예요"라며 비웃는 이도 있었지만, 그렇게 했기 때문에 수십 년간 아내가 전업주부로 살 수 있었고, 나나오도 원하는 대학에 다닐 수 있었다. 나름대로 돈도 열심히 모아 인생의 마지막을 보낼 고령자 전용 맨션도 얻었다. 그것도 '시니어가 살고 싶어 하는 지역 1위'에 빛나는 기타큐슈시에서 말이다.

기타큐슈는 바다와 산이 모두 가까운, 풍요로운 자연을 자랑하는 지역이다. 인프라도 충분히 갖춰져 있고, 물가도 싸다. 신칸센 역도 있는 데다가 하카타와도 가까워 불편한 시골 마을의 이미지는 전혀 없다. 퇴직하면 여유롭고 편한 곳에서 조용히 살고 싶었던 다키지에게는 이상적인 곳이었다. 특히 모지구에 있는 모지항 주변이 무척 마음에 들었다. 옛 정취가 느껴지는 건물이 줄지어 있고 그 건너에는 바다가 있어 맛있는 생선도 먹을 수 있다. 태어나서부터 쭉 살았던 나고야와는 분위기가 완전히 다르지만, 이곳에서라면 분명 잘지낼 수 있겠다는 확신이 들었다. 아내랑 오손도손 소박하고 평온하게 살아야지. 이렇게 실심힐 때만 해도 꿈감은 제2의 인생이 펼쳐질 것이라 믿어 의심치 않았다.

그런데, 대체 왜 이렇게 되어 버린 것일까. 다키지는 신문에 인쇄된 글자들을 눈으로 훑으며 생각했다.

아내는 왜 여기로 이사를 오자마자 변해 버렸을까. 그간 앞에 나서는 일 없이 그저 조용하고 건실하게 가정을 지켜 오던 아내와 지금의 아내는 마치 다른 사람 같다. 상의도 없이 일을 시작한 것도, 맨션 부녀회 활동에 열을 올리는 것도, 지금까지의 준코라면 상상할 수 없는 일들이었다. 예전에는 학부모 모임조차 참가하지 않았던 사람이다. 물론 다키지가 그런 것을 별로 좋아하지 않았던 탓도 있다. 집안을 돌봐야 할 여자가 가족을 두고 술자리에 나가다니, 말도 안 되는 일이지 않은가. 하지만 여기로 이사 온 후부터 준코는 슈퍼마켓의 회식, 부녀회의 술자리 할 것 없이 적극적으로 참여하기 시작했다. 지금껏 가장 우선시했던 남편 다키지를 집에 혼자 남겨 두고 말이다.

"집안일도 다 해 놓고, 밥까지 챙겨 두고 나가는데 대체 뭐가 불만이야?"

이렇게 말한 것은 3년 전 결혼해 오사카에 사는 딸, 나나오였다. 아이가 없어 비교적 자유롭기 때문에 한 달에 한 번쯤은 집에 온다. 그때마다 준코에게 불만을 품고 있는 다키지에게 신랄한 지적을 퍼붓곤 했다. 아빠는 엄마를 너무 구속해. 엄마의 인격을 존중하고 자유롭게 살게 둬.

구속할 마음도, 인격을 부정한 기억도 없다. 사회에 나와 돈을 버는 남자로서 당연한 일을 했듯, 아내도 가정을 지키는 여자로서 당연한 일을 해 주길 바랐을 뿐이다. 그것이 뭐가 문제란 말인가.

이렇게 말하자 나나오는 '황혼 이혼'이라는 말을 입에 올렸다. 아빠처럼 가정에 소홀한 남자들이 버림받는 거야. 무슨 말도 안 되는 소리냐며 웃어넘겼지만, 준코는 웃지 않았다. 그저 조심스럽게 "그냥 내가 원하는 대로 하게 해 줘"라고 말할 뿐이다.

대체 사람을 뭘로 보고. 마치 나에게 평생 억압받으며 살아온 것처럼 말한다. 매년 가족 여행에도 데려갔고 옷을 사는 것도, 미용실에 다니는 것도 간섭하지 않았다. 아내는 충분히 자유로웠다. 그런데 왜 내가 나쁜 사람 취급을 받아야 하느냐 말이다.

준코가 나나오의 뒤에서 몸을 웅크리고 있는 것을 보고 내뱉으려던 말을 삼켰다. 맞받아치는 대신 "원하는 대로 하면 되잖아" 하고 말했다. 내게 제2의 인생이 있듯이 당신한테도 있겠지. 나도 그 정도는 이해한다고.

하지만, 진심일까? 어쩌면 정말로 이해한다고는 말할 수 없을지 모른다. 매일 아침 마음속에 불만이 휘몰아친다. 이 둘 곳 없는 마음을 어떻게 하면 좋을까.

"커피라도 마시러 가 볼까?"

아무도 없는 방에 혼자 있다 보면 시간이 흐를수록 우울해진다. 다키지는 지갑만 챙겨 집을 나섰다.

길거리의 분위기가 좋은 것도 이 마을을 선택한 이유 중 하나였던 만큼, 모지항은 산책에 안성맞춤이었다. 여기저기에 세련된 카페들도 많았다. 다만 남자 혼자 들어가 시간을 보내기에 그리 적절한 공간은 아니었다.

맨션 뒤에 있는 아담한 찻집을 발견한 후부터는 매일같이 거기만 다녔다. 나이가 지긋한 마스터가 혼자 운영하는 가게인데 항상 재즈가 흐른다. 인테리어도 옛날 스타일이고, 요즘 유행하는 SNS용 사진 찍기에는 그리 적합하지 않다고 할까, 눈길을 끄는 특별한 매력이 없어 손님이 많지 않다는 것도 마음에 들었다. 하지만 다소 적응하기 어려운 점도 있었다.

마스터는 취미가 낚시인 모양이라 벽마다 어탁이나 낚싯배 위에서 찍은 사진들이 빽빽하게 걸려 있었다. 항상 단골손님과 어디서 어떤 물고기를 잡았는지 수다를 떠느라 정신이 없다. 낚시를 해 본 적이 없는 다키지는 그 대화에 아예 끼지 못했다. 오늘도 여럿이 모여 작은 전갱이를 얼마나 많이 잡았는지 이야기하고 있었다. 창가에 자리를 잡고 블랜드 커피를 주문한 다음, 이미 집에서 읽은 신문을 다시 훑어본다.

취미라는 건 도대체 어떻게 만드는 것일까?

신문에 실린 시니어 댄스 동아리에 대한 특집 기사를 읽으며 다키지는 생각했다. 지금까지 일 외의 다른 것에 관심을 둔 적이 없다. 일만 해도 하루가 지나갔고, 딱히 부족함을 느낀 적도 없었다. 하지만 지금은 시간을 때울 무언가가 필요했다. 저런 식으로 누군가와 같이 웃으며 이야기할 수 있는 취미라면 더 좋고….

서빙된 커피를 천천히 마셨다. 무심코 창밖을 바라보니 유모차를 밀며 걸어가는 젊은 엄마의 모습이 보였다. 나나오가 아이를 낳으면 우리가 손자를 돌봐야…. 멍하니 상상하다 얼른 고개를 저었다. 나나오는 아이를 낳지 않으려는 것 같다. 어떤 연유에서인지는 모른다. 다만 남편과 상의 끝에 그렇게 결정했다고 한다.

"나한테는 내 인생이 있으니까. 아빠 좋으라고 아이를 낳을 생각은 없어."

회사 부하 중에서도 아이 없는 인생을 택했다고 말하는 직원이 있었다. 딩크족이라나? 일부러 아이를 안 갖는 부부들도 있다고 했다. 당연히 저마다의 인생이 있을 테지. 그 사실을 부정할 생각은 없다. 하지만 막상 내 딸한테 그런 이야기를 들으니 쓸쓸해지는 것은 왜일까. 나름 말을 가리고 가려 "아이는 참 좋은 거야"라고 한마디 하자 나나오가 화를 버럭 냈다.

"아빠는 늘 나를 키웠다고 그러는데, 나한테 해 준 게 뭐가 있다고 그래? 돈만 주면 다야? 입학식, 운동회, 내 인생의 중요한 날에 한 번이라도 같이 있어 준 적 있어? 그런 사람한테 아이가 좋다느니 어쩌느니 하는 말 들어 봤자 전혀 와닿지 않아."

늘 예뻐했고, 나름대로 최선을 다했거늘. 입안이 쏩쓸해져 얼굴을 찌푸리는데, 밖에 있는 자전거를 탄 소년과 창 너머로 눈이 마주쳤다. 반소매 티셔츠와 반바지 사이로 얇은 팔다리가 드러나 있다. 핸들에 비닐봉지를 걸어 둔 소년은 놀란 듯한 표정을 짓더니 속도를 높여 사라졌다. 생각에 골몰했을 뿐인데 자기를 보고 무서운 표정을 지었다고 생각한 것 같았다. 다키지는 당황해 얼른 자리에서 일어섰지만 아이는 눈 깜짝할 새에 사라졌다.

"이런, 미안하게 됐네."

머리를 긁적이며 다시 자리에 앉았다. 그러고 보니 어디선가 아이의 얼굴을 본 적이 있는 것 같아 다시 창밖으로 눈길을 준다.

이 지역에는 아는 사람이 없다. 아는 아이가 있을 리 만무하다. 하지만 아무리 봐도 낯익다. 어디에서 봤지?

갑자기 들려오는 큰 웃음소리에 고개를 돌리자 마스터와 손님들이 배를 붙잡고 웃는 모습이 보였다. 다키지의 시선을 느낀 마스터가 "아이코, 미안합니다" 하고 웃음기가 남은 얼굴로 말했다. 손님 한 명이 "실례, 실례"라며 가벼운 말투로 사과하더니 고개를 숙이는 제스처를 취했다. 컵에 남은 커피를 단숨에 다 마시고 다키지는 자리에서 일어났다.

"커피값은 여기에 둘게요. 잘 마셨습니다."

이제 여기는 그만 와야겠다. 짜증 비슷한 감정을 느끼며 다키지는 가게를 나섰다.

*

준코와 말다툼을 했다.

맨션 부녀회 멤버들과 이틀 밤이나 외박을 하겠단다.

"부녀회장인 노세 씨가 시바 점장이랑 다 같이 가고시마로 여행을 가자고 해서. 점장이 청소에 대한 보답으로 미니버스도 대절해 준다니까 돈도 별로 안 들 거야."

고가네무라 빌딩 부녀회라는 명목으로 구성된 모임이지만 실상은 시바의 팬클럽이나 마찬가지다. 별 볼 일 없는 편의점 고용 점장에게 푹 빠진 여성들. 부녀회장인 노세는 시바의 고용주이자 고가네무라 빌딩 건물주의 사모님이다. 부녀회의 주요 활동은 보이지 않는 곳에서 편의점 운영을 돕는 것으로, 주로 돌아가면서 취식 코너나 주차장을 청소한다.

물론 자원봉사로 하는 일이라 시급도 없다. 돈 한 푼 안 생기는 이 일을 아내는 신이 나서 하고 있는 것이다. 그 모습에 불만을 내비친 적도 있지만 "내가 이 맨션에서 고립되었으면 좋겠어?" 하고 묻기에 입을 닫았다.

"친구 관계가 중요한 건 그렇다 쳐도 이틀씩이나 외박할 것까진 없잖아? 거기다가 무슨 젊은 남자까지 끼고 여행을 가, 보기 안 좋게."

"남자를 끼고 가다니. 듣기 거북한 표현 좀 쓰지 마. 그래, 뭐. 아이돌과 함께하는 투어 같은 거 TV에서 봤지? 그런 분위기가 아니라고는 하지 않을게."

다키지는 아래층 편의점 점장의 얼굴을 떠올리며 쯧, 하고 혀를 찼다. 낭창낭창한 것이 묘하게 기분 나쁜 분위기의 남자다.

"그런 남자는 아무렇지 않게 여자들을 갖고 논다고. 지금껏 내가 수백, 수천 명을 보고 부리고 했는데 딱 보면 알지. 분명 변변치 않은…."

"그만 좀 해. 당신한테 그 얘기 지겨울 만큼 들었어. 당신 겐고한테도 그런 소리 했던 거 기억 안 나? 알고 보니 좋은 사람이었잖아."

겐고는 사위의 이름이다. 카메라맨이라는 정처 없는 일을 하며 전국을 돌아다니고 있다. 결혼 전 인사하러 왔을 때는 나나오보다도 머리가 길었다. 지금까지 결혼 생활을 잘 유지하고 있고 나나오도 즐겁게 지내는 것 같지만 다키지는 여전히 납득이 가지 않는다. 남자가 가진 직업이 시원치 않으니 출산도 포기한 것 아니겠는가. 아이 없는 삶을 택했다며 먼저 나서서 선언하고 다니는 것을 보면 뻔하다.

"제대로 된 회사에서 사회인으로서의 임무를 다해야지. 도대체 무슨 생각들인지. 카메라맨이니, 편의점 고용 점장이니, 그런 남자들은 세상의 제대로 된 노선을 못 탄 것뿐이야. 나는 가가미 프레스 공장장으로 일하면서…."

"제발 그만 좀 해. 큰 회사에 다니면 다야? 출세만 하면 끝이냐고. 당신한테나 그게 프라이드지. 게다가 이미 퇴직했는데 무슨 의미가 있어. 이제 그런 생각 좀 버려."

준코가 똑바로 쳐다보며 하는 말에 말문이 턱 막혔다.

깊게 팬 팔자 주름, 뺨에는 검버섯이 두 개 보인다. 피부는 어딘가 탄력을 잃었고, 눈가의 잔주름이 존재감을 드러낸다. 그 가운데 오직 까만 눈동자만이 변함없는 반짝임을 품은 채 흔들리고 있었다. 뭔가 뒤죽박죽 뒤섞인 인상을 받으며 다키지는 생각했다. 내 아내가 이런 얼굴을 하고 있구나. 예전에는 조금 더 젊고 발랄한 인상이었는데.

침묵하는 다키지의 행동을 이렇게 받아들였는지 준코는 "미안" 하고 고개를 숙였다.

"얘기가 다른 쪽으로 흘렀는데 아무튼 난 친구들과 여행을 한번 가 보고 싶을 뿐이야. 시바 점장은 있든 없든 상관도 없어. 그냥 따라가는 거야. 자주 있는 일도 아닌데 그냥 가게 해 줘."

다키지는 이번에도 "맘대로 해"라는 말밖에 할 수 없었다.

여행 당일 아침. 준코는 민망해하면서도 야무지게 짐을 싸고 채비해서 집을 나섰다. 다키지는 편의점 주차장에 서 있던 미니버스에 부녀회 멤버들이 탑승하는 모습을 자기 방 베란다에서 내려다봤다. 시바를 둘러싼 여성들은 하나같이 설레는 표정이었고 옷차림도 화려했다. 하여튼 이 건물 남자들은 다들 멍청해 빠졌다. 자기 아내가 아들뻘인 남자를 치켜세우느라 정신이 없는데 부끄럽지도 않나. 하긴, 나도 다를 바 없는 신세지.

시선을 느꼈는지 버스에 올라타려던 시바가 다키지 쪽을 올려다봤다. 눈이 딱 마주쳤다.

"사모님 잘 모시고 다녀올게요, 걱정 마세요!"

산뜻하게 말한 시바가 생긋 웃었다. 여유 넘치는 얼굴에 다키지가 발끈했다. 시답지 않은 소리.

"걱정 같은 거 안 합니다."

쥐가 날 것만 같은 입꼬리를 애써 끌어 올리며 다키지가 말했다. 여기서 성질이라도 부리면 지는 것이다. 다키지는 억지 미소를 지은 채 방 안으로 돌아왔다.

정돈된 거실 소파에 몸을 묻고 눈을 감았다. 아래의 소란
이 잦아질 때까지 그대로 있다가 조용해진 후에 자리에서 일
어났다.

향한 곳은 1층에 있는 텐더니스 편의점이었다. 남성 점원
이 카운터에서 손님을 맞고 있었고, 여성 점원은 과자 코너
앞에서 보충 작업을 하고 있었다. 다키지는 가게를 쓱 둘러
봤다.

다키지는 편의점을 이용해 본 일이 거의 없다. 모든 제품
을 높은 정가로 팔고 있는 것도 마음에 안 들고, 예전에 잡지
에서 편의점 도시락이 다 조미료 범벅이라는 기사를 본 적이
있기 때문이다. 외출했다가 캔 커피를 하나 사거나, 화장실
을 빌리고 싶어 사탕을 사는 정도가 전부였다. 아내와 딸에
게도 슈퍼나 할인점이 더 저렴하니 가능한 한 편의점은 이용
하지 말라고 했었다. 편의점은 그저 하찮은 인간들이나 가는
곳이다. 똑바로 살아가는 사람들에게는 필요 없다.

캔 커피를 하나 사서 아내와 부녀회원들이 하루에 세 번씩
청소하는 취식 코너로 갔다. 여행을 가지 않은 멤버가 있는
지, 아니면 편의점 점원들이 대신하고 있는 것인지 여느 때
와 다름없이 정돈된 모습이다. 약 세 군데에 놓여 있는 꽃병
에는 코스모스가 꽂혀 있었다.

"흐음."

다키지는 콧소리를 내며 바 자리에 앉았다. 커피를 홀짝이면서 앞으로 사흘 동안 어떻게 지낼지에 대해 생각한다. 그래, 옛 동료들에게 연락해서 오랜만에 얼굴이나 볼까? 신칸센으로 몇 시간 정도면 나고야에 갈 수 있다. '오늘 밤, 히가시사쿠라의 로바다야키에서 한잔할까?'라고 제안하면 몇 명은 와 줄지도 모른다. 자리에서 일어나려다 그대로 다시 앉았다. 은사님의 장례식에 참석하기 위해 나고야에 다녀온 지한 달도 채 안 됐다. 그때도 입원 중이라느니, 칩거 중이라는 이유 등으로 나오지 않은 사람들이 있었다. 그나마 온 사람 중에도 은사에 대한 추억 이야기는 제쳐 두고, 상황에 맞지 않게 자신의 건강이나 병간호 이야기만 끝없이 늘어놓는 이가 있었다. 다들 어딘가 소극적으로 변해 있었는데 예전의 모습을 알고 있어서인지 더욱 갑갑한 기분이 들었다. 그런 사람들에게 갑자기 연락해 봤자 누가 시간을 내어 줄까. 어쩌면 아무도 안 나타날지 모른다.

"너무 시시한 인생을 살아온 건가."

낮게 읊조리고는, 그 말 그대로라고 생각했다. 나름대로 성실히 살아왔지만 분명 그것만으로는 부족했던 것이다. 그렇지만 이제 와 뭘 어떡하겠는가. 아내는 멀어지고, 딸은 구박하고, 마음을 터놓을 친구도 없다.

인기척이 느껴져 뒤를 돌아봤다. 편의점 쪽에서 한 소년이 들어오고 있다. 햇볕에 그을린 얼굴을 보고 다키지는 "아" 하는 소리를 냈다. 얼마 전 찻집의 창 너머로 봤던 소년이다. 얼굴이 눈에 익었던 것은 취식 코너에 있는 모습을 자주 봤기 때문이구나. 그러고 보니 저녁 산책을 갈 때마다 저 아이가 여기에 있었다.

힐끗거리며 시선을 주는 아이와 눈이 마주쳤지만 아무래도 아이는 다키지를 기억하지 못하는 모양이다. 아이는 안을 쓱 둘러보더니 4인용 테이블에 앉았다. 비닐봉지에서 카레 도시락과 탄산음료 한 병을 꺼내 식사를 시작했다.

토요일 아침부터 편의점에서 도시락으로 끼니를 때우다니. 다키지는 조용히 고개를 저었다. 도대체 부모라는 사람들은 뭐 하는 것일까. 보아하니 기껏해야 초등학교 3, 4학년 정도겠다. 아직 어린애한테 이렇게 허술한 아침을 먹이고도 신경이 안 쓰이나? 얼굴을 기억할 정도로 여기서 자주 봤다는 것은 이 아이의 주식이 편의점 도시락이라는 뜻이겠지. 한창 클 나이의 아이에게는 영양과 애정이 듬뿍 담긴 식사가 필요하거늘.

물론 다키지의 이런 생각이 아이에게 전해질 리 없다. 서둘러 식사를 마친 아이는 쓰레기를 모아 휴지통에 넣고는 가방에서 휴대용 게임기를 꺼냈다. 이어폰을 귀에 꽂고 게임을 시작했다. 그다지 재미있어 보이지도 않는 아이의 얼굴을 곁눈질하며 다키지가 입술을 물었다. 정말이지 못마땅하다. 이렇게 날씨 좋은 휴일 아침에 편의점 도시락으로 식사를 때우고 게임이나 하고 있다니. 잘못돼도 한참 잘못됐다.

그때 시끌벅적한 웃음소리와 함께 자전거를 탄 소년들이 미끄러지듯 주차장으로 들어온다. 자전거를 세워 두고 편의점에 갈 줄 알았더니 곧바로 취식 코너로 들어왔다.

"어, 히카루잖아?"

체격이 큰 소년이 게임 중인 아이를 보고 말했다.

"그러게, 히카루네."

세 명의 소년들이 히카루를 에워싸고 앉았다. 그나마 친구들이라도 와서 다행이구만, 하고 안심하려는 순간 한 소년이 히카루의 머리를 건드렸다.

"너, 이런 데서 뭐 하는 거야?"

"시간 있으면 연습을 해야 할 거 아냐, 연습을."

한마디씩 하는 소년들에게 히카루가 욱한 듯 보이는 표정으로 "딴 데로 가"라고 말한다.

"한낱 운동회일 뿐인데 연습, 연습 난리 치는 거 바보 같지 않아?"

"연습이 뭐가 바보 같아? 우승은 우리 반 목표라고!"

이야기를 듣자니 아무래도 다음다음 주 일요일에 그들이

다니는 초등학교의 운동회가 열리는 모양이었다. 반 학생들은 다 같이 방과 후에 남아 연습을 하는데 히카루는 한 번도 참가를 안 했던 것 같다.

그럼 안 되지, 다키지가 히카루를 탐탁지 않게 보는데 무리 중 한 명이 "어쩔 수 없잖아, 히카루는"이라며 비꼬듯 입을 열었다.

"너희 아빠, 어차피 올해도 일 때문에 안 올 거 아냐. 얘 운동회 할 때마다 교무실에서 선생님이랑 점심 먹잖아."

"뭐야, 왜? 왜 그러는데?"

"얘네 집 이혼해서 엄마도 없어. 아빠는 일 때문에 학교 행사에 오지도 않고. 우리 엄마 말로는 참관 수업에도 한 번도 안 왔다던데?"

"진짜? 그럼 부모님이랑 같이 뛰는 이인삼각은 어떻게 해? 우리 반은 전 경기 1위가 목표라고. 우리 아빠는 운동복까지 새로 사고 의욕을 불태우고 있는데!"

"아마 선생님이랑 적당히 달리지 않겠어? 양호실의 노다 선생님이랑 뛰든지."

"대박. 그 선생님 완전 아줌마잖아. 뛸 수나 있대?"

"이기는 게 우선이지만 그 모습은 좀 보고 싶다! 노다 선생님, 다른 엄마들보다도 훨씬 뚱뚱하잖아."

낄낄 소리를 내며 소년들이 크게 웃었다. 미쳤다. 엄청 웃기겠는데? 사진 찍어 놔야지.

슬쩍슬쩍 상황을 살피던 다키지의 눈에는 화가 나서 얼굴이 빨개지는 히카루의 표정이 자세히 보였다. 게임기를 든 손이 덜덜 떨린다. 게임기를 테이블 위로 던진 히카루가 "시끄러워!" 하고 소리쳤다.

"너희가 무슨 상관인데! 뭐가 좋다고 멍청하게 웃고 난리야!"

"뭐야, 겨우 이런 걸로 화를 내고 그래?"

옆에 앉아 있던 소년이 어깨를 감싸자 히카루가 거칠게 내친다. 둔탁한 소리가 나고 소년의 얼굴이 사나워졌다.

"뭐 하는 짓이야? 너 같은 게 어딜."

"아, 이거 미안하네. 우리 애가."

다키지가 자리에서 일어서며 입을 열었다. 일촉즉발의 분위기였던 아이들이 느닷없이 등장한 어른의 목소리에 당황한다. 아이들의 시선을 느끼며 다키지가 미소를 지었다.

"이번 운동회는 내가 가기로 했어. 너희 부모님들보다 나이가 많기는 하지만. 그 뭐냐, 이인삼각은 요령만 있으면 이길 수 있으니까."

히카루의 눈이 휘둥그레진다. 곁눈질로 그 모습을 확인한 다키지가 말을 이었다.

"운동회 날 날씨가 좋아야 할 텐데. 나도 기대 많이 하고 있거든."

"아, 그러…세요?"

소년들이 눈짓을 주고받더니 히카루에게 "제대로 연습해 와!"라는 말을 툭 던지고 자리를 떴다. 자전거를 타고 멀어지는 뒷모습을 다키지가 손을 흔들어 배웅했다.

"그, 저기….."

작은 목소리가 들려 돌아보자 히카루가 의아한 얼굴로 서 있었다.

"아아, 미안. 나도 모르게 끼어들어 버렸네."

잠자코 듣고 있을 생각이었는데 자기도 모르게 자리에서 일어났다. 머리를 긁적이며 "듣고 있다가 괜히 욱해서 말이야"라고 덧붙였다.

"아무리 그래도 너무 이상한 거짓말을 했지? 미안해."

아이들의 말다툼에 발끈하다니, 정신이 어떻게 된 것 같다.

어깨를 축 늘어뜨리고 서 있는데 "감사합니다" 하는 히카루의 목소리가 들렸다. 놀라서 쳐다보자 아이가 살짝 웃고 있었다.

"놀라긴 했지만 걔들의 당황한 얼굴을 보니까 재밌더라고요. 감사해요."

히카루는 테이블 위의 게임기를 가방에 넣더니 "할아버지는 몸이 안 좋아서 못 왔다고 할 테니까 걱정 마세요" 하고 돌아선다. 그때 다키지가 아이의 등에 대고 다급하게 말했다.

"자, 잠깐만. 진짜로 대신 나가면 안 될까? 그 운동회."

히카루가 돌아본다. 동그랗게 커진 눈을 보고 다키지가 한 번 더 묻는다.

"가면 안 돼? 은퇴해서 할 일도 없거든. 내가 할아버지인 척해 줄게."

"동정 안 하셔도 돼요. 익숙한 일이니까."

그럼, 가 볼게요. 하카루는 손을 들어 인사하고는 훌쩍 떠나 버렸다. 주차장을 벗어나는 자전거를 보던 다키지가 "바보 같기는…" 하고 중얼거린다.

거절당하는 것이 당연하지. 처음 본 노인네가 하는 이상한 소리를 어떻게 믿겠어? 싸움만 말리고 끝낼 것을.

하지만 동정심에 한 말은 아니었다. 운동회에 부모가 참석하지 않으면 아이들이 이렇게 마음 아픈 경험을 하게 된다는 사실에 놀랐다. 나나오가 말했듯, 다키지는 단 한 번도 딸의 운동회에 간 기억이 없다. 매번 운동회가 아닌 거래처와의 접대 골프를 선택했으니까. 물론 아내는 매년 아침 일찍부터 도시락을 쌌고 할머니와 함께 운동회를 보러 갔다. 적어도 아무도 가지 않아 교무실에서 밥을 먹게 하지는 않았다. 하지만 히카루의 얼굴 위로 어릴 적 딸의 모습이 겹쳐 보인다.

어쩌면 나나오는 아빠가 오지 않는다는 사실 때문에, 히카루처럼 울 것 같은 얼굴을 한 적이 있을지도 모른다.

다키지는 바닥을 드러낸 캔 커피를 쓰레기통에 던져 넣고 집으로 돌아갔다.

다음 날 오후, 상황이 바뀌었다. 캔 커피를 사기 위해 1층에 내려갔더니 엘레베이터 앞에 히카루가 서 있었던 것이다.

"만나서 다행이에요."

웃으며 말하는 히카루에게 "무슨 일이야?" 하고 다키지가 물었다.

"은근히 낯이 익은 걸 보니 이 건물에 사시는 분 같아서요. 여기에 서 있으면 만날 수 있지 않을까 생각했어요."

히카루가 뿌듯한 듯한 말투로 말하더니 이내 "저기…" 하고 시선을 돌렸다.

"운동회, 같이 나가 주시면 안 돼요?"

다키지가 허어, 하는 소리를 낸다.

"왜 생각이 바뀌었어?"

"그 자식들이 오늘 아침에 우리 집까지 찾아와서 같이 연습을 하자고 그러잖아요. 어제 일을 의심하는 거예요. 상대안 하려고 했는데, 너무 열이 받아서…."

우린 둘이 몰래 특별 훈련을 하고 있으니 걱정할 것 없다고 말해 버렸거든요. 히카루가 어깨를 늘어뜨렸다.

"그래서 혹시 괜찮으시면 같이 했으면 좋겠는데, 안 될까요?"

긴장한 모습으로 다키지의 눈치를 살핀다.

"이인삼각만 같이해 주시면 돼요! 경기는 오후에 하니까 점심시간 지나서 잠깐 들러만 주시면⋯."

"아침부터 쭉 가 있으면 안 되고?"

다키지의 질문에 히카루가 놀란 표정을 지었다.

"운동회 같은 데 몇십 년 동안 한 번도 안 가 봤거든. 그날만 네 할아버지 자격으로 운동회를 즐겨 보면 안 될까?"

"네? 정말 괜찮으세요?"

히카루의 뺨이 붉게 물들었다. 그 모습을 본 다키지는 왠지 모를 기쁨을 크게 느꼈다. 내가 같이 가는 것을 기뻐해 주는 존재가 있다니.

"내가 부탁하는 거야. 맞다, 애들한테 우리끼리 비밀 특훈을 한다고 했다고? 그럼, 이제부터 연습 좀 해 볼까?"

"어⋯ 할래요, 할래!"

히카루가 큰 목소리로 답했다.

"그럼 저기 취식 코너에 가서 잠깐만 기다릴래? 운동복으로 좀 갈아입고 올게. 신발도 운동화로 갈아 신어야 하니까."

다키지는 가벼운 발걸음으로 집에 돌아와 옷장을 뒤졌다. 이 동네로 이사 오면서 물건을 간소화할 생각으로 정장과 골프 옷 등은 거의 다 버렸다. 그래도 트레이닝복 하나 정도는 남겨 뒀을 터였다.

"아, 여기 있다."

오랫동안 입지 않았던 트레이닝복을 꺼내 입었다. 이인삼각 연습 때 끈 대신 쓸 요량으로 넥타이도 하나 챙겨 주머니에 넣은 다음, 운동화를 갈아 신는 시간마저 초조해하며 서둘러 히카루에게 돌아갔다.

맨션 근처에 있는 오이마쓰 공원은 조용하고 차분한 분위기의 장소였다. 시간이 차고 넘쳐 가끔 공원 안에 있는 도서관을 이용하긴 했지만, 운동 목적으로 여기에 온 것은 처음이었다. 이제 보니 달리기나 걷기 운동을 하는 사람들이 많이 있었다. 빨간 삼륜 자전거를 탄 노인이 외국인들과 나란히 사진을 찍고 있는 모습도 보였다. 저 사람은 자주 보이던데 도대체 뭐 하는 사람일까. 이 동네에서 유명한 사람인가? 살짝 고개를 갸웃거렸지만 지금 그런 것은 아무래도 상관없었다. 머리를 흔들어 쓸데없는 생각을 떨쳐 내고 정신을 차렸다.

오줌싸개 동상이 있는 분수 옆에서 마주 선 다키지와 히카루는 먼저 자기소개부터 했다.

"미나가타 히카루. 모지 제2 초등학교 5학년이에요."

잘 부탁드립니다, 하고 머리를 숙이는 모습을 다키지가 바라본다. 5학년 치고는 체구가 살짝 작은 것 같기도 하다. 햇볕에 그을린 얼굴이 건강해 보였다. 고개를 들고 다키지를 똑바로 쳐다보는 똘망똘망한 시선이 빛을 머금고 있었다.

"난 오쓰카 다키지. 네 할아버지 역할이니까 지금부터는 히카루라고 불러도 되지?"

"네. 저는 할아버지라고 불러도 돼요?"

"당연하지."

다키지는 고개를 끄덕이며, 입가에 번지는 미소를 애써 참았다. 할아버지. 참 재미있는 울림의 단어다. 설마 이런 식으로 듣게 될 줄이야.

"자, 히카루. 바로 연습에 들어가자. 이걸 끈 대신 쓰는 거야."

넥타이를 꺼내 아이의 가는 발목과 자신의 발목을 묶었다. 히카루에게 나는 아이 냄새에 왠지 간지러운 느낌이 들었다.

"할아버지는 운동 잘해요?"

"옛날에는 곧잘 했는데, 지금은 어떨지 모르겠네."

골프도 그만뒀고, 운동이라 부를 만한 것은 최근 몇 년 동안 전혀 하지 않았다. 배가 나오고, 혈당 수치가 올라갈까 신경 쓰여 저녁마다 산책을 하는 것이 다.

"뭐, 어쨌든 어떤 느낌인지 한번 해 보자. 오늘은 호흡만 맞춰 보는 정도로."

그 후 두 사람은 해가 질 때까지 함께 공원 안을 돌았다. 그러는 동안 다양한 대화를 나눴다. 히카루의 아버지가 요양

시설의 매니저로 일한다는 것, 일손이 부족해 늘 바쁘다는 것, 그래서 히카루가 혼자 식사 하는 일이 많다는 것 등을 알게 되었다.

"예전에 달걀 프라이를 하다가 화상을 입었거든요. 그다음부터는 혼자 요리하지 말라고 해서."

히카루의 오른팔에는 분홍색 뱀 같은 흉터가 남아 있었다. 프라이팬이 뒤집히는 바람에… 라며 속상한 얼굴을 했다.

"그래서 편의점 도시락을 먹는 거니?"

"거기 취식 코너는 깨끗하기도 하고, 지켜보는 어른들이 많아서 안전하다고 아빠가 그랬어요."

흐음, 다키지가 나지막이 중얼거린다. 하긴 편의점 직원이나 맨션 주민들이 빈번히 드나드니 덜 위험하긴 하겠다.

"사 가지고 가서 먹을 때도 있는데 집에서 혼자 먹으면 왠지 맛이 없어서요."

"그건 그래."

혼자 먹는 밥이 얼마나 공허한지 잘 알고 있는 다키지가 고개를 주억거린다.

히카루는 혼자 보내는 시간에 외로움을 느끼는 것 같았지만, 아버지를 원망하는 기색은 없었다. 아빠에 대해 이야기하는 얼굴에서 어두운 그늘을 조금도 찾아볼 수 없었다.

"정말 많은 할머니, 할아버지를 돌보는데, 머릿속에 무슨 태블릿이라도 들어가 있는 건지 그 사람들을 다 외운다니까요. 다키가와 씨의 식사는 걸쭉하게 준비해야 한다든지, 나와타 씨는 고무 알레르기가 있다든지. 사람의 생명을 다루는 일이니까 적당히 넘어갈 생각을 하면 안 된다면서요."

히카루의 아버지는 분명 정성을 다해 일하는 사람일 것이다. 그리고 히카루는 그 모습을 제대로 지켜보고 있었다. 다키지는 자랑스러운 듯 아빠 이야기를 하는 히카루의 반짝이는 얼굴을 바라보았다. 근사한 부자 관계구나.

모든 일과 육아, 가사를 혼자서 완벽하게 하기란 여간 어려운 일이 아니다. 나는 일 외의 모든 것을 아내에게 맡기고 살아왔으니 그나마 다행이었지만, 히카루의 아버지가 미처 챙기지 못하는 부분이 생기는 것은 어찌 보면 당연했다. 하지만 그래도, 히카루에게 조금만 더 신경을 써 줬으면 좋겠다. 일도 중요하지만, 아이의 운동회는 1년에 단 한 번뿐이니까. 잠깐이라도 짬을 내서 얼굴을 비치면 좋을 텐데….

아마, 모르고 있을 것이다. 직장에 다니고, 돈을 벌지 않으면 아이를 키울 수 없다. 아이들에게 열심히 일하는 아빠의 뒷모습을 보여 줘야 한다. 이런 생각에 빠져 살다 보면 아이의 생각까지 헤아릴 여유가 없다. 자신의 삶이 그랬다. 돈을 벌어 경제적으로 어렵지 않은 생활을 제공하는 것이 최우선이라고 믿었다. 일보다 아이의 운동회를 우선해야 한다는 생각 자체를 하지 못했다.

"이인삼각, 꼭 1등 하자."

다키지가 웃으며 히카루에게 말했다.

"반 우승이라 그랬나? 그것도 노려 보자고. 그리고 아빠한테 자랑하면 되잖아."

히카루가 수줍게 웃는다. 연습에 열중한 탓인가, 관자놀이에 땀이 흐르는 것이 보였다. 다키지의 트레이닝복도 등에짝 달라붙어 있다. 종아리는 퉁퉁 부었고, 며칠 뒤에는 근육통이 올지도 모른다.

고개를 들어 하늘을 보니 해가 많이 기울었다. 오렌지색과보랏빛이 뒤섞였고, 먼 곳은 검게 물들어 간다. 하늘에는 으뜸 별이 깜빡이고 있었다.

"슬슬 어두워지기 시작한다. 오늘은 이쯤 할까?"

"벌써 저녁이네요. 그런데 연습 또 할 수 있어요?"

"당연하지. 내일 저녁에 여기서 또 만날까."

히카루만 괜찮다면 말이야. 이렇게 덧붙이려 했는데 그보다 먼저 히카루가 환한 표정을 지으며 "신난다!" 하고 답했다.

"정말요? 그럼 저 학교 끝나고 바로 올게요!"

"어? 아아. 그럴래?"

아이의 반응에 기분이 좋아진 다키지의 얼굴에 미소가 감돈다.

"그럼, 약속한 거다. 기다리고 있을게."

다키지는 상쾌한 피로감을 안고 집으로 돌아갔다. 아무도 없는 집에 들어서니 으레 그렇듯 쓸쓸한 기분이 들었지만, 히카루의 얼굴을 떠올리자 금세 괜찮아졌다.

다음 날 저녁, 현관 앞에서 운동화를 신고 있을 때 준코가 여행에서 돌아왔다.

"어머, 그런 차림으로 어디 가?"

캐리어와 기념품 봉투를 든 준코가 다키지의 전신을 눈으로 훑더니 놀란 표정을 한다. 평소에 입지 않던 트레이닝복 차림이 의아한 모양이다. "무슨 일인데"라고 재차 묻는 준코에게 다키지는 "별거 아냐" 하고 답했다.

"그냥 잠깐 나갔다 오는 거야."

"어딜 잠깐 나갔다 오는데?"

"어딜 가면 어때서."

내뱉듯 답한 후 문을 열고 나가 엘리베이터에 올라탄다. 1층에 내려가자 아직 귀가하지 않은 부녀회 멤버들이 선 채로 이야기를 나누고 있었다.

"어? 준코 씨 남편분."

부녀회 회장인 노세가 다키지를 보고 목례를 했다. 여행에서 얼마나 신나게 논 것인지 조금 피곤해 보인다. 다키지는 형식적인 미소를 지었다.

"어서들 오세요. 여행은 재밌으셨어요?"

"네, 즐거운 여행이었어요. 아무래도 남편들이 불편했을 텐데, 기분 좋게 보내 주셔서 정말 감사해요."

몹시 공손한 말투로 고개를 숙이는 노세에게 다키지가 "아닙니다" 하고 손사래를 쳤다. 준코가 남편이 여행을 반대한다고 말했을지도 모른다. 입이 가벼운 여자는 아니지만, 지금의 준코라면 알 수 없다. 이런 생각을 하는 것도 찝찝하긴 하지만 어쩔 수 없다.

"산책하러 가는 길이라서요. 그럼 또 봬요."

웃음을 지우지 않은 채 자리에서 벗어났다. 하지만 마음속에는 시커먼 감정들이 점점 부풀어 오르고 있었다. 안 그러려고 해도 짜증이 난다. 준코가 돌아와서 웃는 얼굴을 하든, 미안해하는 표정을 짓든 어느 쪽이든 짜증이 날 것 같더라니, 역시나였다. 이것이 딸아이가 말한 '구속'인 걸까. 아니 준코에게도 잘못은 있다. 준코와 나나오에게는 자연스러운 행동일지 모르지만 내 입장에서는 준코가 아무런 설명도 없이, 어느 날부터 갑자기 제멋대로 굴기 시작한 셈이니까 말이다.

"이런, 젠장."

금연에 성공한 지 10년도 더 됐는데 이럴 때는 담배 생각이 절로 난다. 술집에 가서 맥주 한잔하면서…. 이런 생각을 하고 있는데 "할아버지!" 하는 목소리가 들려왔다. 놀라서 돌아보니 공원 입구에 히카루가 서 있었다. 체육복을 입은 아이는 만면에 미소를 띠고 있었다.

"어이쿠, 기다리고 있었어?"

"아니에요. 저도 좀 아까 왔어요!"

다키지가 다가가자 히카루가 "와 주셔서 감사합니다!" 하고 인사를 한다.

"평일에는 연습할 시간이 별로 없으니까 얼른 시작할까?"

히카루의 머리를 쓰다듬는데, 이미 땀이 맺혀 있었다. 급하게 달려온 것인지 모른다고 생각하니 방금 전까지 치밀어 오르던 감정이 고요하게 가라앉았다. 지금은 집 생각을 접어 두고 이 아이와의 시간에 집중하자고 결심하며 다키지가 웃었다.

그날부터 저녁 시간마다 오이마쓰 공원에서 히카루와 이인삼각 훈련을 계속했다.

그 덕에 다키지는 온몸에 심한 근육통이 생겼고, 특히 다리에는 파스가 덕지덕지 붙어 있었다. 목욕 후에는 피로감이 한꺼번에 몰려와 저녁도 건성으로 먹고 침대로 들어갔다. 한 잔 곁들일 여유 같은 것도 없었다. 낮에는 소파에 누워 체력 회복에만 집중한다. 만신창이. 이 표현이 딱 맞다. 하지만 히카루 앞에만 서면 몸의 피로는 까맣게 잊힌다. 연습을 그만

하고 싶은 마음도 들지 않는다. 무조건 이 아이와 같이 1등을 해야겠다는 생각만 커져 갔다.

신기한 일이지. 이제는 유니폼이나 다름없어진 트레이닝복을 입은 다키지가 소파에 드러누워 눈을 감았다. 어린아이의, 그것도 피도 안 섞인 남의 아이의 운동회에 이렇게까지 필사적인 자신의 모습이 마치 거짓말 같다. 과거의 자신이 지금 이 모습을 보면 분명 혼비백산할 테지.

"당신, 요즘 좀 이상해."

쿡쿡 웃는 목소리가 들려 눈을 떴다. 식탁에 앉은 준코가 의아하다는 듯 다키지를 바라보고 있었다.

"뭐야, 오늘은 집에 있는 거야?"

"아르바이트 쉬는 날이라고 했잖아."

"부녀회 모임은?"

"거기도 오늘은 내 당번이 아니라니까."

하아, 준코는 깊은 한숨을 쉬더니 "도대체 뭔데" 하고 나른한 말투로 묻는다.

"아직도 여행 때문에 화난 거야?"

"무슨 소리야. 그딴 거 이제 생각도 안 나는데."

히카루와 있으면 울화가 어디론가 다 사라져 버린다. 헛된 감성 소모를 할 필요가 없다. 그래서 더욱 여습에 열중하는 것인지도 모른다.

"당신이 마음대로 하는 것처럼 나도 마음대로 하는 것뿐이야."

"아무리 그래도, 너무 딴 사람 같잖아."

"피차일반이야."

한숨을 쉰 준코가 이내 입을 닫았다. 불편한 침묵이 이어져 다키지는 마음속으로 혀를 찼다. 아무튼 이사 온 이후의 준코의 행동을 당최 이해할 수가 없다. 도대체 무슨 일이냐고 묻고 싶은 것은 이쪽이다.

"난 한숨 잘 테니까 당신은 평소처럼 마음대로 해."

준코는 답이 없었다. 스스로도 비꼬는 말투라고 생각했지만, 이 정도는 그냥 넘어갈 수 있잖아? 다키지는 다시 눈을 감고 억지로 잠을 청했다.

알람을 설정해 둔 휴대폰 진동에 눈을 떴다. 몸을 일으키고 기지개를 쭉 켠다. 집 안을 둘러봐도 준코의 모습이 보이지 않았다. 아무래도 외출한 모양이었다.

"결국 이런 거구나."

다키지는 작게 혼잣말을 하고는 쓸쓸하게 웃었다. 예전의 준코라면 그런 대화가 오간 날 집을 비우지는 않았을 거라는 생각이 들었다. 어차피 이런 것도 다 내 이기적인 감정일 뿐이겠지.

부엌에 서서 보리차 한 잔을 들이켠 후 집을 나섰다. 운동화를 신고 언제나처럼 히카루가 기다리고 있을 공원으로 발걸음을 재촉했다.

연습이 끝나면 히카루와 함께 맨션으로 돌아오는 것까지가 루틴이었다. 다키지는 귀가하고, 히카루는 텐더니스에서 도시락을 사서 저녁을 먹는다. 히카루는 요즘 배가 금방 꺼진다면서 도시락을 두 개씩 사서 먹는다고 했다. 그런 이야기를 들으면 "우리 집에 가서 같이 먹을까?"라고 묻고 싶지만, 혼자 결정할 수 있는 문제가 아니다. 다키지가 만들 수 있는 메뉴라고는 볶음밥과 야키소바뿐이니 같이 식사를 하려면 준코에게 부탁할 수밖에 없다. 집에 초대하기 전에 한번은 히카루의 아버지를 만나 인사도 해야 한다. 아버지가 쉬는 날 소개해 달라고 해야겠다.

"할아버지, 내일 또 봐요."

"응, 그래."

짧은 인사를 나누고 돌아온 집에는 아무도 없었다. 불도 꺼져 있었고, 부엌에는 다키지가 아까 물을 마셨던 컵이 그대로 놓여 있었다.

"이 시간이 되도록 안 들어온 거야?"

일도 쉬는 날이고 당번도 아니라더니 어떻게 된 거야. 연락도 없이 이 시간까지 집을 비우다니, 아무리 생각해도 나를 무시하는 것이 틀림없다. 일단 샤워부터 하고 보자는 생각에 속옷을 가지러 침실로 들어간 다키지는 깜짝 놀라고 말았다. 깜깜한 방 안 침대 위에 준코가 몸을 웅크리고 있었다.

"뭐, 뭐야. 당신 집에 있었어?"

"하아, 왔어? 아무래도 감기에 걸린 것 같아…."

다키지를 본 준코가 콜록거리며 말했다. 목소리가 잠겨 다른 사람 같았다.

"어떻게 된 거야? 낮까지만 해도 괜찮았잖아."

"그때부터 몸이 좀 안 좋기는 했는데."

생각해 보니 아까도 평소와 달리 만사가 귀찮은 사람처럼 굴기는 했다. 한숨도 많이 쉬고, 힘없이 대충대충 말하는 것 같은 인상도 받았다. 그저 기분이 안 좋아서 그런 줄 알았는데.

"왜 말을 안 했어. 낮에 알았으면 같이 병원이라도 갔을 거 아냐."

"자고 나면 괜찮을 줄 알았지. 나이를 먹긴 했나 봐. 금방 회복이 안 되네."

불을 켜고 준코의 얼굴을 봤다. 열이 많이 나는지 뺨이 벌겋게 달아올라 있었다.

"일단 열을 좀 재 보자. 그, 체온계 어디 있어?"

"그게… 체온계를 못 찾겠어. 이사 오면서 잃어버렸는지."

이럴 때는 어떡해야 하지. 다키지와 준코는 건강한 체질이라 지금까지 둘 중 누구도 몸져눕는 일이 없었다. 나나오가 아플 때는 준코가 살뜰하게 돌봤기 때문에 다키지는 병간호라는 것을 이제껏 해 본 적이 없다.

"구급차 부를까?"

"무슨 구급차를 불러. 그 정도는 아니야. 따뜻하게 하고 자면 낫겠지."

웃으려던 준코가 심하게 기침을 했다. 저러다 토하는 것은 아닐까 싶을 정도로 격한 기침이라 다키지는 어쩔 줄을 몰랐다. 열이 나면 머리를 차갑게 하는 거랬나? 그럼 얼음주머니 같은 것이 필요할 텐데, 우리 집에 그런 게 있던가.

"머리의 열부터 내려야 되잖아. 뭘 어떻게 해야 돼?"

준코에게 묻자 "아래" 하고 답한다.

"아래? 아래에 뭐?"

"편의점에서 얼린 페트병을 팔 거야. 그걸 겨드랑이에 끼우면…."

겨드랑이에 페트병을 끼운다고? 이마에 얹는 것이 아니고? 이해가 안 됐지만 준코가 그렇다고 하니 다키지는 일단 지갑을 들고 서둘러 아래층으로 내려갔다.

취식 코너를 지나 텐더니스에 들어가려는데 저녁을 먹고 있는 히카루가 보였다.

"어? 할아버지, 웬일이세요?"

"아, 집에 갔더니 아내가 몸이 안 좋아서 앓고 있더라고."

얼음주머니 같은 것이라도 살까 싶어서 왔다는 말에 히카루가 "큰일이네요"라며 자리에서 일어났다. 남은 도시락을 허겁지겁 먹어 치우고 "제가 도와드릴게요" 하고 말한다.

"아냐, 괜찮아."

"저 이런 거 잘해요. 아빠랑 저는 아플 때마다 서로 간호해 주거든요."

다키지는 쓰레기를 처리한 히카루의 손에 떠밀리듯 텐더니스 매장 안으로 들어갔다.

"식욕은 있으신가요?"

"글쎄. 잘은 모르겠는데 그러고 보니 점심도 안 먹은 것 같네…. 아침에는 토스트도 남기고. 제대로 먹은 게 없을지도 몰라."

"그걸 모른다고요?"

히카루가 놀란 표정으로 묻자 다키지는 미안, 하고는 머리를 긁적였다. 준코가 식욕이 있는지 없는지 신경 써 본 적이 없었다.

"얼음주머니를 찾으시는 거 보니 열이 있나 봐요."

"아, 맞아. 체온계도 없어서 약국에도 들러야 할 것 같아."

여기서 도보로 10분 정도 거리에 약국이 있었다. 일단 집에 돌아갔다 다시 나올 생각을 하고 있는데 히카루가 "팔아요"라고 한다.

"여기서 파는 거 봤는데."

히카루는 망설임 없이 생활용품 코너로 향했다. 쓸데없이 비싸기만 할 것이라는 생각에 관심조차 두지 않았던 곳이다. 거기에는 고무로 된 얼음주머니, 체온계, 물 주전자 등이 놓여 있었다.

"이런 것도 있어?"

자세히 보니 병간호에 필요한 성인용 기저귀나 앞치마, 마시는 보조 수액까지 있었다. 이런 것까지 판매한다는 사실에 놀라고 있는데 히카루가 "이 건물 위층이 고령자 전용 맨션이잖아요"라며 말을 덧붙인다.

"그분들이 편하게 생활할 수 있게 하려고 갖다 놓는 거래요. 그렇죠, 점장님?"

스낵류가 놓인 선반 쪽으로 걸으며 히카루가 목소리를 높였다. 그러자 시바가 불쑥 고개를 내민다. 양손에 과자를 들고 있는 것을 보니 상품을 보충하는 중인 듯했다. 시바는 부드럽게 웃으며 "네, 맞아요" 하고 답했다.

"저희 가게 손님들은 맨션 주민들을 포함해서 나이 드신 분들이 많거든요. 그분들한테 무슨 일이 생겼을 때 곤란하지 않노록 신경 써서 제품을 들여놓고 있어요. 학생들이 많은 가게들은 문구류나 과자류를 더 다양하게 준비해 두기도 해요."

다키지는 아아, 하고 고개를 끄덕였다. 확실히 고객 입장에서는 편하다.

바구니에 얼음주머니와 체온계를 넣고, 마시는 보조 수액을 몇 병 담았다. 준코의 말대로 차를 얼린 페트병도 챙겼다.

"겨드랑이에 이걸 끼고 있겠다는데, 열이 나서 헛소리를 하는 건가?"

작게 중얼거리는 소리에 히카루가 말했다. "열 내리는 데 좋거든요".

"거기로 굵직한 혈관들이 지나간대요."

"그래?"

새로운 정보에 놀라는 동시에 히카루에게 이런 지식이 있다는 사실에 감탄했다.

"이제, 먹을 걸 찾아야 되는데⋯. 제 추천은 이거예요."

히카루가 들고 온 것은 인스턴트 죽이었다.

"죽도 팔아?"

"할아버지, 뭘 이런 거에 일일이 놀라고 그래요."

히카루가 큭큭 소리를 내며 웃었다. 조금 민망해진 다키지는 "편의점에 별로 와 본 적이 없어서 그래"라고 답하며 죽을 건네받았다.

"근데 의외로 편하네. 생각을 바꿔야겠어."

처음 이 맨션을 알아볼 때 아래에 편의점이 있어서 편리하다고 설명하던 부동산 업자를 떠올렸다. 그때는 온갖 사람들이 시도 때도 없이 드나드는 가게가 있는 것이 무슨 장점이냐며 내심 비웃었다. 시끄럽기밖에 더 하겠나 싶었다.

하지만 실제로는 소음 때문에 불편한 적도 없었고, 보안이 철저한 건물이라 딱히 사람들이 드나든다고 불안해할 일도 없었다. 그때 말했던 '편리함'이 이런 것이라면 확실히 맞는 말이었다.

"이 죽이 있으면 식사는 해결할 수 있겠다."

요리를 아무리 못해도 인스턴트식품을 데우는 정도는 할 수 있다. 그때 히카루가 무언가를 들고 왔다. "이것도 같이요." 그것은 달걀찜이었다. 도시락 코너에서 가져온 모양이었다.

"달걀찜?"

"이거, 제가 추천하는 방법인데요."

웃으며 말하는 히카루를 보며 다키지는 고개를 갸웃했다.


밤이 깊어 갈수록 준코의 열이 점점 심해졌다. 춥다면서 벌벌 떨기에 담요를 여러 겹 덮어 주고 마시는 보조 수액도 몇 번이나 먹었다. 얼음주머니를 계속 갈아 주는 사이 냉동실의 얼음이 다 떨어져 도중에 편의점에 다시 내려가 얼음을 사 왔다.

"사모님은 좀 어떠세요?"

야근 중인 듯한 시바가 걱정스러운 얼굴로 물었다. 의식도 있고, 괜찮을 것 같습니다. 다키지의 대답에 "무슨 일 있으면 연락 주세요"라며 상냥하면서도 확실하게 말했다.

"제가 항상 여기에 있을 테니까요."

경박하고 불쾌한 사람이라고 생각했던 남자가 미소 짓는다. 왠지 조금 든든한 기분이 드는 것은 익숙지 않은 병간호에 진땀을 빼고 있기 때문일까.

"…고마워요."

목례한 후 집으로 서둘러 돌아갔다.

준코의 옆에서 꾸벅꾸벅 졸며 상태를 살폈다. 새벽 3시를 넘겼을 즈음부터 땀을 잔뜩 흘리기 시작하길래 틈틈이 닦아 주었다. 덥다고 말하는 준코의 목덜미를 찬물로 적신 수건으로 닦아 주자 "기분 좋네"라며 처음으로 웃었다.

"하아, 개운하다. 이제 고비는 넘긴 것 같아. 슬슬 열도 내려갈 거야."

"그걸 어떻게 알아?"

말은 이렇게 했지만, 괴로워 보이던 준코의 얼굴이 한결 편안해 보여 안도했다. 준코는 "땀이 많이 나는 건 나쁜 균이 나가는 증거라고 나나오한테 자주 말했었는데, 기억 안 나?"라며 또렷한 어투로 말했다.

"그랬던가. 아아, 그러고 보니 기억나는 것 같기도 하네. 난 그냥 얼른 나으라고 하는 주문 같은 건 줄 알았지."

주문이라니, 진짜로 한 말이었는데. 준코가 어이없다는 듯 말했다. 그녀의 목소리가 갈라지는 것을 듣고 다키지는 마시는 수액을 건넸다. 빨대에 입을 가져다 댄 준코는 단숨에 수액을 다 마셔 버렸다.

"아, 맛있다. 방금 전까지는 아무 맛도 안 나더니."

"더 마실래? 아직 더 있어."

새 병에 빨대를 꽂아 준코의 입에 가져다준다. 반 정도 더 마신 준코가 "고마워" 하며 입을 뗐다.

"당신이 어떻게 빨대 챙길 생각을 다 했어? 훨씬 마시기 편하고 좋네."

"하하, 그냥 주길래 받아 온 건데."

편의점에서 계산할 때 시바가 빨대 몇 개를 넣어 주면서 누워서 마시려면 빨대가 편할 것이라고 알려 주었다.

"여자들이 왜 그렇게 좋다고 난리인지는 모르겠지만, 뭐 생각보다는 괜찮은 놈 같기도 하고."

놀란 듯 눈을 동그랗게 뜬 준코가 잠시 망설이다 조심스럽게 말을 꺼냈다.

"서기… 여행 일온 미안했어."

"뭐야. 그 얘긴 됐다니까."

지금 상황에 왜 또 뜬금없이 그 이야기를 꺼내나 싶어 당황하자 준코가 고개를 저었다.

"내 멋대로 군 것도 미안."

"왜 이래, 정말. 몸이 아프니까 마음까지 약해지는 거야?"

무심코 웃어 버렸다. 은근히 귀여운 구석이 있잖아. 준코는 곤란한 듯 눈썹을 내리며 "그렇게 생각할지도 모르지만, 그런 게 아니라" 하고 말을 이었다.

"사실 한번쯤은 얘기하고 싶었는데 나도 입이 잘 안 떨어져서."

"흐음… 할 말 있으면 해."

준코가 더워하는 것 같아서 침실의 창문을 살짝 열었다. 암막 커튼과 창틀 사이로 약간의 바람과 달빛이 새어 들어왔다. 커튼을 조금 더 걷자 우윳빛의 빛줄기가 흘러든다. 부드러운 빛이 침대에 몸을 누이고 있는 준코의 얼굴에 닿았다. 역시 아까보다는 훨씬 편안해 보이는 얼굴이다. 본인 말대로 고비는 넘긴 모양이었다.

"당신, 졸리지 않아?"

"지금은 괜찮아. 어차피 내일도 한가한데 뭐. 늦잠 좀 잔다고 뭐라고 할 사람도 없고."

능청스럽게 말하자 준코가 웃었다. 그러더니 이내 말을 이었다.

"나미에가 죽었잖아".

"아, 그 일은 정말 유감이야."

도요타 나미에는 다키지도 잘 아는 준코의 오랜 친구였다. 머리도 좋고 행동력도 강해 어떤 곳에서든 리더 역할을 맡는 능력 있는 사람이었다. 언변도 좋아 그녀에게 말로 맞설 때마다 다키지가 지곤 했다. 사람들도 잘 챙겨서 부부 싸움을 하면 중개자 역할을 해 주었다. 여전한 남성 중심의 사회에서도 그녀는 출세 가도를 달렸고, 그것이 지극히 당연해 보였다.

젊은 시절에는 일과 결혼했다고 말하던 그녀였지만 60세 생일을 앞두고 동갑인 남자와 결혼했다. 말로는 "그냥 이 나이 먹도록 결혼 안 한 사람들끼리 같이 살아 보려고"라고 했지만 금슬이 좋은 것이 눈에 보였다. 남은 인생은 둘이서 하고 싶은 것 다 해 보기로 했다며 "버킷리스트를 실현해 나갈 생각이야!"라고 말했다.

얼마 후 조기 퇴직한 나미에는 다키지 부부에게 수많은 꿈에 대해 이야기하며 버킷리스트를 적은 노트를 보여 주었다. 이집트 왕가의 무덤에 가 보기, 핀란드에서 오로라 보기, 두바이의 수중 호텔에 묵어 보기. 그 밖에도 커플 컵 만들기, 마라톤 완주하기 등이 있었다. 그러나 다키지 부부가 모지항으로 이사 오기 한 달 전, 나미에는 세상을 떠났다. 암이었다.

결혼 직후 암이 발견되었고, 급하게 입원했다. 수술과 입원, 퇴원을 반복하는 날이 계속된 탓에 버킷리스트는 거의 실현하지 못했다. 얼마 남지 않았다는 연락을 듣고 다키지 부부가 달려갔을 때는 이미 앙상하게 야윈 나미에가 병상 위에서 눈만 반짝이고 있었다. 나, 있지. 아무것도 못 이뤘어. 하고 싶은 일이 잔뜩 있었는데, 하나도…. 나미에의 손에는 이루지 못한 버킷리스트 노트가 쥐어져 있었다.

"나미에가 그렇게 떠나니까 나도 언제 죽을지 모른다는 생각이 들더라고."

준코가 조근조근 이야기를 꺼냈다.

"우리, 이러니저러니 해도 나이를 먹었잖아. 그래서 마지막을 보낼 집을 찾아서 여기로 온 거고. 당신도 정말 이제 인생이 막바지에 접어들었다고 생각하지 않아?"

다키지는 말문이 막혔다. 건강 체질이라 잔병치레 한번 한 적 없었다. 병도, 죽음도 아직은 먼 이야기라고 생각하고 있었다. 하지만 주위를 둘러보면 꼭 그렇지만도 않다. 이미 세상을 떠난 친구도, 현재 투병 중인 동료도 있다. 은사님의 장례식에서 만난 지인들은 하나같이 노후에 대한 고민을 털어놓았다. 그저 나랑은 상관없는 이야기라며 현실을 외면해 왔을 뿐이다.

"나미에가 세상을 뜬 다음부터 죽음이 아주 가깝게 느껴지더라. 지금은 딱히 아픈 데가 없지만 언제 어떻게 될지 모르잖아. 그래서 나미에처럼 버킷리스트를 만들어 보기로 했어. 지금까지 하고 싶었지만 못 한 일들 말이야. 죽기 전에 해 보고 싶은 일들…. 돈도 직접 벌어 보고, 회식에도 가 보고, 동료들이랑 직장 욕도 해 보고 싶었어."

준코는 나지막이 말을 이었다. 새로운 곳에서 새로운 삶을 살고 싶었어. 나미에가 퇴직 후의 인생을 기대했던 것처럼 나도 이사 후의 인생을 기대해 보고 싶더라고. 나미에처럼 되면 안 된다는 생각에 괜히 조급했던 것 같아.

다키지가 "왜 지금껏 말을 안 했어?" 하고 묻자 준코가 머뭇거리다가 입을 열었다.

"나나오가 죽을 준비하는 사람처럼 그러지 말라고 혼을 내더라고. 나미에 아줌마 죽음에 너무 충격을 받은 것 같다고. 그럴지도 모른다는 생각에 고민하는 사이 당신한테 말할 타이밍을 놓쳤다고나 할까."

나 정말 못났지. 준코가 말을 흐렸다. 달빛에 비친, 연약한 미소를 띤 그녀의 얼굴에 세월이 묻어났다. 문득 내려다보니 주름이 자글자글한 자신의 손등이 보인다. 어느샌가 큼지막한 검버섯이 피어 있었다. 그 손으로 뺨을 더듬자 늘어진 피부가 느껴졌다. 그래, 나도 나이를 먹었구나. 파스를 붙인 두 다리가 쑤셨다.

"그래서 버킷리스트들은 실행에 옮겼어?"

다키지가 질문을 던지자 "그게 말이야" 하고 준코가 한숨을 쉬었다.

"처음에는 생각나는 대로 그냥 했어. 체크한 리스트도 꽤 있고. 근데 시간이 갈수록 점점 모르겠더라고. 이렇게 하면 정말 행복해지는 건지."

나미에가 적은 리스트에는 혼자서는 할 수 없는 것들이 많았거든. 준코가 말을 덧붙였다. 남편 데쓰야 씨랑 같이할 일들만 잔뜩 적혀 있었어. 그 노트를 떠올리니까 뭔가 첫 단추를 잘못 끼운 게 아닌가 하는 생각이 들더라고.

계속 말해 보라는 눈빛으로 쳐다보자, 준코가 고개를 끄덕였다.

"여기 이사 왔을 때 나나오 말고 당신이랑 대화를 제대로 했어야 되는데. 버킷리스트 얘기를 당신한테 먼저 할걸 그랬어."

"글쎄. 여기에 이사 올 때만 해도 난 인생 제2막이 시작된다는 희망에 가득 차 있었으니까. 그때 나한테 나미에 씨의 버킷리스트 같은 이야기를 꺼냈으면 불같이 화만 냈을지도 몰라. 괜히 찝찝한 얘기 하지 말라고."

다키지는 솔직하게 답했다. 만약 그때 준코가 버킷리스트를 만들고 싶다는 이야기를 했더라면 나나오보다 더 심한 말로 말렸을지 모른다. 괜히 부정 타게 죽은 사람 흉내 내지 말라고.

하지만 지금은 담담히 받아들일 수 있다. 지금까지의 준코의 행동도 마치 엉킨 실타래가 풀리듯 단번에 이해되었다.

"이번에 여행을 가 보니까 너무 좋더라."

"잘됐네."

"다 같이 모래찜질도 하고 노천탕에 몸도 담갔다가 맛있는 것도 실컷 먹고. 졸릴 때까지 수다도 잔뜩 떨었어."

무슨 여고생들 같네. 다키지가 웃으며 말하자 준코도 따라 웃었다. 하지만 이내 쓸쓸한 표정으로 바뀌었다.

"정말 재밌었어. 근데… 슬슬 잘 준비를 할 때쯤 노세 씨가 부녀회 회장을 그만두고 싶다는 말을 꺼내는 거야. 남편이 인공 투석을 시작하게 됐다고."

다키지가 노세 남편의 얼굴을 떠올렸다. 이 빌딩의 건물주로, 복을 나눠 주는 신선 같은 인상의 풍채 좋은 남자였다.

"일주일에 두 번씩 병원에 다녀야 하나 봐. 노세 씨가 그러더라고. 자상한 남편 덕에 지금껏 자유롭고 편하게 지냈다고. 남편만 혼자 두고 다니는 일이 많았대. 길게는 보름씩 여행을 가기도 하고."

남편이랑은 어디든, 언제든 같이 갈 수 있다고 생각했는데 그럴 수가 없게 된 거야. 도대체 왜 남편과의 시간을 뒤로 미

뭐 됐을까. 노세 씨는 이불 안에서 숨죽여 울면서 이번 여행을 마지막으로 앞으로는 남편과 시간을 많이 보내기로 했다고 말했다고 한다.

"그 얘기를 듣고 생각했어. 당신이랑 좀 더 대화를 나누고 둘이서… 둘이 같이 버킷리스트를 만들어야 하지 않을까 하고. 나 혼자서 원하는 것들을 해 봤자 나중에 후회하게 될 것 같더라."

준코가 "있지, 여보" 하고 다시 입을 열었다.

"그래서 내가 평소랑 달랐던 거야. 미안해."

"아니야, 나도 잘못했어. 당신 지금까지 고생 많았잖아."

다키지가 떨구듯 고개를 숙였다.

"그래서 이렇게 된 거야."

자기가 고집불통에 괴팍한 성격이라는 사실은 다키지 스스로도 알고 있었다.

"나나오가 했던 말을 몇 번이나 곱씹었어. 나는 전혀 인식하지 못하고 있었는데, 아무래도 내가 당신을 너무 구속했던 것 같아."

"당신을 그렇게 만든 사람은 나야."

다키지가 고개를 들었다. "남편을 키우는 건 아내니까"라고 준코가 덧붙였다.

"당신을 그렇게 키운 사람이 바로 나라고. 아주 오래전 일이지만, 젊었을 때 난 당신이 책임감 있게 열심히 일하는 모습이 너무 멋있어 보였거든. 당신이 쭉 그렇게 살았으면 좋겠다는 생각까지 했다니까? 남들이 당신 좀 너무한 것 아니냐고 해도 나는 잠자코 있었어. 나는 내 남편이 그런 사람인게 좋았으니까.”

준코가 기침을 했다. 다키지가 보조 수액을 챙겨 주려고 하자 준코가 천천히 몸을 일으켜 병을 잡았다. 괜찮냐고 묻자 고개를 끄덕인다. 스스로 페트병을 쥔 준코가 어깨를 들썩이며 숨을 내뱉었다.

“그러다 당신이 일에 점점 더 열중하면서 가정에 소홀해지니까 어느 순간부터 그게 장점이 아니라 단점일지도 모른다는 생각이 들더라. 정말 제멋대로지. 내가 그렇게 만들어 놓고 마치 다 당신 잘못인 것처럼 툴툴댔으니.”

그런 일이 있었던가. 다키지는 오랜 옛날의 일들을 떠올렸다. 당신처럼 최선을 다해 일하는 남편이 있으니 남 부러울게 없어. 그렇게 말하며 미소 짓던 준코는 배가 불러 있었고, 다키지는 그 모습을 보며 더욱더 열심히 일해야겠다고 다짐했었다.

“잊고 있었네.”

혼잣말로 중얼거리자 준코가 고개를 끄덕인다.

“우리가 같이 산 게 벌써 몇십 년인데. 내가 당신을 그렇게 키웠듯 나 역시 당신 손에 길러진 부분이 있어. 부부란 원래 서로를 키우는 거니까."

그런 건가. 부부란 그런 것인가. 준코의 말이 다키지의 마음속에 차곡차곡 쌓였다.

"부부는 서로를 키운다라…. 용케 그런 생각을 했네."

자신으로서는 생각해 낼 수 없는 말이었다. 감탄하는 다키지를 보고 준코가 장난스럽게 웃는다.

"사실은 노세 씨 남편이 했던 말을 따라 한 거야. 미안한 마음에 울고 있는 노세 씨한테 남편분이 그렇게 말해 줬대. 자유롭게 사는 당신 모습이 좋아서 본인이 그렇게 키운 거라고. 반성할 필요 하나도 없다고. 그렇게 만든 건 자기라고."

"듣다 보니 두 사람의 금슬 자랑이잖아."

"맞아. 숙소에서도 그 얘기 듣고 다들 술렁댔어. 너무 멋지다고."

두 사람이 조용히 웃었다. 목을 적신 준코가 다시 침대에 누웠다.

"여보, 이제 둘이 같이 버킷리스트를 써 보자."

"응, 그래. 좋은 생각일지도."

버킷리스트라. 다키지는 생각했다. 취미를 만들고 싶다. 푹 빠질 수 있는 것으로. 가능하면 준코와 함께할 수 있는 일이 좋겠다. 여행도 가고 싶다. 부부 단둘이 마지막으로 여행을 떠났던 것이 언제였더라.

그 전에 히카루의 운동회에서 1위부터 해야지. 아, 맞다. 준코에게 손주 같은 아이가 생겼다는 이야기를 전해 줘야 한다.

"이봐, 준코… 당신 자?"

준코의 얼굴을 들여다보니 고른 숨을 내쉬며 잠들어 있었다. 가슴께에 덮어 둔 이불이 일정한 속도로 오르락내리락한다. 이마에 살며시 손을 대 체온이 정상으로 돌아왔음을 확인했다. 다키지는 창문을 닫고 커튼을 친 후 침대 위에 몸을 뉘었다.

다키지가 눈을 떠 침대 옆을 확인했을 때, 준코는 아직 잠들어 있었다. 머리맡에 놓인 시계를 보니 평소보다 30분 정도 늦게 일어난 것 같다. 역시 나이가 들긴 했구나, 하는 생각에 혼자 웃었다. 젊었을 때 같으면 이런 날 더 오래 늦잠을 잤을 텐데.

준코를 깨우지 않으려 조심스럽게 침대에서 일어나 침실을 나섰다.

아침 몸단장을 서둘러 마치고 소리가 나지 않게 조심하며 주방에서 움직이고 있는 사이, 준코가 일어났다. 잠시 비틀거리는 것 같았지만 안색은 괜찮아 보였다. 몸은 좀 어떠냐는 질문에 아직 목이 조금 아프긴 하지만 그것 말고는 말끔히 나왔다며 팔을 들어 알통을 자랑하는 몸짓을 했다.

"그나저나 미안, 늦잠을 자 버렸네."

"오늘 일은 쉬는 거지? 그냥 더 자지 그랬어."

"어떻게 그래. 얼른 식사 준비할게."

"괜찮아, 괜찮아. 오늘 아침은 내가 만들 테니까."

다키지의 말에 준코가 놀란 듯 입을 벌렸다.

"당신이 밥을 한다고?"

"아, 그렇다고 너무 기대는 하지 마. 사 온 죽으로 대충 만드는 거니까."

앉아서 기다리라는 다키지의 말에 준코가 기쁜 표정으로 "그럼, 세수하고 올게"라며 화장실로 사라졌다. 그 틈을 타 다키지는 준비를 계속했다.

"이게 정말 맛있을까?"

불안한 마음에 중얼거리다가 "아냐, 괜찮을 거야" 하고 마음을 다잡는다. 히카루가 "엄청 맛있어요!"라고 말하지 않았던가.

"하아, 세수하니까 개운하다. 어머, 맛있는 냄새!"

돌아온 준코가 코를 벌름거렸다. 그 반응을 본 다키지가 속으로 오케이를 외쳤다.

"이제 됐어, 먹자."

다키지가 가스레인지 위에 있던 뚝배기를 식탁으로 옮기

며 말했다.

다키지가 만든 것은 달걀죽이었다. 뚜껑을 연 뚝배기에서
김이 모락모락 피어오르는 것을 보고 준코가 "맛있겠다"라
며 목소리를 높였다.

"당신이 어떻게 이런 걸 다 만들었어?"

"맛이 괜찮아야지 뭐."

숟갈로 오목한 그릇에 죽을 덜어 준코에게 먼저 건넸다.
뜨거운 것을 못 먹는 준코는 몇 번이나 후후 불어 죽을 식힌
다음 입에 대고 호로록 들이켰다.

"와아, 맛있다! 너무 맛있어, 여보."

"오, 그래?"

다키지도 그릇에 덜어 한입 먹어 봤다. 육수가 밥알에 제
대로 스며든 달걀죽은 쌀의 형태를 알 수 없을 정도로 식감
이 부드러웠다. 이 정도면 목이 아픈 준코가 먹기에도 괜찮
을 것이다.

"맛도 썩 나쁘진 않네."

"나쁘지 않긴, 엄청나게 맛있어. 어떻게 만든 거야?"

육수 내는 방법은 또 어떻게 알았대? 하는 준코의 물음에
다키지는 흠흠, 하고 목소리를 가다듬으며 자신만만한 태도
를 부였다.

"이게 그 '꿀조합'이라는 거잖아."

"응?"

"인스턴트 죽에 편의점에서 파는 달걀찜을 섞었거든. 이런 걸 요즘 말로 꿀조합이라고 한다던데."

뚝배기에 인스턴트 죽과 달걀찜을 넣고 섞어 뭉근히 끓인 음식이었다. 마무리 단계에서 색감을 살리기 위해 편의점에서 사 온 잘게 썬 파를 얹었다.

"전자레인지로도 만들 수 있어요. 아빠가 아플 때는 제가 전자레인지용 냄비로 만들거든요!"

히카루가 자신만만하게 말하기에 한번 만들어 본 것인데 제법 맛이 있다.

"우습게 봤는데, 편의점이란 거 생각보다 편리하네."

죽을 먹던 다키지가 진지하게 말했다.

"점장이 '저는 항상 여기에 있을 테니까요'라고 말해 주니까 왠지 기쁘더라고."

그곳에 가면 사람이 있다. 도움을 주는 누군가가 있다. 그 한마디가 얼마나 안심이 되었던가.

당신이 그렇게 말해 주니까 좋다. 시바 점장 정말 괜찮은 사람이거든. 아, 이제 알겠다. 이 죽 만드는 방법 그 사람한테 물어봤구나? 시바 점장은 이런 레시피 잘 알 거 같아.

준코의 질문에 잠시 생각하다 "내 손자가 알려 줬어" 하고 답했다.

"아, 그럼 당신 손자이기도 한 셈인가?"

"응? 무슨 말이야?"

준코가 의아하다는 듯 고개를 갸웃거리자 다키지가 웃었다. 그러고는 히카루와의 이야기를 처음부터 차근차근 들려주었다.

*

운동회 당일은 기분 좋게 쾌청한 가을 날씨였다. 햇살은 부드럽고 바람은 상쾌했다. 새로 산 운동복을 입은 다키지는 도시락을 든 준코와 함께 초등학교로 향했다.

"당신, 괜찮아? 어제 잠도 제대로 못 잤잖아."

"무슨 말씀을. 체력도, 기력도 최고라고!"

오늘 아침에는 일찍 일어나 달리기도 했다. 전날 마사지를 받은 덕인지 몸도 무척 가벼웠고, 최상의 컨디션이었다.

"근데 괜찮을지 모르겠네. 정말 우리가 가도 되나?"

어젯밤 히카루의 아버지, 아키히로에게 회사에 휴가를 냈다는 연락을 받았다.

얼마 전 다키지는 아키히로를 만나 이런저런 이야기를 나누었다. 아키히로는 히카루의 이야기를 듣고 상상했던 대로 성실하고 야무진 사람이었다. 그리고 역시나, 아들의 마음을 미처 헤아리지 못하고 있었다. 아들이 외롭게 지낸다는 이야기에 꽤 속상해하는 것 같더니 어찌어찌 시간을 낸 모양이었다.

아빠가 같이 갈 수 있으면 제일 좋지. 아무쪼록 운동회 즐겁게 다녀와요. 그렇게 말하고 전화를 끊으려는 다키지에게 아키히로가 운동회에 꼭 와 달라는 부탁을 했다. 히카루가 어르신이랑 이인삼각 우승하겠다고 엄청 들떠 있거든요. 꼭 와 주셔야 해요.

"할아버지, 할머니는 돌아가셨다고 했지? 그럼 우리 부부가 그 역할을 대신하자."

이렇게 말하는 준코의 얼굴이 환하다. 더 이상 인연이 없을 줄 알았던 초등학교 운동회에 참여할 수 있다는 사실에 다키지보다 더 즐거워하는 것 같았다. 오늘 아침만 해도, 다키지가 깨기 전부터 일어나 신이 나서 도시락을 싸고 있었다. 그러고 보니 어릴 적 정성이 가득한 엄마의 도시락에 무척이나 기뻐하던 나나오가 떠올랐다.

"어르신!"

학부모들로 북적이는 교문 앞에 도착하자 아키히로가 기다리고 있었다. 반갑게 달려와 "감사합니다" 하고 고개 숙여 인사를 한다.

"별말씀을. 우리가 고맙지."

"할아버지! 할머니!"

소리가 들리는 쪽으로 돌아보니 히카루가 뛰어오고 있었다. 함박웃음을 짓는 모습에 다키지 부부도 함께 웃었다.

"여보, 들었어? 날 보고 할머니라고 불렀어!"

뺨을 붉히며 말하는 준코에게 다키지가 고개를 끄덕였다.

"히카루, 오늘 할아버지랑 우승하는 거다!"

"당연하죠. 가자! 이기자!"

히카루가 주먹을 하늘로 쭈욱 뻗자, 다키지도 덩달아 손을 번쩍 들었다. 주먹을 꽉 쥐고 하늘을 올려다보니 구름 한 점 없는 푸른 하늘이 펼쳐져 있었다.

자, 이제 제2의 인생 시작이다.

5

사랑과 연애,
그리고 어드벤트 캘린더 쿠키

나카오 고세는 사랑을 의심한다.

이렇게 말하니 뭔가 거창한 느낌이지만, 아무래도 사랑은 실재하지 않는 것 같은 생각이 든다. 운명이라던 연예인 커플들은 몇 년 지나 진흙탕 싸움 끝에 이혼하고, 한 달에 한 번은 같은 반 누군가가 "난 널 믿었는데"라며 소란을 피운다. SNS에는 가벼운 사랑과 연애가 넘쳐 나고, 사랑한다면 당연한 것 아닌가 싶은 노부부의 시답지 않은 사연에도 '감동'이라는 댓글이 어이없을 정도로 많이 달린다.

"사랑이라는 정체불명의 개념에 휘둘리다니, 바보들 같아."

텔레비전을 보던 고세가 혼잣말을 했다. 같은 반 여학생들이 호들갑을 떨던 연애 버라이어티 프로그램을 일말의 호기심으로 시청해 봤지만 감정의 변화가 조금도 생기지 않았다. 어차피 프로그램이 끝나고 몇 년 후쯤에는 각자 다른 사람이랑 연애하고 있겠지 싶어 웃음만 나온다.

"고세 너는 너무 메말랐어. 감정 이입을 좀 해 봐."

목소리가 들리는 쪽으로 돌아보니 엄마 미쓰리가 부엌에 서 있었다. 씻고 있는 줄 알았는데 언제 나왔지.

미쓰리는 즐겨 입는 스누피 인형 탈 잠옷 차림에 수건 재질의 분홍색 머리띠를 두르고 있었다. 한 손에는 요즘 열심히 마시는 수제 디톡스 워터를 들고 "나는 저런 거 보면 심장이 콩닥콩닥하는데"라며 입술을 삐쭉 내민다.

미쓰리는 올해 마흔 살이 되었다. 나이도 먹을 만큼 먹었으면서 여자애들이나 할 법한 차림으로 콩닥콩닥 같은 소리나 하고 있다. 갑자기 짜증이 난 고세가 텔레비전을 껐다. 여자 출연자 한 명이 고백하기로 결심한 중요한 장면이라 미쓰리가 "어어?" 하고 큰 소리를 냈다.

"뭐야, 지금 엄청 중요한 타이밍인데! 왜 *끄고* 그래."

"더럽게 재미없네."

내뱉듯 답한 고세는 2층의 자기 방으로 돌아갔다. 고세의 옆방은 고세의 아버지 야스오의 취미 방으로 그 맞은편에는 부부 침실이 있다. 취미 방의 문이 살짝 열려 있길래 들여다보니 야스오가 신이 나서 낚시 도구를 손질하고 있었다. 소형 텔레비전의 화면에는 좋아하는 낚시 프로그램의 DVD가 흘러나오고 있었다.

"또 낚시 가게?"

고세의 물음에 야스오가 만면에 웃음을 띠며 "그렇지 뭐"하고 답했다.

"겨울철에는 역시 가자미 낚시야. 끝내주는 가자미 튀김 먹게 해 줄게."

야스오는 젊었을 때 프로 낚시꾼을 꿈꿨을 정도로 열렬한 낚시 애호가다. 쉬는 날이면 어김없이 낚시를 가고 식탁에는 늘 직접 잡은 재료들로 만든 요리가 올라온다. 손수 생선을 손질해 요리까지 다 하기 때문에 미쓰리는 편하고 좋다며 무척 기뻐하는데, 고세는 그닥 달갑지 않다. 좀처럼 고기를 먹을 기회가 없기 때문이다. 가자미보다는 닭튀김을 먹고 싶다고 말하려다 그만두었다. 어차피 말해 봤자 아무것도 달라지지 않으니까.

"고세, 같이 안 갈래?"

"낚시에 관심 없다니까."

벌써 몇 번이나 했던 대화인데, 요즘의 야스오는 퍽 집요하다. 같이 낚시를 다니는 친구의 초등학생 아들이 얼마 전 낚시 데뷔를 한 모양이다. 낚은 물고기를 들고 부자가 나란히 포즈를 취한 기념사진을 찍는데 그 모습이 너무 부러웠단다. 나도 아들이랑 그런 것 해 보고 싶었는데. 고세, 한 번이라도 좋으니까 같이 가자, 응?

절대 사양입니다. 어릴 적 고세는 아빠의 취미가 너무 싫었다. 오늘은 물때가 맞다는 둥, 낚시 동료가 갑자기 부른다는 둥 이런저런 이유로 가족과의 선약을 어긴 일이 여러 번 있었다. 그나마 보고 싶어 했던 영화나 테마파크 등에는 미쓰리가 데리고 가 줬지만, 세 식구가 다 함께 간다는 기대감이 배신당했다는 생각에 온전히 만족할 수 없었다. 그런 상황에서 잡아 온 물고기를 자랑하며 "재밌게 놀고 왔어?"라고 물어본들 어찌 순순히 고개를 끄덕일 수 있겠는가. 몇 번이나 불만을 표했지만 야스오는 그저 "미안, 미안" 하고 넘길 뿐이었다. 그렇게 시간이 흘렀고 언제부터인가 고세는 야스오에게서 낚시를 떼어 놓는 것을 포기했다.

"이런, 시간이 벌써 이렇게 됐네. 슬슬 자야겠다."

야스오가 벽걸이 시계를 올려다보며 말했다. 고세가 뒤따라 시계를 보니 10시가 조금 넘은 시간이었다.

평소 야스오는 판에 박은 듯 규칙적인 생활을 한다. 먼저 아침 6시에 일어나 아침을 먹는다. 메뉴는 보통 된장국과 두툼한 달걀말이. 때때로 베이컨과 함께 계란을 먹기도 한다. 거기에 단가 시장에서 사 온 장아찌를 곁들여 식사를 하고, 호지 차를 마신 후 출근한다. 퇴근은 보통 7시쯤에 한다. 목욕 후 맥주 한 캔을 마시고 저녁을 먹는다. 그 뒤에는 취미방에 들어가 낚시 DVD를 보면서 낚시 도구를 손질하고 밤 10시가 되면 침대에 눕는다.

건강한 하루이기는 하지만 지루하기 짝이 없다며 질려 하는 고세였다. 아빠의 인생은 낚시를 빼면 반짝임이라고는 찾아볼 수 없는, 그런 삶이다.

"그럼 난 자러 간다. 잘 자라."

재빨리 정리를 마친 야스오가 침실로 들어가는 것과 거의 동시에, 아래층에서 커피 향이 퍼지기 시작한다. 고세는 무심결에 눈살을 찌푸렸다. 이제 미쓰리의 '골든타임'이 시작될 모양이다.

미쓰리의 하루는 야스오에 비해 불규칙했다. 일단 기상 시간부터가 들쑥날쑥했다. 야스오는 아침을 알아서 차려 먹고 출근하고, 고세도 스스로 일어나 아빠가 만들어 둔 음식을 먹고 학교에 간다. 야스오는 회사에서, 고세는 학교에서 급식으로 점심을 먹기 때문에 도시락을 싸는 일은 없다. 미쓰리의 기상 시간은 가족의 일정이 아닌, 편의점의 업무 스케줄에 따라 바뀐다. 낮 시간 동안 집안일과 파트타임 일을 하고 저녁에 집에 돌아온다. 저녁을 차리고, 식사 후 목욕과 정리를 한다. 그리고 밤 10시가 되면 그녀의 골든타임이 시작되는 것이다. 식탁 위에 자기가 좋아하는 물건들을 늘어놓고 자유롭게 시간을 보낸다. 취침 시간은 다음 날 일정에 따라 매번 바뀌고 본인 왈 '엄청나게 컨디션이 좋을 때'는 일정과 관계없이 밤을 새우기도 한다. 한번은 밤중에 화장실에 가려고 눈을 떴다가 아래층에서 이상한 소리가 들려 내려가 봤더니, 술에 취한 사람처럼 잔뜩 흥분해서 야단법석을 떨고 있었다.

미쓰리의 취미는 바로 만화. 읽는 것도, 그리는 것도 좋아한다. 본인 말로는 그리는 것을 좋아한다는데 보기에는 별 차이가 없다. 신이 나서 만화를 읽는 미쓰리의 모습은, 아들의 입장에서 보자면 한심할 정도로 '이상'하다. 만화 따위를 보며 "굉장해…", "고맙습니다!" 같은 헛소리를 하질 않나, 웬일로 조용히 읽나 싶어 들여다보면 눈물이 그렁그렁 맺혀 있지를 않나. 만화책을 다 읽고 나면 "의욕이 샘솟는다!"라고 소리친 다음 뭔가를 쓱싹쓱싹 그리기 시작한다. 결국 읽기와 그리기가 한 세트인 셈이다.

미쓰리가 좋아하는 만화 중에는 사랑 이야기가 많다. 몸이 근질근질할 정도의 순애보 로맨틱 코미디, 잘은 모르지만 BL이라는 장르의 만화도 책장에 잔뜩 꽂혀 있는 것 같다. 종이책뿐 아니라 웹툰도 열심히 찾아본다.

심지어 웹툰을 직접 그려서 올리기까지 한다.

'페로몬 점장의 발칙한 하루'라는 알 수 없는 제목의 코믹 만화인데, 무슨 사이트에서 상위권이라고 한다. 1위를 처음 했을 땐 뛸 듯이 기뻐하며 자축 파티로 고기를 먹으러 가기도 했다. 고세는 고기를 먹은 것은 좋았지만, 그날을 마지막으로 만화를 그만뒀으면 좋겠다고 생각했다.

나이도 먹을 만큼 먹은 여성이, 그것도 고등학생 아들까지 있는 엄마가 즐길 만한 취미는 아니지 않은가. 친한 친구인 고제키 다이스케의 어머니는 요가가 취미로 지도자 자격증을 가지고 있다고 들었다. 몇 번 뵌 적이 있는데 모델처럼 늘씬하고 예뻤다. 물론 고제키의 엄마랑 똑같이 살라는 말은 아니다. 그래도 만화는 아니지 않나? 그런 취미는 중학생 시절에 졸업하는 것이 정상 아니냐는 말이다.

게다가 미쓰리가 그린 만화를 딱 한 번 본 적이 있는데, 솔직히 뭐가 재미있다는 것인지 전혀 알 수가 없었다. 편의점의 남자 점장이 쓸데없이 페로몬을 뿌리고 주변 사람들이 거기에 농락당하는 내용으로, 미쓰리가 일하는 편의점 점장을 고스란히 모델로 가져다 쓴 만화였다. 확실히 그 점장의 묘한 눈빛은 마음속을 침범할 것 같은 이상한 착각을 불러일으키지만, 그 외에는 특별할 것 없는 평범한 사람이다. 만화 속 주변 인물들이 그 남자에게 열광하는 이유를 이해할 수도 없거니와, 아무리 봐도 미쓰리가 과장한 것으로밖에 안 보인다. 이런 감상을 그대로 전하자 "아직 어린애구나" 하며 소리 없이 웃는 미쓰리의 모습에 고세는 화가 났다. "엄마 만화 진짜 재미없다고"라면서 딱 살라 밀쳤는데 "네, 네" 하고 넘겨버려서 한층 더 열이 받았다. 그 나이 먹고 시시한 만화나 그리면서 몇몇 사람들이 재미있다고 띄워 주니까 의기양양하는 모습이 영 마뜩잖다. 겨우 그깟 일로 인정 욕구를 채우면서 좋아하지 말라고 쏘아붙이고 싶었지만, 어차피 말해 봤자 흘려들을 것이 뻔해서 관뒀다.

아빠도 엄마한테 뭐라고 한 소리 했으면 좋겠다. 여고생이 리뷰를 남겨 줬다느니, 20대 여성이 블로그에 자기 만화에 대한 글을 써 줬다느니 하는 엄마의 이야기를 들으며 웃고 있을 때가 아니란 말이다. 적당히 하라고 한마디 해야 하는 것 아닌가? 본인 취미인 낚시 말고는 아무것도 안중에 없으니 엄마 혼자 저런 취미에 빠져 사는 것이다. 어쩌면 엄마는 바람을 피우고 있을지도 모르는데!

미쓰리가 수상한 행동을 보이기 시작한 것은 약 열흘 전부터였다. 골든타임을 즐기는 미쓰리를 보는 것이 고역이라 최대한 외면하고는 있지만, 냉장고에 뭘 가지러 갈 때는 어쩔 수 없이 얼굴을 봐야 한다. 수상한 낌새를 처음 감지한 것은 시험공부를 하다 커피를 마시러 내려갔을 때였는데, 미쓰리가 누군가와 통화를 하고 있었다. 통화하는 것 자체는 자주 있는 일이었다. 무슨 무슨 캐릭터가 끝내준다든지, 그 장면이 너무 섹시하다든지 하는 쓸데없는 이야기에 열을 올리는 것은 이제 신경도 쓰지 않았다. 하지만 그날은 "그런 고민을 하고 있었구나…"라며 어딘가 조심스러운 말투로 통화를 하고 있었다.

"그랬군요. 진작 나한테 말을 하지 그랬어요."

후후후, 웃음을 흘리며 대화하는 모습이 평소와는 다른 느낌이었다. 수화기 너머의 목소리가 들릴까 싶어 귀를 기울여 봤지만 들리지 않았다. 그 사이 주전자가 삐익, 삐익 소리를 냈다. 황급하게 불을 끄는 순간, 미쓰리가 "제가 또 연락할게요. 기운 내요"라고 말하며 전화를 끊었다.

"어머, 고세. 언제부터 있었어?"

미쓰리가 불편한 표정으로 입술을 삐쭉거리며 묻자 고세는 "아까"라고 답했다. 누구랑 통화한 거냐고 묻고 싶었지만 왜인지 입이 떨어지지 않았다. 고세가 아무 말 없이 커피를 따르는 모습을 지켜보던 미쓰리가 "쿠키 먹을래?" 하고 물었다. 곧이어 고세의 손바닥 위에 투명한 비닐에 담긴 별 모양의 쿠키가 놓였다. 별의 한가운데에는 '2'라는 숫자가 적혀 있었다. 무슨 숫자냐고 물으니 "크리스마스까지 손님들한테 하나씩 나눠 주는 쿠키야" 하고 답했다. 예전에 니세코라는 미스터리한 사람이 있다고 했잖아, 그 사람 아이디어래. 텐더니스표 어드벤트 캘린더 쿠키. 크리스마스인 25일까지 날짜에 맞춰 하루에 하나씩 먹는 쿠키인데, 오늘 날짜의 쿠키가 남았거든. 고세는 "필요 없어"라며 손사래를 치고는 방으로 돌아갔다.

그날 이후 미쓰리는 하루가 멀다고 누군가와 통화를 하고 있다. 가끔씩 숨죽여 웃는 소리가 들리기도 하고, 대화에 푹 빠져 있는 느낌이 드는데 고세가 가까이 가기만 하면 당황하며 전화를 끊는다. 찔리는 것 없다는 듯 행동하지만, 아무튼 수상하다. 아무래도 바람을 피우는 것 같다고, 고세는 의심하고 있다.

야스오와 미쓰리는 뜨거운 연애 끝에 결혼했다고 한다. 만난 지 두 달 만에 이 사람밖에 없다고 확신했고, 조금 더 시간을 가지고 결정하라는 양측 부모의 만류에도 불구하고 반년 만에 혼인 신고를 했다. 결혼식을 올리지 않는 대신, 신혼여행으로 한 달 동안 아시아 이곳저곳을 돌았다고 한다. 여행하며 찍은 수많은 사진은 무려 세 권짜리 앨범으로 정리되어 지금도 거실 책장에 놓여 있다. 사진 속 젊은 두 사람은 무척이나 즐거워 보였고 유치원 시절 고세는 그 앨범을 그림책 대신 들여다보곤 했다. "이건 무슨 사진이야?" 하고 손가락을 가리키며 물으면 부모님은 눈웃음을 지으며 추억 이야기를 들려줬다. 글쎄, 아빠가 주스에 든 얼음을 아드득아드득 씹어 먹는 거야. 해외에서는 얼음 만들 때 깨끗하지 않은 물을 쓰는 경우도 있거든? 그래서 그렇게 막 먹으면 안 되는데. 아니나 다를까 배탈이 나서 고생했다니까. 급하게 병원에 가서 밤새도록 링거 맞고. 미쓰리가 신이 나서 이야기하면 야스오도 옆에서 고개를 끄덕였다. 링거를 맞다가 화장실에 갔는데, 이번에는 또 휴지가 없는 거야. 사진에 얽힌 스토리는 그 어떤 이야기보다 재미있었다.

부모님은 금슬이 좋았다. 본인의 이름이 고세(늘 같은 자리에 떠 있는 별인 항성을 의미한다─옮긴이)인 것과 마찬가지로 변하지 않는, 지극히 당연한 일이라고 생각했다. 지금도 딱히 둘 사이에 냉랭한 분위기가 감도는 것은 아니다. 지금껏 두 사람이 언성을 높여 말다툼하는 것을 본 적은 한 번도 없다. 하지만 고세는 언제부터인가 두 사람 사이에 거리가 생겼다고 느낀다. 두 사람은 어느새 각자의 취미에 푹 빠져 자신만의 생활을 즐기고 있다. 이제 더 이상, 앨범을 펼치지 않는다.

"그 결과가, 불륜이라니."

학교가 끝나고 집으로 돌아오는 길. 고기 호빵을 입안 가득 넣고 말하는 고세에게 "아직 확실한 거 아니잖아"라고 답하며 고제키가 웃었다.

"너희 엄마, 그러실 분 아닌 거 같은데."

"원래, 안 그럴 거 같은 사람들이 더 푹 빠진다잖아."

"무슨 말을 그렇게 하냐? 엄마가 불륜이기를 바라기라도 하는 것처럼."

살짝 웃음을 보인 고제키가 페트병에 담긴 따뜻한 녹차를 삼켰다. 고제키가 숨을 내쉬자 하얀 입김이 흩어졌다 덧없이 사라진다. 그 너머로 일루미네이션이 반짝이고 있었다.

크리스마스를 목전에 둔 모지항역 근처 풍경은 아름다웠다. 장엄한 분위기의 오래된 건물은 평소에도 조명이 비춰지지만, 이 시기가 되면 한층 더 반짝거려 자연스레 눈길이 간다. 옛날에는 부모님을 졸라 빛이 흘러넘치는 이 밤거리를 구경하러 오기도 했다. 하지만 지금은 마음이 왠지 답답해서 그저 냉담한 시선으로 그 광경을 바라볼 뿐이다.

"그런 건 아니지만…. 하, 진짜 불륜이면 어떡하냐고."

남은 호빵을 입에 넣으며 고세가 말한다. 고등학교 2학년 겨울. 다른 녀석들은 여자 친구가 생겼다느니, 크리스마스 데이트가 어떠니 하며 들떠 있을 시기에 나는 왜 이런 고민을 하고 있어야 하나.

"너도 이제 클 만큼 컸으니까 부모님의 그런 일은 그냥 모른 척하는 게 어때?"

고제키가 마시던 음료를 코트 주머니에 넣으며 이렇게 말하자 고세는 조금 머쓱해졌다. 이런 이야기는 별로 '쿨' 하지 않나? 마마보이처럼 보였을지도 모르겠다.

"아니, 그냥. 괜히 나까지 휘둘리고 싶지 않으니까 그렇지."

코트 주머니에 양손을 찔러 넣으며 시선을 돌렸다. 그리고 반성했다. 고제키는 친구들 사이에서도 유독 어른스러워 보였다. 그 눈에는 마마보이 정도가 아니라, 아직도 엄마 품을 못 벗어난 꼬마처럼 보였을 것이다.

고세는 나란히 걷는 친구의 얼굴을 살폈다. 고제키는 초등학교 시절부터 친구다. 키도 크고 체격도 좋은데 본인이 말하길 근성이 없어서 스포츠를 즐길 체질이 아니라며 어떤 운동부에도 들지 않아 수업이 끝나면 곧바로 집에 간다. 사진이 취미라 항상 카메라 잡지를 읽는다. 중학교 2학년 때 신문사에서 주최한 사진 대회에서 대상을 받은 적이 있을 정도로 뛰어난 실력의 소유자다. 인상 쓴 얼굴로 "이런 상 받아도 딱히 기쁘지는 않습니다"라고 답하던 인터뷰 사진이 대서특필로 실렸던 일을 고세는 지금도 선명하게 기억하고 있다.

고제키처럼 스스로에게 자신감이 있다면 나도 이런 식으로 고민하지는 않을 텐데. 고세는 주머니에 넣은 손을 꽉 쥐었다.

고세는 중학생 때 농구부였다. 농구 만화에 나오는 포인트 가드 캐릭터에 반해서 그런 선수가 되겠다며 맹연습을 하던 시기였다. 키가 작고 체격이 왜소해도 열심히만 하면 어떻게든 될 것이라 믿었는데, 선발은 고사하고 출전조차 하지 못했다. 머릿속으로는 공을 민첩하게 다루며 코트를 누비는 모습을 상상했지만, 현실에서는 빨리빨리 뛰어다니라고 코치에게 욕을 먹을 뿐이었다. 팀 동료들이 "고세는 팀의 마스코트니까 괜찮아"라고 위로하곤 했는데, 도대체 누가 그런 이야기를 듣고 기뻐하겠는가. 나는 팀의 마스코트가 아니라 영웅이 되고 싶었다. 시합에 한 번도 나가지 못한 채 은퇴 경기가 끝났을 때, 더 이상 농구를 하지 않기로 결심했다.

고등학교에 입학한 후부터는 특별 활동 없이 바로 귀가하고 있다. 농구 외의 스포츠에는 전혀 관심이 생기지 않아 다른 종목의 입부 제의를 거절했다. 육상은 이렇다, 배구는 저렇다, 이런저런 이야기를 들어도 마음이 동하지 않았다. 좋아하는 것과 잘하는 것은 다르다는 사실을 허탈한 마음으로 인정했다.

농구를 그만두자 나의 단단한 '심지' 같은 것이 사라졌다. 시합에 나가지 못해도, 경기용 유니폼을 입을 기회가 없어도 '농구를 하고 있는 자신'이 분명히 존재했는데, 한순간에 다 사라져 버렸다. 그런 정체성이 없어진다고 죽는 것은 아니지만, 그래도 왠지 쓸쓸했다. 농구를 그만둔 지 2년이 다 되어가는 지금, 깊게 스며든 그 쓸쓸함이 내 안의 자신감을 앗아가 버렸음을 깨닫는다.

학교가 끝나면 친구와 놀러 다니며 시간을 보낸다. 집에 가면 휴대폰 게임을 하거나 텔레비전을 본다. 올라가는 것은 게임 점수뿐이고, 매일 보는 코미디언의 개그가 싫증 난다며 투덜대기만 하는 일상이다. 그렇다고 게임에서 톱을 차지하는 것도 아니고, 개그맨이 되어 잘나가는 연예인으로 살고 싶은 것도 아니다. 어중간하게 해 봤자 결국 농구와 다를 바 없을 것이다. 아니지, 진심을 다해 열심히 하지도 않으니 농구보다도 못하구나. 나란 인간은 원래부터 이렇게 얄팍했나?

"저기, 너희 반 미스미 아니야?"

고제키가 갑자기 손가락으로 어딘가를 가리키며 말한다. 시선을 돌리자 같은 반 친구인 미스미 미후유가 익숙한 건물로 들어가는 것이 보였다.

"그러네. 저기 누구 친척이라도 사나?"

미스미가 들어간 곳은 고가네무라 빌딩이다. 3층부터 꼭대기 층까지는 고령자 전용 주거 공간. 1층은 미쓰리가 파트타임으로 일하는 텐더니스 모지항 고가네무라점과 세탁소, 빈 점포들이 있고 2층에는 정형외과와 사교댄스 클럽, 관리사무소 등이 들어가 있는 건물이다. 미스미가 갈 만한 곳은 주민들을 위한 공간밖에 없었다.

"얼마 전에도 들어가는 거 봤는데. 여기 사나 보네?"

"이 맨션은 고령자 전용이잖아. 내 기억에 미스미는 이쪽 동네에 안 살았던 것 같은데."

멈춰 선 두 사람이 빌딩을 올려다봤다. 이내 휘익 하고 불어오는 찬바람에 고세가 몸을 떨었다.

"춥다. 나도 따뜻한 차 마실걸."

호빵으로는 몸이 따뜻해지지 않는다.

"얼른 가자, 고제키."

고세는 고제키를 재촉해 서둘러 집에 돌아갔다.


미스미가 왜 고가네무라 빌딩으로 들어갔는지, 그 이유를 알게 된 것은 미쓰리를 통해서였다.

"너랑 같은 학교 다니는 친구가 우리 가게에서 아르바이트를 시작했어. 이름이 미스미였나, 그랬는데?"

엄마, 아빠와 함께 저녁을 먹다 들은 이야기에 된장국을 마시려던 고세가 멈칫했다.

"미스미라면, 혹시 미스미 미후유?"

"아, 맞아. 그런 이름이었어. 4층 할머님 댁에 사는 것 같더라. 같이 지내기로 했다고. 도보 0분 거리나 마찬가지니까 할머니도 안심할 수 있다고 좋아하셨대."

"할머니랑 같이 산다고? 왜?"

"거기까지는 모르겠어"라고 답한 미쓰리가 "점장님이 센스도 좋고 괜찮은 애라고 그러던데?" 하더니 말을 덧붙였다.

"연말연시에는 아무래도 일손이 부족한데 잘됐어. 근데 미스미랑 아는 사이야?"

같은 반이라는 짧은 답에 미쓰리가 흥미롭다는 듯 살짝 웃었다.

"나, 엄마인 거 말해도 돼?"

"좋으나 싫으나 어차피 알게 될 텐데 뭐. 마음대로 해."

고세는 크림 크로켓을 먹으며 미스미를 떠올렸다. 1학년 때부터 같은 반이었지만 별다른 교류는 없었다. 키가 작고, 어딘가 까탈스러운 느낌의 아이다. 교실 구석에서 두꺼운 책을 읽는다는 인상이 강하다. 친구 가키타가 좋아하는 타입이라고 말했던 것도 같은데, 얼굴 생김새까지는 자세히 기억이 안 난다. 친하지도 않은 여자애의 얼굴을 제대로 들여다볼 일이 뭐가 있겠는가.

"시시하네, 마음대로 하라니."

김샌 말투로 말하는 미쓰리에게 야스오가 "뭐가 어때서" 하고 묻는다.

"관심 있는 친구였으면 절대로 말 못 하게 했을 거 아냐. 그치?"

"글쎄."

고세에게는 딱히 좋아한다고 느끼는 특정한 대상이 없다. 아이돌을 보면 예쁘다 생각하기도 하고, 여자 친구를 사귀는 친구들을 보면 부럽기도 하다. 언젠가는 나도 좋아하는 사람이 생기겠거니 막연히 상상하긴 해도 그것은 마치 바다 건너편을 바라보는 것과 비슷한 느낌이라, 지금 자신과 닿아 있다는 생각이 들지 않는다.

중학교 졸업식 날 있던 일이다. 여자 농구부원 중 한 명이 고세를 불러 고백 했다.

"고세, 나 너 좋아해."

얼굴이 빨개진 채로 말하던 아이는 여자 농구부의 선발 선수로, 스몰 포워드였다. 슛을 정말 깔끔하게 넣는 아이라 연습 중에 시선을 빼앗긴 적이 몇 번 있었다. 귀엽고, 주변을 잘 챙겨 농구부원들의 신뢰가 두터웠다. 그런 아이가 자신을 좋아해 준다니 기뻤지만, 본인보다 잘나가는 농구선수라는 점이 걸림돌이 됐다. 따로 좋아하는 사람이 있다며 거절하는 순간 고세는 본인의 그릇이 얼마나 작은지 깨달아 울컥했다. 만약 그 아이가 농구를 하지 않았더라면 기쁜 마음으로 받아들였겠지. 상대가 자기보다 잘나서 거절하다니, 한심하다. 하지만 도저히 받아들일 수가 없었다.

고등학교 1학년 가을 무렵, 다른 고등학교에 진학한 그 아이와 마주쳤다. 키 큰 남자와 손을 잡고 걸어가다 고세를 발견하고는 태연스럽게 손을 흔들었다. 내 남자 친구야, 하고 기쁜 얼굴로 소개한 상대는 야구부 선수라고 했다. "주전 선수를 목표로 열심히 운동하고 있어"라고 말하는 얼굴이 어찌나 예뻐 보이던지 '아, 나도 저 얼굴을 좋아했었지' 하는 생각이 들었다. 그 아이는 언제나 벤치에 앉아 응원만 하던 고세에게 "고세도 저기서 뛸 수 있어!"라고 말해 주었다. 아무도 해 주지 않은 말을 그 아이는 해 줬다. 도대체 왜 이제야 그 사실을 깨달은 것일까. 남의 여자 친구가 되어서? 그렇다면 나는 얼마나 오만하고 어리석은 사람인가.

그 후로 사람을 좋아한다는 것이 무엇인지 알 수 없게 되어 버렸다. 나처럼 계산적인 데다가 자기 연민만 가득한 인간이 무슨 수로 연애를 하겠는가. 좋아하는 감정이 드라마나 만화에서 나오는 것처럼 예쁘고 아름다운 것이라면 나와는 영원히 먼 이야기겠지.

게다가 엄마의 불륜 의혹까지. 부모님 사이에 불같은 연애 감정은 남아 있지 않아도, 어떤 형태로든 사랑은 존재한다고 생각했다. 그런데 아무래도 엄마가 바람을 피우는 것 같다. 이젠 뭘 믿어야 할지 정말 모르겠다.

그로부터 며칠 뒤 고세는 하굣길에 고제키와 함께 미쓰리가 일하는 편의점에 들렀다. 평소 같으면 다른 지점에 갔겠지만, 거기에서만 고제키가 찾는 카메라 잡지를 팔기 때문에 별수 없었다. 미쓰리 말로는 맨션 주민 중에 사진을 좋아하는 사람이 있기 때문이라고 한다. 이 편의점의 잡지 코너에는 텃밭 가꾸기부터 전통 무용, 대중 주간지와 그림책까지 주민들의 취향이 고스란히 담긴 다양한 서적들이 놓여 있어 꽤 흥미롭다. 《대중 연극 열두 배로 즐기는 법》 등 서점에서 어떻게 찾아야 할지 감도 잡히지 않는 책들이 아무렇지도 않게 진열되어 있다.

저녁 식사 후 먹을 간식이라도 사 갈까 싶어 과자를 고르고 탄산음료를 챙겼다. 카운터 안쪽에 있던 시바가 고세를 발견하더니 "어, 안녕?" 하며 웃는 얼굴로 인사를 건네 왔다.

"오랜만이네. 잘 지냈어?"

"아, 네."

인사를 하는 고세가 점장을 관찰한다. 뭐, 그냥 잘생긴 남자다. 엄마가 점장의 친형이라고 알려 준 폐품 수거업자, 쓰기 씨가 내 눈에는 훨씬 더 멋있다. 아직은 수염이 안 나지만 조금 더 나이를 먹으면 수염이 나기 시작할 테고, 그럼 꼭 쓰기 씨처럼 터프하게 수염을 기를 생각이다.

"아, 미스미. 이 친구가 미쓰리 씨 아들이야."

시바의 목소리에 따뜻한 음식 코너에서 불쑥 얼굴을 내민 사람은, 미스미였다. 고세를 보더니 "아아" 하는 소리를 낸다.

"얼굴 보니까 반에서 본 것 같기도 하네요."

"뭐라는 거야."

고세가 자기도 모르게 큰 소리를 냈다. 매일같이 한 공간에서 얼굴을 보는데 말본새가 저게 뭐람. 그러나 미스미는 "우리 말해 본 적도 없잖아"라며 건성으로 답했다.

"내 기억엔 인사도 나눈 적 없는 것 같은데. 너도 나 잘 모르지 않아?"

정곡을 찔렸다. 고세는 잠시 입을 다물고 있다가 "그렇긴 하지만!" 하고 한층 더 목소리를 높였다.

"그래도 1학년 때부터 계속 같은 반이었잖아."

"아, 그랬나?"

관심 없다는 말투에 열이 확 오른다. 고세는 반에서 특별히 눈에 띄는 타입은 아니지만 그렇다고 존재감이 없는 편도 아니었다. 지난번 체육 대회의 배구 시합에서 현역 선수인 상대 팀의 블로킹을 뚫고 두 번이나 공격에 성공한 나를 못 봤단 말이야? 반의 우승에 기여했다고 MVP로 뽑히기까지 했는데. 하지만 미스미는 가늘게 뜬 눈으로 고세를 바라보며 그랬었나? 하고 고개를 갸웃거릴 뿐이다.

"저 친구가 시력이 별로 안 좋대."

시바 점장이 큭큭 웃으며 말했다.

"여기서 번 돈으로 콘택트렌즈 살 거라 그랬지?"

"맞아요, 열심히 하겠습니다."

눈이 나쁘다고 이렇게까지 모르는 건 말이 안 되잖아. 울컥하는 사이 잡지를 손에 든 고제키가 다가와 무슨 일이냐고 묻는다. 고세는 미스미를 가리키며 "여기서 아르바이트한대"라고 말했다.

"아, 미스미구나."

고제키가 눈을 돌리자 미스미가 "어머, 고제키!" 하며 놀란 듯 눈을 크게 떴다.

"옆 반의 고제키는 잘만 알아보네?"

"당연하지. 고제키는 유명하잖아. 있지, 네 사진 너무 멋지더라. 강아지가 그런 표정도 짓는다니, 너무 놀라웠어."

대회에서 대상을 차지했던 사진 이야기를 하는 것이다. 그 작품은 강아지가 렌즈를 바라보고 있는 모습을 찍은 사진이었다. 고세는 사진보다 수상 소감이 인상에 더 강하게 남아 사진 자체는 그리 자세하게 기억하지 못한다. 하지만 미스미는 몇 년 전의 사진인데도 구도까지 세세하게 기억하고 있는 듯했다. "보고 있으면 가슴이 아릴 정도로 사랑스럽더라"라며 정성 어린 감상을 전했다. 고제키는 무심한 얼굴로 "그래, 고맙다" 하고 대답할 뿐이다.

고세는 시바 점장에게, 고제키는 미스미에게 계산을 부탁했다.

"어머니가 가게 스케줄에 많이 맞춰 주셔서 늘 큰 도움을 받고 있어."

"아, 그래요?"

"자, 이거. 어드벤트 캘린더 쿠키야. 하나 가져가."

'13'이라는 숫자의 쿠키는 코코아색으로 트리 모양이었다. 니세코라는 사람이 기획했다는 엄마의 말을 떠올리며 받아

드는 순간 "네가 무슨 상관이야!" 하고 화를 내는 소리가 들렸고, 고개를 돌리자 미스미를 노려보는 고제키가 눈에 들어왔다.

"됐으니까, 그만 말해."

"아… 미, 미안."

미스미의 손에서 빼앗듯 물건을 받아 드는 고제키의 모습을 고세는 멍하니 바라보고 있었다. 시선을 느낀 고제키는 "가자, 고세"라는 말만 남기고 가게를 떠났다.

"기다려, 고제키."

황급히 뒤쫓아 가며 "무슨 일이야?" 하고 묻자 "별거 아냐" 하고 짧게 답한다.

"별거 아니긴. 네가 이 정도로 화내는 일은 거의 없잖아."

고세의 말에 우뚝 멈춰 선 고제키가 크게 한숨을 내뱉었다. 그러더니 "미안, 내가 너무 짜증을 부렸네" 하고 가볍게 고개를 숙였다.

"아니, 나한테 미안할 건 없고. 근데 정말 무슨 일이야?"

"미스미가 집요하게 굴잖아."

평소의 차분한 말투로 돌아온 고제키가 말했다.

"사진부 활동을 하면 좋겠다느니, 뭐 그런 얘기들."

아아, 고세가 알겠다는 눈짓을 했다. 고제키는 상을 받은 이후로 사진을 찍지 않는다. 고세도 딱 한 번 물어본 적이 있는데 그럴 기분이 아니라는 답을 들었다. 사진을 좋아하기는 하지만, 지금은 뷰파인더를 통해 무언가를 들여다볼 마음이 생기지 않는다고 했다. 고세는 그 마음을 이해할 수 있었다. 여전히 농구를 좋아하고, NBA 경기를 보면 피가 끓고 몸이 떨리지만, 그래도 농구공을 잡고 싶은 생각은 없다. 만약 농구에 대해 그렇게 말하는 사람이 있다면 자기도 화를 냈겠다 싶어 고제키의 등을 토닥였다. 고제키는 작게 웃으며 고개를 끄덕였다.

"그건 그렇고, 그 사람은 여전히 파워가 엄청나네."

무언가가 떠오른 듯 말을 꺼낸 고제키가 "왜 편의점에서 일하는지 알 수가 없다니까"라고 혼잣말을 한다.

"누구, 시바 점장? 무슨 파워 말하는 거야? 편의점에서 일하는 게 왜?"

고세의 물음에 고제키가 다시 웃는다.

"역시 고세는 경험치가 부족하다니까."

"무슨 말이야?"

무시당한 것 같은 기분에 욱하고 만다. 볼을 부풀리려다가 그마저 바보 취급을 당할 것 같아 서둘러 그만두었다.

"엄마도 맨날 그 사람의 페로몬이 어떻고 섹시함이 어떻고 하는데 진짜 그런 게 있어? 난 하나도 모르겠더라. 아무 느낌도 안 들던데?"

"그러니까 네가 경험치가 부족하다는 거야. 근데 뭐, 딱히 그게 나쁜 건 아니니까."

편의점에서 산 잡지를 가방 안에 넣으며 고제키가 말했다.

"냄새를 잘 맡는 사람과 아닌 사람의 차이 같은 거 아닐까? 왜, 다부치는 여자들이 어떤 향수를 쓰는지 냄새만 맡아도 알지만 우리는 그게 향수인지 비누 향인지도 구별 못 하잖아. 하지만 우리도 다양한 향을 경험하다 보면 조금씩 알게 될 거 아냐. 그런 거랑 비슷하지 않을까?"

"하아."

고제키와 같은 반인 다부치는 초등학생 때부터 여자 친구가 끊이지 않아 남자들 사이에서 '마왕'이라 불리는 친구다. 스쳐 지나가기만 해도 그 사람을 감싸고 있는 향기가 뭔지 알아채는 비상한 능력이 있어 여자들에게 인기가 아주 많다. 물론 모델처럼 뛰어난 외모가 더 큰 이유겠지만, 향기를 구분하는 그런 세심한 부분 역시 중요한 포인트겠지 싶어 고세는 늘 감탄하고 있다.

"후각이 발달한 사람들은 점장 같은 타입이 풍기는 뭔가를 바로 알아챈다고. 아마 다부치가 시바 점장을 만나면 존경한다고 할걸?"

"흠, 그런가?"

여자의 향기를 진지하게 맡아 본 적도 없고, 딱히 관심도 없는 지금의 나는 시바의 매력을 이해하기 어려울 것 같다. 그런 생각을 하고 있는데 고제키가 키득키득 소리를 내며 웃었다. 나빴던 기분이 그새 좋아진 모양이다.

"고세는 지금 이대로도 괜찮아. 그렇게 솔직하고 자연스러운 모습이 보기 좋으니까."

"그게 무슨 말이야."

"칭찬인데? 아, 그러고 보니 왠지 미스미도 냄새를 잘 못 맡는 타입일 것 같아."

문득 생각난 듯이 고제키가 말한다.

"점장 옆에서도 아무렇지 않아 보였으니까. 너희 어머니처럼 냄새까지 즐길 수 있는 정도의 레벨은 아닌 것 같고."

흐음, 고세는 조금 전 봤던 광경을 떠올렸다. 아직 아르바이트에 익숙하지 않아 긴장한 낌새는 있었지만, 딱히 시바에게 유별난 태도를 보이지는 않았다.

"그게 보통 아니야?"

그러자 고제키가 하늘을 보며 혼잣말을 중얼거렸다. "보통이라…" 보통이라는 말, 왠지 이상한 것 같아. 보통이 뭔지, 사람마다 다르잖아.

고세는 하얀 숨을 내뱉는 고제키를 힐끗 쳐다본다. 역시, 부럽다. 입 밖으로 이 말을 꺼내는 일은 절대 없겠지만, 고제키처럼 되고 싶다. 고세에게는 없는 '묵직함'이 고제키에게는 있다. 초등학교 때부터 함께였고, 똑같이 성장해 온 것 같은데 고제키는 쑥쑥 자랐고, 하루가 다르게 멋있어졌다. 내 눈에는 다부치보다 고제키가 단연 멋지다.

미스미 미후유. 시력은 나쁘지만 보는 눈은 있네.

고제키에게 열심히 사진에 대한 감상을 전하던 미스미의 모습이 떠올라 감탄했다. 고제키는 학교 안에서 눈에 띄는 행동을 잘 하지 않는 조용하고 어른스러운 남자다. 사진 대회에서 수상했을 때는 어쩔 수 없이 주목받았지만, 그것도 이미 몇 년 전 일이라 같은 중학교 출신들조차도 그 사실을 잊곤 한다. 그런데 그 일을 확실히 기억하는 데다가 더 이상 사진을 찍지 않는 것까지 알고 있다니 대단하다. 아마도 미스미는 고제키를 좋아하는 것이 아닐까?

"너는 좋아하는 사람 없어?"

갑자기 묻고 싶어져 대뜸 던진 질문에 고제키가 놀란 표정을 지었다.

"안 하던 질문을 하네?"라는 고제키의 반응에 고세도 동의한다. 이런 이야기를 하는 것은 처음이었다.

"갑자기 그런 걸 왜 물어?"

"아니, 문득 너한테 여자 친구가 생기면 집에 혼자 가겠구나 하는 생각이 들어서."

고등학교에 입학한 이래 두 사람은 매일같이 등교와 하교를 함께했다. 지식이 풍부한 고제키와 나누는 대화는 편안하고 즐겁다. 가끔가다 긍정적인 자극을 주기도 하는 좋은 친구라 생각한다. 그런 고제키에게 특별한 사람이 생겨 혼자만 남는 상상을 하니, 조금 쓸쓸한 기분이 들었다. 생각해 보면 고제키 같이 멋진 남자를 여자들이 그냥 둘 리가 없었다.

"왜 갑자기 그런 생각을 했는지는 모르겠지만…."

고제키가 후우 하고 숨을 뱉으며 말을 이었다.

"난 여자 친구 사귈 생각 없어."

"왜?"

단호한 대답에 놀라서 묻자 고제키는 "관심이 없으니까" 하고 답한다.

"관심이 없기도 하고… 잘 모르겠어. 내 옆에 여자가 같이 있는 모습이 상상이 안 된달까?"

"아, 무슨 말인지 알겠다! 나도 그런데."

고세가 기쁜 듯 미소를 지었다. 고제키와 조금 더 가까워진 기분이 들었다.


다음 날, 등교하자마자 고세네 반은 일시적으로 학급 폐쇄가 결정되었다. 지독한 독감으로 학급 인원의 절반이 결석했기 때문이다. 이런 소식은 좀 일찍 알려 주면 덧나나, 나머지 아이들은 투덜댔고 고세는 그냥 집에 가기로 했다.

"학년 전체가 쉬면 좋았을 텐데."

고제키네 반은 규정 출석 인원이 넘어 평소와 다름없이 수업을 진행했다. 그래서 고세는 혼자 전철을 타고 모지항역까지 갔다. 역을 빠져나오는 순간, 고세는 자신의 눈을 의심했다.

엄마 미쓰리가 모르는 남자와 역 앞을 지나가고 있었다.

남자는 미쓰리보다 조금 젊어 보였다. 검은 패딩에 데님 팬츠, 검은 스니커즈의 수수한 차림이었다. 미쓰리는 롱 패딩을 입고 애용하는 크로스백을 메고 있다. 두 사람은 친근해 보였지만, 약간 거리감이 있는 사이처럼 보였다. 막 사귀기 시작한 커플 특유의 분위기가 풍기는 것도 같다.

"진짜였어?"

핏기가 가신다는 말이 이런 상황을 뜻하는 건가. 뇌에 산소 공급이 되지 않아 어지럽다. 정신을 놓으면 그대로 주저앉아 버릴 것 같았다. 대체 어떻게 해야 하지? 두 사람에게 달려가 무슨 사이냐고 따질까? 만약 그랬다가 엄마에게 "미안"이라는 말을 들으면? 그때는 뭐라고 대답하지?

아아, 이럴 때 고제키라도 옆에 있었으면. 그러면 어떻게 해야 할지 가르쳐 줬을 텐데.

"뭐 해?"

들려오는 목소리에 고개를 돌리자, 미스미가 서 있었다. 피코트에 머플러를 둘둘 감은 미스미는 고세를 보고 "왜 역 입구를 딱 막고 서 있어? 방해되게"라며 눈살을 찌푸렸다. 그러더니 "어디 몸이라도 안 좋은 거야?" 하고 묻는다.

"아니, 그런 게 아니라. 어, 그러니까 그게…."

무슨 말을 해야 할지 모르겠다. 할 말을 찾고 있는데 미스미가 "아님 말고. 나 간다" 하고 옆을 지나쳐 간다. 그때 미스미의 머플러 자락을 잡은 고세가 "미안, 같이 좀 가 줄래?" 하고 물었다.

"혼자서 뭘 어떻게 해야 할지 모르겠어."

고제키가 없는 지금 이 상황에서는 누구라도 상관없었다. 아무나 옆에 있어 주지 않으면 버틸 수 없을 것 같다.

"무슨 일 있어?"

"무슨 일이냐면… 내가 뭘 좀 봤는데, 큰일이 난 것 같긴 한데 그게…."

"뭐라 그러는지 모르겠거든?"

하아, 한숨을 내쉰 미스미는 귀찮아하는 기색이 역력했다. 고제키와 대화할 때랑은 완전 딴판이잖아, 기분이 확 나빠졌다. 하지만 지금은 그런 것을 따질 때가 아니다. 얼른 마음을 다잡았다.

"아, 그게, 우리 엄마가."

"미쓰리 씨?"

"어, 내가 지금 우리 엄마가 바람피우는 현장을 목격한 것 같거든."

쥐어 짜내듯 뱉은 말에 미스미가 "뭐어?" 하고 작게 비명을 질렀다.

"그게 정말이야?"

"정말…인 것 같기는 한데. 뭘 어떡해야 할지."

"어디로 갔어? 차 타고 있었어? 걸어갔어?"

미스미가 주위를 둘러보며 물었다. 걸어갔다고 짧게 답하자 "어느 쪽이야"하고 고세의 손을 쥐었다. 그 힘이 놀라울 정도로 셌다. "어디냐고, 너 지금 혼자 못 가서 이러는 거잖아"라며 손을 잡아당긴다.

"같이 가 줄 테니까, 빨리."

"아, 고마…워."

고세는 이때 처음 미스미의 얼굴을 제대로 봤다. 시원스럽게 트인 눈매, 조그마한 코. 귀엽다기보다는 예쁘장한 얼굴이었다. 진지한 표정이 왠지 다정해서 마치 위로받는 기분이 들었다.

"저쪽으로 갔어."

고세의 말에 고개를 끄덕인 미스미가 반 발짝 앞서 걷기 시작한다. 고세는 꼭 잡은 손을 내려다보며, 어쩌다 상황이 이렇게 되었는지 파악하고 있다. 미쓰리의 일도 그렇지만,

조금 전까지만 해도 흐릿하게만 인식하고 있던 같은 반 여학생과 손을 잡고 걷고 있다는 사실을 믿을 수가 없었다. 그 여자아이가 자신의 편이 되어 줬다는 것도.

"저기 있다."

미스미의 말에 깜짝 놀라 앞을 바라본다. 미쓰리와 남자가 이야기를 나누며 걸어가는 뒷모습이 보였다. 남자는 커다란 서류 봉투를 들고 수줍은 듯 웃고 있었고, 미쓰리도 기분이 좋아 보였다. 집에서 매일 보는 웃는 얼굴이지만, 그 미소가 모르는 남자를 향해 있다는 사실이 고세의 마음을 조마조마하게 했다.

그렇게 두 사람이 함께 들어선 곳은, 프리미엄 호텔 모지항이었다.

"호텔…이라니. 진짜야?"

호텔은 결정타다. 그 자리에 주저앉은 고세를 보고 미스미가 "일어나, 가자"라고 말한다.

"이제 와서 뭘 어떡해."

고세는 조금 울컥하고 말았다. 엄마의 이런 모습, 보고 싶지 않았다.

"아직 모르는 거야."

미스미는 유람선 모양을 본뜬 디자인의 호텔을 올려다보며 말했다.

"불륜을 저지르는 사람들은 이렇게 눈에 띄는 장소에서 안 만나. 다른 동네에 가거나 사람들 시선을 피할 만한 곳에서 만나지."

단호한 말투에 놀라 미스미를 쳐다보자 활짝 웃는다. 그 웃는 얼굴에 순간 마음이 두근거렸다.

"나는 너희 엄마가 바람피울 거라고 생각 안 해. 알게 된 지 그렇게 오래되진 않았지만 느낌으로 알 수 있어."

그러니까 가 보자. 이렇게 말한 미스미가 고세의 팔을 끌어당겼다. 고세는 천천히 몸을 일으키면서 "그래, 어차피 이렇게 된 거"라며 자신을 타이르듯 중얼거렸다.

"될 대로 되라지. 내 두 눈으로 끝까지 확인해 볼래."

"그래, 가자."

미스미의 손에 다시 이끌린 고세가 호텔 안으로 들어갔다.

크리스마스 장식을 한 로비가 화려했다. 교복 차림의 고등학생에게는 그리 어울리지 않는 분위기였지만, 주위를 전혀 의식하지 않는 미스미는 개의치 않고 "저쪽이다" 하고 목소리를 낮춰 말했다. 미쓰리와 남자는 곧바로 계단으로 향했다. 프런트에는 들르지 않는 걸까. 그런 생각을 하는데 미스미가 빨리 와, 하고 재촉하길래 조용히 뒤를 따랐다. 두 사람은 이탈리안 레스토랑으로 들어갔다.

"어? 레스토랑?"

"그래. 들키지 않고 들어갈 수 있을까. 저기, 죄송한데 저희 앉고 싶은 데 앉아도 되나요? 구석 자리가 좋은데."

미스미가 종업원에게 이렇게 말하고 나서 당당히 안으로 들어갔다. 그러더니 두 사람과 조금 떨어진 벽 쪽 테이블에 자리를 잡는다.

"자, 잠깐만, 미스미."

당황한 채로 어쩔 수 없이 따라가는데 미스미는 태연한 얼굴로 "얼른 앉아" 하고 다그친다.

"당당하게 행동해. 괜히 소곤거리면 더 눈에 띈단 말이야."

"어, 그래. 알았어."

시키는 대로 자리에 앉자 미스미가 슬쩍 등 뒤를 돌아봤다.

"너희 엄마랑 등지고 있으니까 쉽게 들킬 일은 없을 거야. 괜찮아."

주변을 훑어보더니 미스미가 말했다. 아직 점심시간 전이지만 사람도 점점 많아질 테고, 그러면 들킬 염려는 더 적어질 거야.

"미스미, 너 왜 이렇게 익숙해 보여?"

고세가 무심결에 물었다. 남의 일이라고는 하지만 이렇게까지 침착하고 차분하게 행동하다니.

"이미 경험이 있으니까. 네, 오늘의 파스타 런치 세트 두 개 주세요. 아, 메인 메뉴 선택이 가능하구나. 그럼 대구와 순무를 올린 치즈 크림소스, 이걸로 주세요. 너는 뭐 먹을래?"

어느샌가 앞에 서 있는 웨이터에게 메뉴판을 건네받은 후 "어, 아. 그럼 페페론치노로 주세요"라고 주문한 고세가 다시 묻는다.

"경험이 있다고?".

"우리 엄마는 진짜로 바람을 피웠거든. 작년 이맘때인가? 그걸 잡아내려고 맨날 미행을 다녀서."

아무렇지도 않다는 듯 말하며 미스미는 머플러를 풀었다. 코트도 벗어 아래에 놓인 소지품 보관함에 넣어 둔다.

"우리 엄마는 러브호텔만 다녔어. 동네에선 절대 안 만나더라. 아는 사람을 마주칠지도 모르잖아."

"자, 잠깐. 그런 얘기를 왜 나한테 다."

내용이 너무 적나라하다. 당황한 고세에게 미스미는 "어차피 지난 일인데 뭐, 상관없어"라고 말했다.

"그리고 너도 너희 집 사정만 밝혀지는 건 싫을 거 아냐."

"아, 아니, 뭐…."

뭐라고 답해야 할지 모르겠다. 머리를 긁적이는 고세에게 미스미는 "우리 엄마랑 너희 엄마는 전혀 달라"라고 말했다.

"너희 엄마는 자신에게 여유가 있다고 할까. 가정이나 개인 자체로나 충만한 느낌이 들어. 그런 사람들은 불륜 같은 거 안 해."

찬물이 담긴 컵을 입에 가져다 대며 미스미가 말을 이었다. 채워지지 못한 불쌍한 사람이 무턱대고 사랑을 갈구하다 바람을 피우고 불륜을 저지르는 거야.

그 건조한 표정에 고세는 미스미의 과거를 생각했다. 엄마는 불쌍한 사람이라고 결론짓기까지 얼마나 힘든 시간을 보냈을까.

얼마 안 있어 양쪽 테이블에 요리가 나왔다. 맛이 느껴지지 않는 페페론치노 파스타를 먹으면서 고세는 미쓰리와 남자를 힐끗거린다. 즐겁게 대화를 나누고는 있지만 어딘가 어색함이 감돈다. 함께 그쪽을 살피던 미스미가 "역시 아닌 것 같은데?" 하고 덧붙인다.

"친밀감이라고 할까? 그런 게 안 느껴지잖아."

"그래도 모르잖아. 이제 막 사귀기 시작했을 수도 있고."

"음, 그쪽도 아닐 것 같은데."

디저트와 커피가 나오자 저쪽 테이블에 변화가 일어났다. 남자가 가방에서 태블릿을 꺼낸 것이다. 그러더니 둘이 얼굴을 맞대고 태블릿을 들여다보기 시작했다. 두 사람의 얼굴이 가까워지는 것을 보고 고세는 자기도 모르게 "으!" 소리를 냈다. 미스미가 얼른 고세의 입을 틀어막았다.

"목소리가 너무 커. 별 사이 아니라도 저 정도는 할 수 있잖아."

"으아, 미, 미안."

미스미의 손이 입술에 닿았다. 고세는 황급히 몸을 떨어뜨리고 부끄러움을 감춘 채 두 사람을 바라본다. 부웅 떠올랐던 기분이 금세 가라앉았다. 남자가 너무도 진지한 얼굴로 미쓰리를 보고 있었기 때문이다. 미쓰리는 그 사실을 눈치채지 못했는지 태블릿에서 시선을 떼지 않고 대화를 나누고 있다. 도대체 뭐 하는 거야, 엄마.

"어? 누가 온다."

미스미가 던진 한마디에 고세의 시선이 움직였다. 한 남자가 두 사람이 있는 테이블로 다가와 털썩 자리에 앉는다.

"저 사람, 쓰기 씨잖아!"

이번에는 다 들릴 만큼 큰 소리를 내고 말았다. 고세의 목소리에 세 사람이 고개를 돌렸다.

"어머, 고세 아니야?"

미쓰리가 깜짝 놀란 표정을 짓더니 이내 생글생글 웃었다.

"뭐야, 뭐야. 둘이 데이트하는 거야?"

"마, 말도 안 되는 소리 하지 마!"

수상한 낌새도, 초조해하는 기색도 없는 미쓰리의 질문에 고세의 목소리가 더욱 커졌다. 옆 테이블의 손님들이 일제히 고세를 쳐다봤고, 상황을 파악한 미스미가 "시끄러워" 하고 고세를 다그쳤다. 고세는 곧바로 입을 다문 채 주변 사람들에게 꾸벅꾸벅 고개를 숙였다.

"미, 미안. 미스미."

"뭐야. 미쓰리 씨 아들이잖아. 여기로 와."

두 사람을 부르는 쓰기의 손짓에 고세와 미스미가 자리를 옮겼다. 고세는 맞은편에 앉아 있던 남자가 미쓰리 옆에 나란히 앉는 모습에 욱하고 말았다. 미쓰리는 그런 모습에도 개의치 않고 그저 고세와 미스미를 번갈아 보며 깔깔거리고만 있다.

"뭐야, 미스미랑 그런 사이였어? 근데 학교는? 땡땡이는 치면 안 되지."

엄마한테 꿀밤 맞는다? 하고 너스레를 떠는 미쓰리에게 고세가 "엄마야말로 여기서 뭐 하는데?" 하고 언성을 높였다. 미쓰리는 "아, 맞다, 소개할게" 하고는 옆자리 남자를 가리키며 "내 제자, 기리야마 요시로 씨"라고 말했다.

"뭐? 제자?"

무슨 말을 하는 것인지 모르겠다. 눈살을 찌푸리자 "기리야마 씨도 만화를 그리거든. 대중한테 작품을 보여 줄 수 있는 플랫폼을 알고 싶다고 해서. 내가 온라인에서 활동해 보라고 제안했어." 미쓰리가 자랑스러운 듯 말하자 기리야마가 고개를 숙였다.

조금 더 자세하게 이야기를 들어 보니, 기리야마는 지금

오이타에 살지만 원래 텐더니스의 단골손님이라 미쓰리와 안면이 있던 모양이다. 어릴 적부터 만화가를 꿈꿔 왔지만 좀처럼 잘 풀리지 않았다고 한다. 만화를 그만두려고도 했으나 차마 그럴 수가 없어서, 적어도 지금껏 그려 온 작품을 다른 사람들이 읽어 줬으면 하는 마음에 방법을 고민하고 있었다고. 그러던 중 두 사람의 공통 지인인 쓰기가 프로는 아니지만 만화가로 활동하는 사람을 안다며 미쓰리를 소개해 줬다고 한다.

"내가 그런 쪽엔 영 문외한이거든. 거기다가 손으로 그리는 것만 고집해 와서 펜 태블릿 쓰는 법도 잘 모르고. 나카오 씨에게 밤마다 이것저것 배워서 겨우 사용할 수 있게 되긴 했는데, 역시 전화만으로는 한계가 있어서 시간 좀 내달라고 부탁했어."

부끄러운 듯 말하는 기리야마는 쓰기뿐 아니라 동생인 시바와도 친해 오늘은 시바의 집에서 묵는다고 했다. 게다가 놀랍게도, 오늘 미쓰리가 기리야마를 만난다는 사실을 야스오는 이미 알고 있다고 했다.

"기리야마 씨가 내가 작업하는 환경을 보고 싶다고 해서 저녁 식사에 초대했어. 아빠는 신이 나서 낚시하러 갔고."

회사에 출근한 줄 알았는데, 유급 휴가를 쓰고 낚시를 하러 간 모양이다. 전혀 몰랐던 사실에 아연실색한 고세에게 미쓰리는 "어차피 고세에게 말해 봤자 싫어할 테니까"라고 딱 잘라 말했다.

"또 만화야? 하고 뭐라고 할 게 뻔하니까 어지간하면 말 안 하려고 했지. 너 분명 그랬을 거 아냐, 안 그래?"

"뭐… 그건 그렇지만."

모두의 시선을 받으며 고세는 고개를 떨궜다. 기리야마가 "고세는 엄마가 만화 그리는 걸 안 좋아하나 보네?"라고 온화한 말투로 말했다.

"나는 훌륭하다고 생각하는데. 어린 시절부터 좋아했던 일을 포기하지 않고, 심지어 즐겁게 계속하고 있는 거잖아. 거기다가 좋은 평가까지 받고 있고. 엄마 작품에 달린 댓글 읽어 본 적 있어? '다음 편이 기대된다, 늘 기다리고 있다'라는 내용이 엄청 많아. 자신이 그린 만화를 누군가가 지지해 준다는 건 정말 대단한 일이야. 기적에 가까운 일이지."

점점 열기를 띠며 말하는 기리야마를, 고세는 신기하게 바라봤다. 그런 식으로 엄마를 칭찬하는 사람을 만난 것은 처음이었다. 엄마가 어린 시절부터 쭉 만화를 좋아했다는 사실도 몰랐다. 엄마의 그림 실력이 괜찮다는 것은 알았지만 왜 만화를 그리기 시작했는지 알고 싶어 한 적도 없었다. 어느 날 깨닫고 보니 이미 엄마가 활동하고 있었을 뿐이다. 그러고 보니 대체 엄마는 언제부터 만화를 그리기 시작한 것일까.

"미쓰리 씨, 만화 그리세요?"

미스미의 물음에 미쓰리가 "그렇기는 한데, 사정이 있어서 사람들한테는 알리지 않고 있어. 미스미도 모른 척해 줄래?" 하고 말하더니 태블릿을 만지작거렸다. "이거야"라고 보여 준 작품을 확인한 미스미가 "우와!" 하고 큰 소리를 냈다.

"정말이에요? 저 이 만화 진짜 좋아해요! 새 에피소드 올라오면 바로 본다고요."

"어머, 미스미. 정말이야?"

"어, 어? 그럼, 만화에 나오는 페로 점장이 설마 그, 그거예요?"

"어, 그게 그거야!"

"우와, 이건 정말 일급비밀이네요. 아, 잠깐. 그럼 아유무도 실존 인물이에요? 강아지 같은 그 헤어숍 직원!"

"흐흐, 비밀이야."

방금 전과는 완전히 다른 사람이 된 것처럼 미스미가 흥분하기 시작했다. 그러더니 고세의 어깨를 꽉 쥐고 "이러니 채워져 있을 수밖에. 당연히 충만하지!"라고 말했다.

"무슨 말을 하는 거야."

"진짜 몰라? 너희 엄마 만화, 얼마나 인기가 많은데. 내용도 정말 재미있어. 읽어 보면 너도 엄마를 존경하게 될걸? 쓸데없는 걱정도 안 할 거고."

"나도 한번 읽어 봤는데, 그런 느낌 전혀 없던데?"

손사래를 치며 말하는 고세에게 미스미가 인상을 쓰며 "한 번 읽어 봐서는 몰라" 하고 덧붙였다.

"보나 마나 1화만 보고 말았지? 너무 빨리 접은 거야. 적어도 5화까지는 읽어야지!"

미스미가 안 봐도 빤하다는 듯 말하자 미쓰리가 고맙다고 말하며 웃었다. 기리야마는 "와, 좋겠다. 이렇게 팬을 만날 수 있다니 최고네요"라고 부러운 듯 한숨을 쉬었고, 쓰기는 싱글벙글거리며 그 모습을 바라봤다.

이게 뭐야, 하고 고세가 마음속으로 중얼거렸다. 대체, 어쩌다 이렇게 된 거냐고. 하지만 엄마가 바람을 피우지 않는다는 사실만큼은 기뻤다.


그날 밤. 어쩌다 보니 기리야마뿐 아니라 미스미까지 고세의 집에 모였다.

"아니, 뭐야. 혹시 고세 여자 친구?"

야스오는 미스미를 보자마자 신이 나서 부엌으로 들어가더니 낚시로 잡아 온 생선들을 열심히 손질하기 시작했다. 거실에서는 기리야마와 미스미, 미쓰리가 컴퓨터 앞에 모여 앉아 웅성대고 있었다. 미쓰리는 평소보다 훨씬 들뜬 얼굴로 시종일관 웃었다.

"아빠는 엄마가 어릴 때부터 만화 좋아했던 거 알고 있었어?"

세 사람의 모습을 물끄러미 바라보던 고세가 부엌의 아일랜드 앞 의자에 앉아 야스오에게 묻자 "당연히 알고 있었지"라고 답이 돌아왔다.

"만났을 때부터 만화가가 꿈이었는데? 나랑 결혼하고 네가 태어나면서 그만뒀지. 네가 클 때까지는 육아에 전념하겠다면서."

"아니, 왜?"

깜짝 놀라 물었다. 자기 때문에 꿈을 포기했다는 뜻인가. 하지만 야스오는 "그거야 너를 너무 사랑하니까 그렇지"라며 무슨 그런 당연한 걸 묻느냐는 표정으로 답했다.

"너는 태어났을 때부터 몸이 약했어. 모유도 잘 못 넘기고, 잠도 못 자고, 아무튼 손이 많이 가는 아이였지. 그런 너를 돌봐야 하는데 만화 그릴 틈이 어딨어."

처음 듣는 이야기였다. 야스오는 여전히 놀란 기색을 감추지 못하는 고세에게 "초등학교 고학년 무렵에 네가 농구를 시작했잖아. 그때부터 몸이 건강해져서 농구에 폭 빠져 지내더니, 중학교에 올라가고부터는 완전히 농구에만 집중하더라고. 가족끼리 어디 놀러 가는 일도 거의 없어졌고"라고 덧붙였다. 말을 하는 도중에도 가자미를 능숙하게 손질한다.

조림이나 튀김 요리를 하려는 모양이다.

"너 중학교 1학년 때, 새해맞이하러 참배 가자고 했더니 네가 거기 안 가고 농구 연습을 하겠다고 했어. 그때 엄마가 말하더라고. '이제 나도 내 취미를 즐길 때가 됐나 봐'라고."

고세는 말없이 야스오의 손끝을 바라봤다. 농구에 푹 빠져 있던 자신이 농구부 활동을 무엇보다 우선시했던 것은 분명하다.

"좋아하는 일을 꾸준히 하는 건 의외로 쉽지 않아."

야스오가 말했다. 주변을 한번 둘러봐. 좋아하는 일에 푹 빠져 사는 사람들은 사실, 놀라울 정도로 적어. 우선 기회를 얻는 것부터가 어렵지. 온전히 집중할 수 있는 환경과 상황에 놓이는 것도 좀처럼 쉽지 않고. 재능도 어느 정도는 필요해. 안 되겠다, 더 이상은 못 해, 하고 좌절하면 거기서 끝이니까.

고세는 자신의 손바닥을 가만히 들여다봤다. 농구를 그만둔 후 손이 많이 부드러워졌다. 그렇게까지 미쳐 있었는데, 재능이 없다며 다 내팽개쳐 버렸다. 부모님이 아무 말도 하지 않았던 것은, 꾸준히 하는 것이 얼마나 힘든지 알고 있었기 때문일지도 모른다.

"그때, 나도 한동안 낚시를 쉬겠다고 했더니 엄마가 당신까지 그럴 필요 없다고 하더라. 그 대신 언젠가 다시 만화를 그릴 때 아무 말 말고 응원해 달라고."

좋아하는 일을 원하는 만큼 할 수 있게 해 주는 아내랑 살다니, 내가 참 복이 많아. 이렇게 말하면서 야스오는 가자미의 절반을 냄비에 넣었다. 육수와 조림에 쓸 간장 양념이 보글보글 끓자 맛있는 냄새가 퍼졌다. 그 냄새를 맡으며 고세가 미쓰리를 바라본다.

아빠가 낚시를 하러 가도 엄마는 짜증스러운 얼굴 한번 한 적이 없었다. 매일 식탁에 생선 요리가 올라와도 불평하지 않았다. 아빠가 좋아하는 일을 응원해 주고 싶었기 때문이다. 아빠가 밤 10시가 되면 조용히 잠자리에 드는 것 역시 엄마의 활동을 응원한다는 사인이었다.

"나는 네 엄마가 즐거워하는 모습을 보는 게 즐거워."

진지하게 말하는 야스오의 시선 끝에 미쓰리가 있었다.

그 눈빛은 앨범을 함께 펼쳐 보던 때와 변함이 없었다. 아아, 아빠와 엄마 사이에는 변하지 않는 무언가가 여전히 존재하고 있었다. 그것을 깨닫자 고세의 가슴속에 온기가 퍼졌다. 그리고 좋아하는 것을 꾸준히 해 나가는 두 사람을 존경하는 마음이 들었다. 좌절할 때도, 뜻대로 되지 않는 일도 있었을 것이다. 하지만 두 사람은 언제나 즐거운 마음으로 자신의 인생을 지켜 나가고 있다.

나는 어떨까. 언젠가 다시 농구가 하고 싶어질까. 아니면 또 다른 새로운 세계를 만나 정신없이 빠져들까. 무언가를 좋아하게 되면 마음속 구멍이 메워져 스스로에게 자신감이 생길지도 모른다. 그렇게 되면 좋겠다.

야스오가 가자미에 녹말가루를 묻히기 시작했다. 익숙한 손길을 지켜보던 고세가 "다음에 낚시 같이 가도 돼?" 하고 물었다. 야스오가 휙 하고 얼굴을 들고는 "같이 가 줄 거야?"라며 한껏 들뜬 목소리로 되묻는다.

"한 번 정도는, 뭐."

야스오는 "정말? 너무 잘됐다"라고 몇 번이나 반복하더니 콧노래를 불렀다.

식사가 끝나갈 즈음, 미스미가 "할머니가 걱정하실 테니 저는 이만 가 볼게요" 하고 말했다. 처음에는 같이 고가네무라 빌딩에 가겠다 말하던 기리야마가 어느새 야스오와 의기투합해 술잔을 주고받고 있을 때였다. 그 말에 술자리를 정리하려는 기리야마를 보고 미스미는 "편히 놀다 오세요. 전혼자 가도 돼요"라고 웃으며 말했다. 서둘러 돌아갈 준비를 마친 미스미를 보고 자리에서 일어난 고세가 "그럼 내가 데려다줄게" 하고 말했다.

"잘 데려다주고 와야 돼"라고 신신당부하는 미쓰리의 배웅을 받으며 두 사람은 집을 나섰다. 찬바람에 몸을 움츠리는 고세를 보고 미스미가 말한다. "저기 봐, 하늘이 너무 예쁘다." 올려다보니 맑은 밤하늘이 펼쳐져 있었다. 반짝거리는 별을 보며 "정말이네, 예쁘다"라고 솔직하게 반응했다. 이런 기분으로 하늘을 바라보는 것은 정말 오랜만이었다.

"오늘, 고마웠어. 네 덕분이야."

고세의 말에 "딱히 내가 한 것도 없는데, 뭐" 하고 미스미가 어깨를 으쓱했다.

"그냥 집에 왔어도 어차피 저녁 먹을 때 기리야마 씨가 와서 다 알게 됐을 거 아냐. 내가 한 일은 아무것도 없어."

"그렇지 않아."

힘주어 말한 고세가 이내 "그리고… 미안" 하고 고개를 숙여 사과했다.

"괜히 너희 집안 사정까지 말하게 해서."

"그건 그냥 내 맘대로 말한 거잖아. 고세 너, 착한 애였구나?"

후후, 하고 장난스럽게 웃는 미스미의 여유에 고세는 당황하고 말았다.

"그럼… 미스미가 할머니랑 살게 된 것도 엄마 일 때문이야?"

"내가 불륜인 걸 밝혀내서 엄마랑 아빠가 이혼했거든."

고세의 질문에 미스미는 심드렁한 말투로 답했다.

"엄마한테 불륜 그만하랬더니 미안해하는 기색도 없이 '들컸네, 어차피 들킨 거 그냥 네 엄마를 그만할게' 그러더라."

"뭐? 그게 무슨 소리야."

놀라서 말하자 미스미도 "그러게, 말도 안 되는 소리지"라며 고개를 끄덕인다.

"믿기 어렵겠지만 진짜야. 아빠도 엄마가 바람피우는 걸 어느 정도 눈치채고 있었던 것 같아. 이대로 가정을 유지해 봤자 의미가 없다면서 따로 살자고 하더라? 그러더니 둘 다 어딘가로 가 버렸어."

고세가 자기도 모르게 멈춰 섰다. 무슨 말을 해야 할지 알 수 없어 고심하고 있는데, 앞서 걸어가던 미스미가 "신경 쓸 필요 없어"라며 먼저 말을 건넸다.

"둘 다 대학 등록금은 내 준다고 하고, 할머니도 나랑 사는 거 좋아하시고. 나도 맘 편하고 좋아."

"그래도… 너무 속상하잖아. 너는 가족을 위해 그렇게 노력했는데."

오늘, 아주 잠깐 미행을 하는 동안에도 심장이 찢어질 것처럼 아팠는데. 순간순간 눈물이 날 것 같았고, 도망가고 싶다는 생각마저 들었다. 그런데 미스미는 오롯이 혼자 그런 일을 겪었고, 심지어 그 의심이 사실로 밝혀졌다. 미스미가 지나왔을 시간을 떠올리자 괴로워졌다.

"사실이 아니길 바라면서 필사적으로 애썼을 텐데. 그 결과로 온 가족이 뿔뿔이 흩어지게 됐다니. 너무하다."

미스미의 노력은 물거품이 되었다. 가슴이 아파 눈가가 뜨거워졌다. 그런 고세의 얼굴을 본 미스미가 마음에 들지 않는다는 표정을 짓는다.

"지금은 그런 눈물겨운 감정 같은 거 하나도 안 남았어."

"그래도…."

"이제 진짜 상관없다니까."

미스미가 단호하게 말하자 그 기세에 눌린 고세가 입을 다물었다. 미스미가 "정말이니까. 신경 쓰지 마" 하면서 웃는 얼굴을 만들어 낸다.

"아까 너희 가족을 보니까 확실히 알겠더라. 아, 우리 집은 애초에 글렀었구나. 분위기가 완전 다르던데? '가족이란 이런 거다'라는 압도적인 설득력 같은 게 있어서 오히려 웃음만 나더라고."

고세의 등을 가볍게 두드리며 미스미가 깔깔 웃는다.

"고세 너, 우리 반 여자애들한테 인기 많지? 다들 왜 그렇게 좋아하는지 몰랐는데 조금은 알 거 같다. 이런 순수함 때문일 거야, 분명."

"무, 무슨 말이야."

도대체 왜 뜬금없이 여자들한테 인기가 있다느니 그런 말이 나오는 거야? 얼굴이 살짝 붉어진 모습이 어둠 속에서도 보였던 모양이다. 미스미가 "귀엽네, 귀여워" 하면서 작은 동물을 다루는 어투로 말했다.

"그러는 너는. 너는 어떤 남자가 좋은데?"

"나? 고제키."

아무렇지 않게 답하는 모습에 고세는 할 말을 잃었다. 미스미는 민망해하지도 않고 "고제키 멋있잖아"라고 덧붙였다.

"고제키 좋아해?"

고세의 물음에 미스미는 "어, 많이 좋아해"라며 끄덕였다.

왜일까. 마음이 몹시 싱숭생숭하다.

고세는 마치 뭔가가 얹힌 것 같은 불쾌감에 미간을 찌푸렸다. 방금 전까지 맑았던 머릿속에 갑자기 뿌연 안개가 낀 것 같은 느낌이었다.

어제 미스미가 고제키를 좋아할지도 모른다는 생각이 들었을 때는 고제키가 떠나고 혼자만 남는다는 생각에 쓸쓸했다. 하지만 오늘은 이미 예상했던 미스미의 마음이 사실임을 확인한 것뿐인데 왜 이리 당혹스러운 걸까.

"고백 같은 거, 할 생각이야?"

질문하는 목소리에 스스로도 놀랄 정도로 힘이 없었다. 그 사실을 눈치채지 못한 미스미가 "응, 그러려고" 하고 답한다.

"우선 친해지는 게 먼저일 것 같긴 한데…. 어려울지도 모르겠어. 지난번에 화나게 했잖아."

"아, 그 사진 얘기?"

"난 그 사진 처음 봤을 때 전율을 느꼈거든. 같은 나이에 이런 감성을 가진 사람이 있다니! 하고. 그래서 그 얘기를 했던 건데."

고세는 입안에서 "흐음" 하는 소리를 흘렸다. 진심으로 고제키의 사진을 좋아하는구나. 속이 점점 더부룩해졌다.

"사실 뭐 때문에 화가 났는지 모르겠어. 우선 이유를 물어보고 사과부터 해야 할 것 같아."

후우, 하고 미스미가 한숨을 뱉는다. 그 모습이 왠지 매력적으로 느껴져 고세는 쓸데없이 가슴이 철렁했다. 잠깐, 대체 왜 가슴이 철렁하는 건데?

"아, 텐더니스가 보이네. 이제 됐어."

멀리서 비쳐 오는 불빛에 미스미가 말했다.

"아니, 괜찮아. 집 앞까지 데려다줄게."

적어도 엘리베이터 앞까지는 데려다줘야 의미가 있다. 어쨌든 나도 남자니까. 이유 모를 자존심에 딱 잘라 말하자 미스미는 "그래?" 하고 덤덤하게 반응할 뿐이다. 그러고는 주차장에 도착하자마자 "갈게, 고마워"라며 미련 없이 손을 흔들고 맨션 입구로 달려갔다. 뒤도 돌아보지 않는 미스미의 모습을 고세가 허무한 표정으로 바라봤다.

"어, 고세 아니야?"

자신을 부른 목소리에 고개를 돌리자 시바가 편의점 쪽에서 얼굴을 내밀고 있었다.

"혼자야? 기리야마 씨는?"

"아, 아빠랑 한잔하고 계세요. 좀 길어질 것 같던데요."

"아, 그렇구나. 나도 아직 퇴근 못 했는데 잘됐네."

들렀다 갈래? 시바의 물음에 고세가 고개를 끄덕였다. 멍한 얼굴로 가게 안을 돌아다녔다. 미스미는 고제키를 좋아하는구나. 역시 어른스러운 면에 반했을까. 조금 아까 미스미가 했던 이야기를 고제키가 들었다면 적어도 나처럼 바보 같은 반응은 하지 않았을 테지. 분명 마음이 놓일 만한 답을 해 줬을 것이다.

"하아, 빌어먹을."

한심하다. 평소에 고제키를 동경 어린 시선으로 봐 와서인지, 스스로가 더욱더 작아지는 기분이다. 잠깐, 대체 내가 왜 이렇게까지 미스미 생각에 빠져 있는 거지? 나도 반 친구들한테 인기가 있다잖아. 나한테도 나름의 장점이… 아니야. 아까 미스미는 도대체 왜 날 좋아하는지 이해가 안 갔다고 했어.

"아아, 대체 뭐야."

가게의 통로 한가운데에 주저앉고 말았다. 머리를 엉망으로 헝클며 한숨을 쉰다.

"이봐, 사랑에 빠진 소년. 걸리적거리잖아."

소리가 들린 쪽을 바라보니 쓰기가 서 있었다.

"미쓰리 씨 아들? 오늘 자주 보네. 그, 네가 그러니까…."

"고세라고 합니다. 근데 쓰기 씨는 왜 여기에 계세요?"

몸을 일으키며 묻자 "기리야마랑 한잔하려고"라는 답이 돌아온다.

"나도 밋츠 집에서 잘 생각이거든. 안주 좀 사러 왔지."

쓰기는 바구니 안에 먹을거리를 이것저것 담고 있었다. 기리야마가 조금 늦어질지도 모른다는 이야기를 쓰기에게도 전하자 "좀 늦어져도 상관없어" 하고 답한다.

"원래 미쓰리 씨를 만나러 온 거고 우리는 덤 같은 거니까. 그건 그렇고, 냉동 갈비구이 업그레이드된 거 알아? 엄청 맛있어. 일단 고기부터가 두툼하고."

고세가 바구니 속 냉동식품을 꺼내 들고 열정적으로 설명하던 쓰기에게 "그보다 아까 그 말 무슨 뜻이에요? 사랑에 빠진 소년이라니" 하고 묻는다. "흐음, 하나 더 살까" 하고 혼잣말을 한 쓰기가 시선을 손끝에서 고세에게 옮기더니 "그냥 보이는 대로 말한 건데?"라고 답했다.

"아까 너랑 미스미가 같이 있는 걸 봤거든. 너 걔 좋아하잖아."

뭐? 내가 미스미를? 넋이 나간 표정을 짓자 쓰기가 "야무지고 착해 보이던데. 여자 보는 눈이 있어"라며 어깨를 톡톡 두드렸다. 잠시 생각에 잠겼던 고세는 자신의 얼굴이 벌겋게 달아오르고 있음을 느꼈다. 그런가? 이게 누군가를 좋아한 다는 감정인가?

부끄러움에 가게를 뛰쳐나오듯 벗어났다. 차가운 바람이 달아오른 얼굴을 어루만진다.

듣고 보니, 좋아하는 마음이 맞는 것 같다. 하지만 미스미에게 고제키를 좋아한다는 말을 직접 들은 상황에서 뭘 할 수 있을까. 게다가 나조차 고제키가 더 멋진 남자라고 인정하고 있잖아. 고제키가 상대라면 이길 수가 없다.

머릿속이 차가워질 때쯤 우뚝 멈춰 서서 숨을 뱉었다. 하얀 입김이 찰나에 어둠 속으로 흩어져 사라져 버렸다.


학급 폐쇄는 일주일 뒤에 해제되었다.

오랜만에 고제키와 함께하는 등굣길에 고세는 미쓰리가 불륜이 아니었다는 사실을 보고했다. 고제키가 "잘됐네" 하고 미소 지었다.

"내가 아닐 거라고 했잖아."

"응. 완전히 내 착각이었어."

고세는 부끄러운 듯 머리를 긁적이며 고제키의 안색을 살폈다. 학교를 쉬는 동안 고제키에 대해 생각했다. 만약 미스미가 고백을 하면 어떤 반응을 보일까? 재미있어 보인다며 오케이 할 것도 같고, 귀찮다며 거절할 것도 같다. 애초에 고제키가 어떤 스타일을 좋아하는지 모르니 상상조차 할 수가 없었다.

"근데 불륜이 아니라는 건 어떻게 알았어?"

"아, 그게…."

고제키의 물음에 미스미와 같이 미행했다고 말하려다 입을 다물었다. 왠지 말하고 싶지가 않았다. 그래서 미스미와 만난 사실을 빼고 이야기를 전했다.

"집까지 데리고 왔다니까? 만화 제자라나 뭐라나."

거짓말은 아니다. 다만 약간의 죄책감이 들었다. 비밀을 만든 것 같아 찜찜했다. 고제키가 아무것도 모르고 흥미진진하게 이야기를 들어주는 모습을 보자 더더욱 미안했다.

"오오, 학원 강사 출신의 만화가라고? 그래서 온라인에서 어떤 활동을 하는데?"

"일단은 지금까지 그려 온 만화들을 올릴 생각인가 봐. 살짝 봤는데, 느낌이 괜찮던데?"

솔직히 말하면 그리 트렌디한 그림체는 아니라고 할까, 약간 촌스러운 감이 있다. 하지만 어딘가 향수를 자극하는 특유의 감성이 고세는 마음에 들었다. 다만 스토리에는 다소 아쉬운 면이 있었다. 어디서 본 적 있는 에피소드를 짜깁기한 듯한 인상이 있었기 때문이다. 미쓰리도 그렇게 느꼈는지 스토리 작가를 따로 두고 작화에만 집중하는 것이 어떠냐는 조언을 했다.

"여기에 한 사흘 있었나? 나는 등교도 안 해서 한가했으니까 기리야마 씨랑 꽤 오랫동안 같이 있었는데 역시 전직 학원 강사는 다르더라. 머리에 쏙쏙 들어오게 가르쳐. 아, 기말 시험 보기 전에 만났어야 했는데."

기리야마는 국어 강사였다고 한다. 중학생들을 가르쳤다는데 그래서 그런지 박식하고 설명도 잘한다. 고세가 손을 놓고 있던 과제 도서 《무희》(일본 근대문학의 시작이라 일컬어지는 모리 오가이의 소설 – 옮긴이)를 드라마틱하게, 포인트를 콕콕 짚어 가면서 어찌나 이해하기 쉽게 알려 주던지 감동받았다. 덕분에 독후감도 수월하게 써낼 수 있었다.

"나도 모르게 기리야마 씨한테 학원 강사 그만둔 거 너무 아깝다고 말해 버렸다니까. 어? 고제키. 왜 그래?"

갑자기 입을 닫은 고제키의 얼굴을 들여다보는데 "그거 괜찮겠는데?" 하고 중얼거린다.

"문학을 다 만화로 만드는 거야. 여기는 꼭 기억해 둬라, 하는 부분을 모아서 수험생용으로."

"아하!"

고세는 초등학교 도서실에서 봤던 만화 위인전을 떠올렸다. 비가 쏟아져 밖에서 뛰어놀지 못할 때마다 시간을 때우려고 그 책들을 뒤적이곤 했다. 의외로 재미있어서, 그 시리즈를 통해 에디슨이나 오다 노부나가 등을 알게 됐다.

그런 책들을 기리야마의 그림으로, 기리야마의 강의를 곁들여 만든다면?

"좋을 것 같은데?"

휴대폰으로 쉽게 읽을 수 있으면 간편하기도 할 것이다. 고세는 괜찮은 방법이라고 감탄하면서 "대단하다"고 고제키를 칭찬했다. 어떻게 이런 아이디어를 떠올렸을까.

"에이, 옛날부터 있던 건데 뭐. 요즘은 다양한 작품이 넘쳐나는 시대니까 자기만의 특기로 차별화해서 밀고 나가야 하지 않나 싶었던 것뿐이야."

"엄청 좋은 의견 같은데. 이 아이디어, 기리야마 씨한테 말해도 돼?"

"마음대로 해. 그렇게 한다고 인기가 있을 거란 보장도 없고, 본인이 만들기 나름이긴 하지만."

나중에 기리야마 씨에게 연락해야지. 그 그림체로 《요나가 아씨와 미미오》(1952년에 발표된 사카구치 안고의 단편 소설─옮긴이) 같은 작품을 그리면 재미있을 것 같다. 히죽거리고 있는데 등을 톡톡 두드리는 손길이 느껴졌다. 돌아보니 미스미가 서 있었다.

"안녕! 고세, 고제키."

"아, 안녕."

우물쭈물 인사하는 고세의 옆을 미스미가 지나쳐 간다. 앞에 친구가 있었는지 손을 흔들며 역을 향해 뛰어갔다.

"미스미가 먼저 인사를 다 하고, 웬일이래."

고제키가 신기하다는 듯이 하는 말에 "그, 그러게" 하며 맞장구를 쳤다. 며칠 전 일 때문에 말을 건 것이겠지만, 한편으로는 그냥 고제키에게 인사할 기회를 노린 것뿐이라는 생각이 들기도 했다.

"고제키, 미스미 어떻게 생각해?"

무심코 튀어나온 말에 아차 싶어 초조해졌다. 이런 걸 물어볼 생각은 없었는데. 하지만 이미 질문은 내뱉어 버렸고, 어차피 이렇게 됐으니 대답이 궁금했다. 동요를 필사적으로 감추고 고제키를 바라보는데 고제키는 아무래도 상관없다는 듯 시큰둥한 얼굴로 하품을 하며 말했다.

"관심 없어."

마치 지루한 수업을 듣는 듯한 태도에 주눅이 든 고세가 "아, 그래?" 하고 얼빠진 소리를 냈다. 그때 마침 자동차가 고세 옆을 지나갔고, 고제키가 "위험해"라며 고세의 팔을 잡아끌었다. 그러더니 "굳이 따지자면 별로 안 좋아하는 타입이야"라고 말을 잇는다.

"어? 아, 미스미가?"

"응. 난 그런 식으로 자기 감정을 밀어붙이는 사람 싫거든."

가차 없이 말하는 고제키의 모습에 고세의 마음 한구석이 아려왔다.

"아, 그, 나는 조, 좋은 것 같은데. 미스미."

말이 뚝뚝 끊겨 나왔다. 고제키는 깜짝 놀란 듯 눈을 크게 뜨더니 이내 "그렇구나" 하고 답했다.

이 바보…. 대체 이 말을 왜 한 거야.

그날 고세는 온종일 괴로움에 몸부림쳤다. 그런 말은 하지 말았어야 했는데. 대체 왜 입을 연 거야. 고제키를 향한 견제? 설마, 아닐 거야. 고제키는 싫다고 했잖아. 그런데 대체 왜?

6교시도 슬슬 끝나 간다. 고세는 대각선 앞자리에서 수업을 듣고 있는 미스미의 뒷모습을 바라봤다. 고제키가 안 좋아하는 타입이라고 말한 사실을 알면 슬퍼하겠지? 나는 고백해 봤자 차일 테고. 아아, 그렇구나. 아마 나는 슬퍼하고 있는 내 안의 미스미를 어떻게든 다독여 주고 싶었던 것 같다. '그래도, 난 널 좋아해'라고. 하지만 아무런 위로도 되지 못할 테지.

고세는 가슴이 아프다는 사실에 깜짝 놀라고 말았다. 불과 며칠 전만 해도 사랑이나 연애 같은 건 없다고 코웃음을 쳤던 자신은 이제 어디에도 없다.

그리고 며칠 뒤. 사태는 놀라울 정도로 급물살을 탔다. 미스미가 고제키에게 고백했다가 가차 없이 차였기 때문이다. 이 사실을 고세에게 알려 준 사람은 다부치였는데 "미스미가 모지항역 앞에서 펑펑 울고 있던데, 여자애가 그렇게 울 정도면 대체 얼마나 심하게 찬 거야?"라며 조금 화난 투로 말한 것이다. 다부치는 좌우지간 여자들에게 다정해서 차이든 헤어지든 다부치를 욕하는 상대는 없었다. 그래서 다부치로서는 그런 상황을 이해할 수가 없었던 모양이다.

"뭐? 언제 그랬는데?"

고세의 질문에 다부치가 "어제저녁"이라고 답했다. 어제저녁에는 고제키가 고쿠라에 있는 치과에 간다고 해서 따로 하교했다. 그리고 오늘. 미스미는 학교에 나오지 않았다.

"고세, 너 고제키랑 친하잖아. 한마디 해."

다부치는 이 말이 하고 싶었던 것이다. 그 말만 남기고 자기 반으로 돌아갔다. 고세는 자리에서 일어나려다 다시 앉았다. 오늘 아침 고제키는 여느 때와 다름없었고 아무 말도 하지 않았다. 왜 말을 안 했지?

내가 미스미를 좋아한다고 말해서? 자기 나름대로 배려해 준 건가? 말해도 상관없는데. 나는 원래부터 미스미의 마음을 알고 있었으니까.

"미안, 나 몸이 안 좋아서 집에 갈게."

고세는 옆자리의 여학생에게 말하고 집에 갈 채비를 했다.

괜찮으냐는 물음에 대충 둘러댄 다음 교실을 떠났다. 옆 반을 지나지 않으면 신발장에 갈 수 없다. 잰걸음으로 빠져나가려는데 운 나쁘게도 고제키가 복도에 서 있었다.

"무슨 일이야, 집에 가려고?"

"아, 그, 컨디션이 좀 안 좋아서, 미안해."

고제키와 이야기를 하고 싶어. 아니, 하고 싶지 않아. 스스로도 알 수 없는 감정에 휘둘리며 고세는 고제키의 옆을 스쳐 갔다.

곧바로 향한 곳은 고가네무라 빌딩이었다. 엘리베이터 앞에 우두커니 서 있다 정확한 호수를 모른다는 사실을 깨달았다. 그렇지만 미스미를 만나면 뭐라고 말을 하지. 멍하니 넋을 놓고 있는데 "고세?" 하는 목소리가 들렸다. 돌아보니 텐더니스 비닐봉지를 든 미스미가 서 있었다. 검은 테 안경을 쓴 모습을 보고 '시력이 안 좋다더니 정말이었구나' 하는 생각이 들었다.

"여기서 뭐 해?"

"저기… 어제 있었던 일, 들었어."

우물쭈물 건넨 말에 미스미는 무슨 뜻인지 알겠다는 듯 고개를 끄덕이며 "아아" 소리를 냈다. 그러더니 "학교 땡땡이쳤나 보네. 지금 너희 엄마 가게에 계실 시간이니까 다른 데로 가자" 하고 손가락으로 바깥을 가리켰다.

두 사람은 자연스럽게 해변을 향해 걷기 시작했다. 미스미는 아까 산 호빵을 나눠 한쪽을 고세에게 건넸다. 김이 피어오르는 호빵을 먹으며 미스미가 "나, 꽤 좋아했나 봐" 하고 밝게 말했다.

"그래 봤자 내가 멋대로 만들어 낸 고제키를 좋아한 거지만."

"무슨 뜻이야?"

미스미는 입안 가득 베어 문 호빵을 삼킨 후 천천히 입을 열었다.

"내 마음속에 이상적인 고제키의 모습이 있었거든. 뭔가 냉정한 시선으로 세상을 바라보고, 감정에 휘둘리지 않는 침착함을 가진 사람. 우직하고 믿음직한 정신세계를 가진 강인한 존재."

"왜 그렇게 생각했는데?"

"고제키가 상 탔던 그 사진, 본 적 있어? 제목이 '공포'였잖아."

고세는 고개를 끄덕였다. 얼마 전 중학교 때 학교에서 나눠 줬던 신문의 사본을 찾아냈다. 미스미가 열정적으로 감상을 전하던 사진이 뭐였는지 다시 확인하기 위해.

언뜻 보기에는 그리 대단할 것 없는 사진이었다. 누워 있는 노견이 고개를 들어 카메라 너머의 사람을 올려다보고 있었다.

"고제키가 키우던 개가 죽기 직전에 찍은 사진인데 나한테는 그 개의 눈에 서린 죽음에 대한 공포와 절망이 분명하게 느껴졌어. 아, 개들도 죽는 건 두려워하는구나. 처음에는 그렇게 생각했지. 그리고 자신이 키우던 개의 공포를 냉정한 시선으로 포착해 낸 고제키에게 놀라 전율하고 말았어. 이 사람은 정이나 사랑 같은 것에 얽매이지 않고 세상을 볼 수 있구나. 그게 나한테는 굉장한 충격이었어. 그리고 그 사진 덕분에 내 감정에서 한 발 떨어져 부모님에 대해 생각할 수 있었거든."

미스미는 이야기를 이어 갔다. 그 사진이 자신에게 얼마나 큰 힘을 주었는지에 대해. 엄마가 불륜 상대와 러브호텔에 들어가는 모습을 잡아내려 셔터를 눌렀을 때, 내 감정이 확 멀어지는 기분을 경험했어. 아아, 바로 이런 게 '부감'이라는 거구나, 이런 감정을 더욱 고결하게 담아낸 것이 고제키의 시선이구나, 하는 생각이 들더라. 고제키의 사진 덕분에 나 역시 그런 시선을 가질 수 있었어.

두 사람의 발걸음은 모지항 레트로 전망대로 향하고 있었다. 유명한 건축가가 디자인한 고층 맨션의 최고층이 전망대로 개방되어 있다. 무지항의 레트로한 분위기를 한눈에 내려다볼 수 있고 저 멀리 놓인 관문교까지 시야에 들어왔다. 평일이라 그런지 인적이 뜸했다. 두 사람은 경치가 가장 잘 보이는 곳에 자리를 잡았다. 고세는 오는 길에 산 따뜻한 캔 밀크 티를 미스미에게 건네고는 자신의 캔을 땄다. 달콤한 향이 코를 간지럽혔다.

"어제저녁에 고제키가 혼자 있는 걸 우연히 발견하고 말을 걸었어. 지난번에 화를 냈던 이유가 궁금하기도 했고, 내 마음도 전하고 싶어서. 그래서 방금 했던 이 얘기를 했더니 고제키가 엄청 화를 내더라고."

탁, 캔 뚜껑을 따던 미스미가 애처롭게 웃는다.

"그런 마음으로 찍은 사진이 아니라면서. 생명도, 사랑도 그렇게 가볍지 않다는 말도 하더라."

고제키는 경멸하는 눈빛으로 미스미를 보더니 "너 진짜 최악이다"라는 말을 내뱉었다고 했다.

"그 얘기에 너무 충격을 받아서 꼴사납게 울어 버렸어. 왜 그렇게까지 말하는지 이해도 안 됐고, 무엇보다 난 고제키가 내 마음을 알아줄 거라고 믿고 있었거든. 내가 너무 멋대로 기대했나 봐."

밀크 티 캔에 잠시 입을 대는가 싶더니 "바보 같아"라는 말을 덧붙인다. 기대하면 안 됐는데 말이야.

"치코는… 고제키가 태어났을 때부터 여동생처럼 키웠던 개야."

고세가 나지막이 말했다.

"치코를 정말 예뻐했고, 처음 카메라를 잡은 것도 치코 사진을 찍기 위해서였어."

고세는 초등학생 때부터 고제키가 치코와 산책하는 모습을 당연한 일상처럼 지켜봐 왔다. 비가 오나 눈이 오나 고제키는 즐거운 마음으로 함께 산책하면서 목에 건 카메라로 치코의 사진을 찍어 주었다.

그 사진을 신문사에 보낸 사람은 고제키가 아니었다. 고제키의 어머니가 너무 좋은 작품이라며 멋대로 응모한 것이었다. 학교로 수상 연락이 오는 바람에 엄마가 벌인 일을 알게 된 고제키는 화를 냈다. 상을 받지 않겠다고 우겼고, 교장 선생님과 담임 선생님이 아무리 설득해도 뜻을 굽히지 않았다.

"그때는 나도 치코가 죽었다는 사실을 몰랐어. 그래서 이상하다고만 생각했지. 고제키에게 멋진 사진인데 왜 그러냐고 했더니 도대체 어디가 좋다는 거냐며 화를 내더라고."

신문의 사본을 보자 그 작품을 단순히 근사한 사진이라고만 생각했던 중2 무렵의 자신의 모습이 선명하게 떠올랐다. 당시의 내 눈에는 너무도 당연한, 지극히 일상적인 사진처럼 보였다. 그래서 고제키에게 그렇게 말했다.

"치코는 언제나처럼 고제키를 바라보고 있을 뿐이잖아. 치코의 눈 안에는 고제키의 모습만 가득하고."

그때 고제키의 어깨에 힘이 쭉 빠졌다. 그러더니 마음을 바꿔 상을 받기로 했다. '공포'라는 이름을 붙여서.

"나중에야 치코가 죽었을 때 찍은 사진이라는 걸 알았어. 난 공포를 느낀 건 치코가 아니라 고제키였다고 생각해. 태어났을 때부터 늘 함께하면서 자신을 믿어 주고 올곧은 눈으로 봐 주던 존재가 세상에서 없어진다는 사실이 무섭기만 했을 거야. 놓치고 싶지 않아서, 어떻게든 남겨 두고 싶어서 셔터를 누른 걸 거야. 고제키는, 분명."

고세는 밀크 티를 마시며 "그래서 냉정하다는 말에 화가 난 거 아닐까?"라고 덧붙였다.

미스미는 캔을 만지작거리며 문득 창 너머로 시선을 던졌다. 역시, 내가 상상했던 거랑 다르네. 나는 좀 더 드라이한 고제키를 기대했는데.

"미스미가 고제키에게 어떤 마음을 가졌던 건지, 알아. 냉정한 시선으로 상황을 바라보는 존재가 얼마나 크게 느껴지는지도 알고. 얼마 전에 미스미가 나랑 같이 있어 줬을 때 나도 정말 큰 도움을 받았거든. 같이 있어서 다행이었다고 생각해."

미스미는 고세에게 시선을 돌렸고, 고세는 이야기를 이어 갔다.

"하지만 그렇다고 내가 너한테 '강하고 드라이해서 멋있어'

라고 말하면 좀 그렇잖아. 그런 이유로 널 좋아한다고 고백하면 너도 기분이 별로지 않을까? 내 생각에는 그래서 고제키가 화를 냈던 것 같아."

한동안 고세를 물끄러미 보던 미스미가 벌떡 자리에서 일어났다. 마시던 캔을 앉았던 자리에 놓고는 "고세, 너 자기 얘기하는 걸 좋아하는 타입인가 봐?"하고 조용히 말했다.

"그게 아니면 네가 나보다 고제키를 더 잘 안다고 자랑하는 거야? 미안한데, 그런 충고 필요 없거든? 아, 짜증 나."

"어? 아…."

간다. 짧은 인사를 남기고 미스미는 사라졌다. 붙잡을 틈도 없이 엘리베이터를 타고 모습을 감췄다.

"아니, 대체 왜?"

미스미가 왜 화를 내는지 알 수가 없다. 쫓아가야 하나 싶어 일어섰다 앉았다를 반복하는 사이 어디선가 키득거리는 웃음소리가 들려왔다.

"헉, 뭐야 고제키!"

어떻게 된 일인지 고제키가 서 있었다.

"네가 너무 심각한 얼굴로 집에 가길래 무슨 일인가 싶어서."

유쾌하다는 듯 웃으며 고제키는 미스미가 놓고 간 캔을 주웠다.

"못쓰겠네. 이런 걸 그냥 버리고 가다니."

고제키는 이따 버려야겠다면서 캔을 든 채로 고세 옆에 앉았다. 그러더니 "고맙다" 하고 입을 열었다.

"뭐, 뭐가?"

"얘기하는 거 다 들었어. 생각해 보니 중학교 2학년 때 너한테 제대로 감사 인사를 안 한 게 생각나서. 내 사진을 제대로 봐 줘서 고마워."

진지한 말투에 어설프게 걸터앉아 있던 고세가 자세를 고쳐 잡았다. 밀크 티를 마시며 "뭐야" 하고 툭 내뱉는다.

"감사 인사를 받을 일도 아니잖아. 그냥 치코의 사진이 그렇게밖에 안 보였던 건데. 그게 다야."

"넌 그게 다라고 쉽게 말하지만. 제대로 이해해 준 사람은 너밖에 없었어."

고제키가 차분하게 말한다.

"너만 이해해 줬고, 너만 아무것도 묻지 않았어. 나한테 그건 정말 고마운 일이라고."

고제키가 창 너머로 시선을 던진다. 겨울의 두꺼운 구름 사이에 방금 전까지 없었던 틈이 생겨나면서 푸른 하늘이 조금씩 드러났다.

"치코가 죽을 때 너무너무 무서웠어. 이런 눈을 가진 존재가 이 세상에서 사라져 버리면 나는 어떻게 될까 하는 생각을 하면서 셔터를 눌렀어. 네 말대로 남겨 두고 싶었거든. 어떻게든 남겨야 한다는 생각밖에 없었어."

캔을 쥔 고제키의 손에 힘이 들어갔다. 손톱 끝이 하얗게 질려 있었다.

"치코 사진이 공개되니까 여기저기서 냉정하다는 얘기를 하더라. 점점 모르겠더라고. 소중한 존재가 세상을 떠나는 순간을 뷰파인더 너머로 보고 있던 나란 인간이 뭔가 잘못된 것 같기도 하고. 나 좋자고 셔터를 누른 게 치코를 슬프게 한 건 아닐까 하는 마음도 들고. 그래서 카메라를 더 이상 들지 않게 된 거야."

처음으로 들은 고제키의 고백이었다. 하지만 신기하게도 처음이라는 생각이 들지 않는다. 어렴풋하게 보이던 것이 비로소 선명해진 느낌이랄까.

그리고 반성했다. 고제키를 그저 어른스럽게만 보고 있었는데, 자신과 다를 바 없이 혼란스러워하고 힘들어했던 것이다. 알고 있다며 묻지 않는 것은 오히려 고민만 쌓이게 할 뿐이다. 어디에선가 토해 낼 수 있게 도와줬어야 했다. 자신은 고제키에게 무엇이든 상담해 왔으니, 조금만 생각해 보면 알 수 있었을 터였다.

"딱히 나민 알고 있던 건 아닌 거야. 그리고 난 아무것도 묻지 않은 게 아니라 능숙하게 물어볼 방법을 몰랐던 거고.

나, 그렇게 센스 있지 않아."

헤헤, 하고 웃으니 "그걸로 충분해" 하고 고제키가 말한다. 난 그래서 네 옆에 있는 게 편하고 좋아. 고제키의 다정한 목소리에 고세는 기분이 좋아졌다. 나도 고제키에게 도움이 되긴 하는구나.

"그래서 미스미처럼 자기 멋대로 감상을 밀어붙이는 사람을 만나면 괴로워져. 그래서 그만…. 미안, 너는 미스미 좋아했는데 이렇게 돼서."

아, 그러고 보니 나 미스미한테 짜증 난다는 말을 들었지. 뒤늦게 깨달은 고세는 조금 슬퍼졌다. 하지만 미스미가 고제키를 좋아하는 것도 진작부터 알고 있었고 뭐, 어쩔 수 없다.

"신경 쓸 필요 없어. 나중에 다시 사이가 좋아질 수도 있고. 어차피 지금은… 됐어. 그리고 난 내가 좋다고 생각한 사진을 같은 시선으로 볼 수 있는 사람이 좋아."

그때 거실에 있는 앨범이 떠올랐고, 똑 닮은 미소를 지으며 흐뭇하게 그 앨범을 바라보는 부모님의 모습이 스쳐 갔다. 나는 그렇게 오랜 시간을 함께할 수 있는 상대를 찾을 것이다.

"그렇구나. 나도 그래."

고제키가 훗, 웃는다. 그러더니 자리에서 일어나며 말했다.

"라멘 먹으러 갈래? 내가 쏜다."

"진짜? 왜 쏘는데?"

"그냥 그러고 싶어서. 싫으면 말고."

"아니, 먹을래. 먹고 싶어요. 사 주세요!"

황급히 따라나서는 고세의 모습을 본 고제키가 "난 네가 진짜 맘에 든다니까" 하고 웃는다.


24일의 어드벤트 쿠키는 분홍색 하트 모양이었다.

"뭘 그렇게 뚫어지게 봐?"

고세가 건네받은 쿠키를 바라보는데 카운터 쪽에서 손이 쭉 뻗어 나오더니 쿠키를 휙 가져간다. 잠시 후 다시 손 위에 놓인 쿠키는 잔혹하게도 두 동강이 나 있었다.

"와, 너무하네. 왜 이러는 건데?"

여차하면 더 부숴 버릴지도 모른다는 생각에 얼른 주머니에 쿠키를 넣으며 항의하자, 카운터 안쪽에 있던 미스미가 샐쭉거리며 고개를 돌렸다.

"그냥, 왠지 열 받아서. 왜 둘이 같이 있냐고!"

크리스마스이브. 고세가 고제키와 텐더니스에 물건을 사러 왔더니 미스미가 있길래 어색함 속에서 계산을 하고 있던 차였다. 고제키와 함께 있는 것은 오늘부터 겨울 방학이 시작하는 것을 자축하기 위해 밤새도록 게임을 하기로 했기 때문이었다. 사흘 전에 발매된 RPG 게임을 최단 시간에 클

리어할 계획이었는데, 이런 설명을 한다고 해결될 문제는 아니겠지.

산타 모자를 쓴 채로 시종일관 얼굴을 찌푸리고 있는 미스미는 기분이 영 안 좋아 보였다.

"내가 뭘 어쨌다고 이래?"

"짜증 나."

툭 내뱉듯이 던지는 말에 고세의 가슴 깊은 곳이 살짝 저릿해 왔다. 이렇게까지 미움받을 짓을 한 기억은 없는데 말이다.

"계산 다 했으면 빨리 가자, 고세."

고제키는 미스미가 안중에도 없으니 미스미는 더욱 기분이 상한 것 같았다. 고제키를 힐끗 노려봤지만 고제키는 모른 척할 뿐이다.

"뭐야, 뭐야. 싸움 났나?"

목소리의 주인공은 쓰기였다. 그를 발견하자마자 미스미가 만면에 웃음을 띠었다.

"어서 오세요. 쓰기 씨. 크리스마스이브인데 여자 친구랑 같이 안 보내세요?"

"없어, 그런 거."

어깨를 으쓱이며 말하는 쓰기에게 "진짜요?"라고 묻는 미스미의 얼굴이 반짝였다.

"여자 친구 없으면 저 후보에 올려 주세요."

"싫어, 나 연하는 관심 없거든."

어라, 이 상황은 설마, 목표를 바꾼 건가? 고세가 놀라는 동안 쓰기가 "고세도 여자 친구 없지 않아?" 하고 묻는다. 고세가 고제키를 손가락으로 가리키자 쓰기가 웃으면서 "그럼 밥이나 먹으러 가자"라며 어깨를 감싸 왔다.

"바쁜 일도 없잖아? 다 같이 가자. 미쓰리 씨한테는 내가 연락할 테니까."

"와, 정말요?"

쓰기와 어딘가에 같이 가다니, 처음 있는 일이라 기뻤다. 어떤 사람인지 무척 궁금하던 차였는데. 고제키를 쳐다보자 말없이 고개를 끄덕이길래 좋다는 뜻으로 받아들였다. "그럼, 데려가 주세요"라고 말한 후 알 수 없는 기운이 느껴져 돌아보니 미스미가 당장 독침이라도 쏠 것 같은 눈으로 째려보고 있었다.

"고세, 너 진짜 짜증 나."

마음 깊은 곳에 독침이 꽂혔다. 하지만 쓰기와 함께 밥을 먹으러 간다는 기쁨이 더 컸다.

"그럼 미스미. 메리 크리스마스!"

웃는 얼굴로 말하자 미스미가 혀를 쭈우 내밀었다.

"자, 가자."

쓰기를 따라 가게를 나섰다. 뺨에 차가운 것이 닿아 고개를 들자 눈발이 흩날리고 있었다.

"우와, 화이트 크리스마스네."

"빡빡이 고등학생 둘이랑 남자, 이렇게 셋이라니, 영 기분이 안 사네."

크크, 하고 쓰기가 웃었다.

"너, 차였지? 뭐, 이 사람 저 사람, 많이 만나 보면 돼."

"후우… 들켰네. 쓰기 씨는 역시 연애 경험이 많은가요?"

밤하늘을 올려다보며 묻자 쓰기의 웃음소리가 뚝 끊겼다. 의아함에 쳐다보자 쓰기 역시 밤하늘을 보고 있었다. 그 눈빛에 평소 본 적 없는 다정함과 슬픔이 서려 있었다.

"이제 그런 거 없어, 난."

쓰기의 목소리가 하얀 입김으로 바뀌어 밤하늘에 흩어진다. 무슨 사연이 있는 것일까. 묻고 싶지만, 물을 수 없었다. 고세는 아무 말 없이 밤하늘로 다시 시선을 돌렸다.

얼마 전까지만 해도 사랑도, 연애도 없다고 믿었다. 하지만 사랑은 내가 태어나기 전부터 쭉 존재했고, 나에게도 연애 감정이라는 것이 찾아왔다. 미스미에게도, 쓰기에게도 사랑과 연애가 있었고 아마 온 세상에는 더 많이, 넘쳐나고 있을 터였다. 나도 언젠가는 사랑을 알게 될지 모른다. 사랑을 바라고, 놓치고, 울고, 웃고. 그러다 어느 순간 엄마와 아빠처럼 사랑을 손에 넣을 수 있을지도 모른다. 아직은 먼 훗날, 아득한 미래의 일이겠지만.

"쓰기 씨. 사랑이라는 거, 뭔가 굉장하네요."

고세의 말에 쓰기가 웃는다. 고등학생다운 감성, 좋네. 산타 할아버지한테 소원이라도 빌어 봐. 그럼, 선물 주실 거야.

마침 불어온 바람에 고세의 몸이 잘게 떨렸다. 무심코 주머니에 손을 넣고 하트 모양 쿠키를 만지작거렸다.

6

크리스마스
광상곡

8시 45분. 9시부터 근무가 시작되는 나카오 미쓰리가 직원실 문을 열자 숨이 막힐 정도의 장미 향이 온몸을 감쌌다.

"뭐야, 이 압도적인 장미의 존재감은!"

자기도 모르게 소리를 지른 뒤 주변을 둘러보자 방 한가운데 테이블 위에 두 팔로도 다 안을 수 없을 만큼 커다란 꽃다발이 두 개나 놓여 있었다. 둘 다 진홍색 장미였는데 하나는 꽃잎에 금색 무늬가 들어가 있었다. 조화인가 싶어 얼굴을 가까이 가져다 대니 생화였고, 마치 벨벳과 같은 꽃잎에 금박으로 글씨가 새겨져 있었다.

'mon chéri'

서른 송이는 족히 될 것 같은 장미의 꽃잎 하나하나에 같은 글자가 촘촘히 들어가 있다. 대단한 사랑이다…. 미쓰리는 경직된 웃음을 흘렸다.

"엄청 비싸 보인다. 보나 마나 사랑 고백이겠지만 무슨 뜻일까? 이 말."

"몽 셰리. '내 사랑스러운 사람'이라는 뜻이래요."

먼저 직원실에 앉아 있던 대학생 아르바이트생인 무라오카가 휴대폰 화면을 보며 말한다. 무라오카도 금색 레터링을 본 모양이다.

휴대폰에 향했던 시선을 들어 방 안을 한 번 휙 둘러본 무라오카가 "그나저나 그 사람 엄청난 인기네요"라며 얼굴을 찌푸린다.

무라오카는 텐더니스에서 일한 지 1년 가까이 되었는데 시바 점장이 아직도 영 불편한 모양이다. 본인 말에 따르면 점장을 싫어하는 것은 아닌데, 가까이 가면 코가 근질근질하고 재채기가 멈추지 않는단다. 아무래도 꽃가루 알레르기와 비슷한 현상 같다는데, 꽃가루 취급을 받는 점장은 내심 서운해하는 눈치다.

"저는 아직도 점장님의 어디가 그렇게 멋있는지 모르겠는데, 이럴 때 보면 제가 특이한 건가 싶어요."

사뭇 진지한 무라오카의 말을 들으며 미쓰리가 방 안을 둘러본다. 별로 넓지 않은 직원실에 이런저런 선물이 넘쳐 나고 있다. 커다란 인형에 명품 쇼핑백, 화려한 리본이 달린 선물 상자. 이 모든 것이 시바 점장을 위한 크리스마스 선물이다. 수많은 시바의 팬이 이때다 싶어 잔뜩 들고 온 것이다.

"그나저나 점장님 어제 12시까지 근무하는 스케줄 아니었어요? 왜 집에 안 가지고 가셨지?"

무라오카의 말에 미쓰리의 얼굴이 딱딱하게 굳는다.

"어제 받은 건, 이미 다 챙겨 갔어…."

크리스마스이브, 미쓰리의 근무는 아침부터 저녁까지였는데 지금 생각해 봐도 체할 것 같은 하루였다. 가게 안에 이미 판매용 크리스마스 제품이 잔뜩 쌓여 있는데, 그것과 별개로 시바 점장 앞으로 선물이 줄줄이 도착했다. 시바가 있는 카운터 앞은 문전성시라 그 현장은 흡사 악수회나 사인회를 방불케 했다.

"크리스마스이브에 이렇게 만날 수 있어서 너무 기뻐요."

시바가 이렇게 말하며 미소를 짓자 가게 안에 비명이 일었다. 선물을 건네받으며 "저희 가게의 고객이 되어 주시는 것만으로 충분한데요"라는 말과 함께 곤란한 듯 눈살을 찌푸리자 어쩔 줄 몰라 하며 몸부림치는 사람들이 속출한다. 미쓰리는 그 옆 카운터에서 돈가스 덮밥과 에너지 드링크의 바코드를 찍으며 자신이 지금 어디서 뭘 하고 있는 건지 정신이 점점 흐릿해짐을 느끼고 있었다. 도대체 왜 편의점에서 "프리 타임은 한 사람당 최대 2분입니다"라는 외침이 들리는가. '만날 수 있는 최애'다 뭐다 난리들을 피우는데 어디까지나 여기는 편의점이고, 저 사람은 그저 이 가게의 점장일 뿐이란 말이다.

시바 앞의 줄은 끊이지 않았고, 그 덕에 시바는 카운터에서 꼼짝도 할 수 없었다. 팬들이 시바와 단 1초라도 더 시간을 보내기 위해 물건을 잔뜩 사는 바람에, 놀라운 속도로 비어 가는 선반을 보충하는 등의 업무는 고스란히 다른 직원들의 몫이 되었다. 어제 함께 일했던 히로세는 "주차장에 점장님 전용 텐트를 설치해 놓고 거기서 마음대로들 하라고 하죠, 아 정신없어"라며 핏발 선 눈으로 말했다. 당장이라도 텐트를 치러 나갈 듯한 히로세를 말리는 동안에도 물건은 빠르게 동나고 있다.

문득 되살아난 어제의 참상에 자신도 모르게 몸을 떤 미쓰리가 "점장님, 어제 내가 본 것만 해도 선물 두 번 옮겼어" 하고 말했다.

"이건 다 점장님 퇴근하고 나서 들어온 거야."

"허억, 정말요? 그럼 지금쯤 점장님 방 안은 난리겠네요."

무라오카는 얼굴을 찡그렸고, 미쓰리는 고개를 끄덕이며 답했다. 작은 가게를 열어도 될 만큼의 양이지 않을까.

"점장님, 직업을 바꿔야 하는 거 아녜요? 마음만 먹으면 모지항의 경제도 살리겠는데. 하카타보다 더 큰 상권을 만들어 주지 않을까요?"

옆에 있던 작은 상자를 옮기며 말하는 무라오카의 말투에 미쓰리가 웃음을 터뜨렸다.

"그런 말 하는 것도 이해가 돼. 하지만 아무리 재능이 있어도 본인이 그 재능을 쓸 마음이 없으니까."

미쓰리도 처음에는 무라오카와 똑같은 반응이었지만 시바와 지내는 시간이 길어지자 생각이 바뀌었다. 누가 뭐래도 시바라는 사람은 편의점을 진심으로 사랑한다. 손님들을 살뜰하게 살피고 단골을 모두 기억한다. 어제 선물 준 사람들의 이름을 한 명 한 명 다 외우고 있었을 정도다.

시바는 본사에서 나온 지역구 매니저나 슈퍼바이저보다도 더 정성스럽게, 더 확실히 일한다. 시바가 점장이 된 후로 손님 수가 폭발적으로 늘었고, 이제 모지항 고가네무라점은 후쿠오카 내에서 매출 최상위를 자랑하는 지점이 되었다. 아예 편의점에 눌러사는 것 아니냐는 소문이 돌 정도로 오랜 시간 가게를 지키고, 행사에도 누구보다 열심이다.

개인 시간조차 모두 가게에 쏟아붓는 것 아닐까 싶은데 시바는 "편의점에 있는 시간이 너무 좋아"라며 항상 즐거워했다. 편의점을 찾는 손님들의 모습, 그 속의 희로애락을 보는 것이 무엇보다 행복하다는 이야기를 들은 것은 단골손님들끼리 결혼한다는 소식을 들었을 때였다. "취식 코너에서 자주 마주치다 보니 이렇게 됐어요"라며 두 사람이 함께 인사를 하러 왔는데, 시바는 마치 자신이 사랑 고백이라도 받은 것처럼 뺨을 붉게 물들이고는 "감사합니다!" 하고 인사했다. 이렇게 누군가의 행복에 조금이라도 관여할 수 있어서 영광이에요. 이 가게에서 시작된 인연이라는 사실이 무엇보다 기쁘네요. 꼭 행복하셔야 해요!

두 사람을 배웅한 시바는 줄곧 생글생글 웃고 있었다. 이 사람, 겉모습은 상당히 수상하지만 편의점을 정말 좋아하는구나. 이 사실을 깨달은 미쓰리는 덩달아 기분이 좋아졌다. 주위 사람들이 뭐라고 하든, 이 사람한테는 이 일이 천직임이 분명했다.

"오늘은 점장님 쉬는 날이죠? 크리스마스니까 오늘만큼은 진짜 애인을 만나겠지."

무라오카가 상자를 장미 옆에 내려놓으며 하는 말에 사물함에서 유니폼 상의를 꺼내던 미쓰리가 "그런 사람이 있긴 할까?" 하며 고개를 갸웃거렸다.

"여기서 일한 지 몇 년 됐는데도 한 번도 들어 본 적이 없어. 누군가랑 묘한 분위기를 풍기는 모습은 자주 봤지만." 미쓰리는 지금까지 시바가 다양한 타입의 사람들과 단둘이 있는 장면을 목격해 왔다. 누구와 함께 있든 상관없이, 상대와 마치 무슨 사이라도 되는 것처럼 농밀한 분위기를 뿜어냈다. 그때마다 결정적인 현장을 포착했다고 흥분했지만, 미쓰리를 발견한 시바는 전혀 당황하는 기색 없이 "어, 수고했어요!"라며 맑은 웃음을 지었다. 어떤 동요도, 조금의 거리낌도 없는 모습에 내 눈이 잘못 됐나 싶어 어떤 관계인지 물어보지도 못했다. 다음번에는 꼭 물어봐야겠다고 다짐해도 같은 사람과 함께 있는 것을 다시 목격하는 일은 없었다.

"그렇다는 건, 원나이트만 한다는 뜻인가?"

"아니, 그런 것까지는 모르는데."

시바는 독신이니까 누구와 어떤 연애를 해도 상관없다. 오히려 본인의 소재거리를 생각하면 이런저런 사람들과 많이 만났으면 싶은 것이 미쓰리의 솔직한 심정이다.

"그래도 특별한 관계의 애인은 없지 않을까? 있었으면 고가네무라 빌딩 부녀회가 벌써 뒤집혔을 텐데."

취식 코너를 관리해 주는 시바의 팬클럽 구성원은 주로 백전노장의 여성들이다. 쇼헤이 씨의 말에 따르면 고가네무라 빌딩의 주민들 외에 비정규 회원들도 있어, 그들의 활동 범위와 영향력은 모지항 전역을 아우른다고 했다. 쇼헤이 씨의 말을 반 정도만 믿는다 쳐도, 그녀들이 시바의 연인이라는 위험 요소를 그냥 넘길 리가 없다.

"팬클럽이 있는 일반인이라니 만화에서나 봤지, 어지간해서는 현실에 없지 않나요? 게다가 편의점 밖의 사생활은 전혀 알려진 게 없으니. 하여튼 궁금하단 말이지."

"오, 무라오카. 혹시 점장님한테 반한 거 아냐?"

"네? 전 그저 희귀 생물의 생태에 관심이 있는 것뿐인데요."

깔끔하게 받아친 무라오카가 미쓰리 씨는 안 궁금하세요? 하고 묻길래 미쓰리가 웃었다. 안 궁금할 리가 있나. 몇 년이나 같이 일했지만 아직 그를 둘러싼 비밀스러운 베일의 형태조차 파악하지 못했다.

"나는 점장님에 대해 알아내는 걸 일생의 과업으로 삼고 있다고. 갑자기 모든 걸 다 알 수 있는 기회가 생긴다면 그건 그거대로 아쉬울 것 같아."

시바를 모델로 그리기 시작한 '페로몬 점장의 발칙한 하루'는 지금도 온라인에서 큰 인기를 얻고 있다. 서브 스토리로 '털보 형님의 상남자 라이프'라는 만화도 그리기 시작했는데 그것도 꽤나 반응이 괜찮다. 어쩌면 나는 점장님뿐 아니라 시바 형제에 대한 연구를 일생의 과업으로 삼고 있는지도 모르겠다고, 미쓰리는 문득 생각했다.

"자, 이제 슬슬 매장에 나가 볼까?"

거울 앞에서 차림새를 마지막으로 확인하고 무라오카와 함께 가게에 들어서자 카운터 안쪽에 있던 다카기가 도움을 청하듯 미쓰리를 향해 달려왔다.

"미쓰리 씨! 긴급 사태 발생이에요!"

프리터 다카기는 평소 무던한 성격의 남자였다. 면접 때 핑크색 하와이안 셔츠를 입고 온 것을 이유로 아르바이트생들 사이에서 '우쿨렐레 군'이라 불린다. 그 우쿨렐레 군이 드물게 동요하고 있었다.

"왜 그래, 무슨 일인데?"

"누가 점장님을 찾아왔는데요."

"늘 있던 일이잖아. 오늘 쉬는 날이라고 말했어?"

"그, 그게요…."

우쿨렐레 군의 뺨이 벌겋게 달아오른다. 부끄러워하는 얼굴을 보인 것도 처음인 데다 당최 왜 그러는지 알 수가 없어 미쓰리가 "뭔데?" 하고 고개를 갸웃거렸다.

"저기… 괴, 굉장한 미소녀예요."

미쓰리 뒤에 서 있던 무라오카가 "우쿨렐레 군이 저렇게 말하는 경우는 거의 없는데"라고 의아해하자 미쓰리가 작게 한숨을 쉬었다. 지금까지도 정말 다양한 사람들이 시바를 만나러 찾아왔었다. 그중에는 단번에 시선을 빼앗길 만한 미녀도, 미남도 있었다. 미소녀 한 명 나타났다고 야단법석은, 새삼스럽게.

"그래서? 점장님 휴일이라고 말은 했지?"

"마, 말했죠. 그랬더니 오실 때까지 기다리겠다고, 저기에…."

우쿨렐레 군이 취식 코너를 가리킨다.

손님의 이름을 확인하고 점장님의 지시를 기다리는 일쯤은 혼자 알아서 할 아이인데 이렇게 당황하다니, 그렇게까지

자기 스타일이었던 건가. 미쓰리는 "일단 내가 가 볼 테니까 우쿨렐레 군은 무라오카랑 교대해"라고 말해 둔 다음 취식 코너로 향했다.

취식 코너는 조용했다. 평소 같았으면 여러 명의 손님과 쇼헤이의 모습이 보였을 텐데, 지금은 제일 구석에 혼자 앉아 있는 여학생뿐이었다. 대각선 방향을 보고 있어 얼굴은 보이지 않지만 마치 일본 전통 인형처럼 아름답게 쭉 뻗은 검은 머리카락이 눈에 띄었다.

"저, 점장님을 기다리신다고요?"

미쓰리가 말을 걸자, 여학생이 천천히 고개를 돌린다. 그 얼굴을 보고 미쓰리는 자신도 모르게 숨을 삼켰다.

깜짝이야. 정말 어마어마한 미소녀잖아.

정교하게 만든, 실물 크기의 구체 관절 인형이 아닐까. 촘촘하고 긴 속눈썹. 커다란 윤곽의 눈동자에, 높고 뾰족한 코. 백설 공주를 연상시키는 새하얀 피부에 복숭앗빛 뺨과 앵두 같은 입술. 아마도 아들인 고세와 비슷한 나이의 고등학생일 것 같다.

새하얗고 하늘하늘한 코트와 좋은 옷감으로 보이는 트위드 원피스가 인형 같은 느낌을 배가한다. 원피스 밑단 아래로 뻗은 다리가 가늘고 하얗다.

이 정도라면 우쿨렐레 군이 강한 자극을 받을 만도 한데!

"시바 미쓰히코 씨를 불러 주시면 좋겠는데요. 최대한 빨리요."

여자아이가 옥구슬 굴러가듯 예쁜 목소리로 말하고는 컨디션이 좋지 않은 듯 미간을 모았다. 그 목소리와 몸짓에 심장이 쿵 하고 떨어졌다. 도저히 자신과 같은 성별의 생물이라고 느껴지지 않는다. 미쓰리가 넋을 놓고 있자, 초조한 듯이 "시바 미쓰히코"라는 말만 반복한다. 그 목소리에 정신이 번뜩 든 미쓰리가 황급히 "점장님은 오늘 쉬는 날이에요"라고 말했다.

"그 얘긴 들었어요. 제가 휴대폰이 없는데 근처에 공중전화가 안 보여서, 연락 좀 대신 해 주시면 안 될까요?"

그러고는 아까 다른 분한테 부탁드리려고 했는데…라며 한숨을 내쉬었다.

"아, 그러셨군요. 죄송합니다. 그럼, 연락해 볼 테니 조금만 기다려 주시겠어요?"

여자아이가 고개를 끄덕이길래 미쓰리는 서둘러 가게 안으로 돌아갔다. 안절부절못하고 있는 우쿨렐레 군에게 "미안, 네 말대로 엄청난 미소녀더라, 과장 하나도 안 보태고"라고 말하자 옆에서 무라오카가 "그런가요?" 하고 흥분했다. 무선 전화기를 들고 카운터 안쪽에 웅크리고 앉은 미쓰리는 곧바로 시바에게 전화를 걸었다. 하지만 연결이 되지 않는다. 몇 번이나 다시 걸어 봤지만 '전파가 닿지 않는 곳에 있거나…'라는 안내 멘트가 흘러나올 뿐이다.

"아니, 왜 하필 이럴 때!"

여러 번 다시 걸어 봐도 전화 연결음은 들리지 않는다. 시바의 집으로 전화를 걸어 봐도 받지 않는 것을 보니 밖에 있는 모양이었다.

어떻게 된 영문인지 궁금해하며 취식 코너에 돌아가자 여자아이가 카운터에 엎드려 있었다.

"늦어서 죄송합니다. 저기…?"

오래 기다리게 해서 기분이 상한 것은 아닐까 싶어 가까이 다가가는데, 어딘가 조금 이상하다. 신경이 쓰여 힘없이 늘어져 있는 손등을 살짝 건드려 보니 살결이 얼음장처럼 차가웠다. 목덜미에 손을 얹자 그쪽은 반대로 열이 펄펄 끓고 있었다.

"몸이 안 좋구나?"

고세가 열이 나던 때와 똑 닮았다. 억지로 얼굴을 살피는데 호흡 또한 거칠었다. 틀림없다. 뺨이 유독 붉어 보였던 것도 열 때문이었구나.

"이쪽으로 와요."

미쓰리는 휘청거리는 소녀의 손을 잡아끌고 직원실로 데리고 갔다. 한기가 느껴지는지 몸을 살짝 떨고 있어, 실내 온

도를 높였다. 그리고 자신의 코트를 덮어 주고 의자에 앉혔다. 멍해 보이는 소녀는 열기로 축축해진 눈으로 미쓰리를 올려다보며 "시바 미쓰히코는…"이라고 묻는다.

"미안한데, 웬일인지 연락이 안 돼요. 근데 집이 이 근처인가요? 가족들한테 데리러 오라고 해야 할 것 같은데."

방금 전까지의 꼿꼿함은 온데간데없이 소녀는 테이블 위로 쓰러지듯 엎드렸다. 그러고는 그대로 머리를 천천히 가로저었다.

"집은 미야자키예요…."

"어? 그렇게 멀리서 왔어요? 어떡하지. 근데 점장님한테는 무슨 용건이에요?"

"만나고 싶어서. 그래서…."

목소리에도 영 힘이 없다. 어쩌면 아픈 몸을 이끌고 여기까지 온 것일지도 모른다. 도착 후에 체력의 한계를 느낀 걸지도.

"저, 미쓰리 씨. 어떻게 된 거예요?"

쭈뼛쭈뼛 얼굴을 내민 사람은 우쿨렐레 군이었고, 안색이 안 좋은 여자아이를 보며 으아아, 하는 한심한 소리를 냈다.

"이, 이게 무슨 일이에요?"

"몸이 안 좋은 모양이라 일단 데리고 들어왔어. 미안한데 나 대신 가게 좀 더 봐 줄 수 있어?"

"무, 물론이죠!"

대답을 마친 우쿨렐레 군은 가게로 돌아갔다.

"아무래도 여기서 재울 수는 없겠는데."

"무엇이든 맨, 불러 주세요."

가냘픈 목소리가 들려 돌아보니 여자아이가 얼굴을 살짝 들고 있었다.

"쓰기는, 있을 거예요…."

"쓰기? 쓰기 씨를 알아? 어떻게…."

"저… 동생이에요."

동생. 미쓰리는 머릿속에서 여자아이의 말을 곱씹어 본다. 동생, 동생… 친동생! 친동생?

꺄악, 하고 소리를 지르지 않은 스스로가 대단하다고 미쓰리는 생각했다. 설마 이 미소녀가 시바 형제의 여동생이라고?

"아, 그, 그럼 혹시 이름이 주에루?"

전에 들었던 적 있는 이름을 말하자 여자아이, 그러니까 주에루가 살짝 미소를 지었다.

"오빠들이 제 얘기를 한 적이 있나 보네요."

헤에, 하고 웃는 얼굴은 오빠 둘 중 누구와도 닮지 않았지만, 남매라는 이야기를 듣고 보니 누가 봐도 가족이라는 생각이 들 수밖에 없는 미모였다. 두 사람의 여동생이라면 이런 외모를 가진 것도 이해가 간다.

세상에. 그럼 나머지 형제들은 대체 어떤 생물일까. 미쓰리는 부글부글 끓어오르는 호기심을 꾹 눌렀다.

"알았어. 바로 연락해 볼게."

무선 전화기를 아직 손에 들고 있었기 때문에 곧바로 쓰기에게 전화를 걸었다. 하지만 쓰기의 전화도 연결이 되지 않는다. 무심하게도 시바의 전화에서 들었던 안내 멘트가 똑같이 흘러나올 뿐이었다.

"아니, 대체 왜? 다들 어떻게 된 거야!"

긴급 상황인데! 전화를 내리치고 싶은 마음을 애써 참으며 주에루 쪽으로 시선을 돌린다. 열이 올라 상기된 뺨에 머리칼 한 가닥이 툭 내려앉자, 지금이라도 덧없이 흩어져 사라지는 것 아닐까 하는 비현실적인 느낌이 들었다.

일단은 이 아이의 상태가 최우선이다.

미쓰리는 전화를 테이블 위에 올려놓으며 생각했다. 이대로 여기에 계속 있게 할 수는 없다. 조퇴하고 우리 집에 데려가는 것이 가장 낫겠지? 아니다, 아까 나올 때 집에 고세와 친구 몇 명이 모여 있었던 것이 생각났다. 혈기 왕성한 남자 고등학생 여러 명이 있는 곳에 아픈 환자를, 그것도 이런 미소녀를 데리고 가는 것이 과연 좋은 선택일까. 흐음, 고세한테 친구들 데리고 나가 있으리고 할까? 미쓰리가 고민하는 사이, 직원 사무실의 벨이 울렸다. 문을 열자 고가네무라 빌딩 부녀회의 회원 몇 명이 서 있었다.

"밋짱이 선물 회수 좀 부탁한다고 해서 왔어. 가게에 잔뜩 쌓여 있으면 스태프들이 불편할 거라고 부녀회 회의실에 갖다 놔 달래."

고가네무라 빌딩 3층에는 주민들을 위한 회의실이 있는데 그곳을 부녀회의 회의실로 쓰고 있다고 들었다. 미쓰리는 가 본 적 없지만 부녀회의 본부 같은 곳일 것이다.

미쓰리는 회원들의 면면을 살폈다. 그중 간호사 출신인 사쿠마 씨가 있는 것을 발견하고는 "저, 부탁이 있는데요"라고 말하며 고개를 숙였다.

"점장님 여동생이 점장님을 만나러 왔는데, 점장님이 연락이 안 돼서요. 근데 여동생분이 지금 몸이 안 좋아서…."

회원들의 표정이 순식간에 변한다. 사쿠마가 "나 좀 들어갈게" 하고 말하자 다른 회원들도 뒤따라 들어왔다.

"어머나, 어머나! 어떻게 이렇게 예쁜 아가씨가. 밋짱한테 이렇게 예쁜 여동생이 있었구나. 몸이 안 좋다고? 잠깐 손 좀 얹어 봐도 될까? 언제부터 상태가 안 좋았어?"

사쿠마가 주에루의 모습을 슬쩍 살피고는 회원 중 한 명인 가나자와에게 "차 좀 가지고 올래? 사카이다 선생님께 가 봐야겠어" 하고 말한다.

"감기일 것 같기는 한데 독감이 유행하는 시기라 혹시 몰라서. 오쓰카 씨는 회의실에 가서, 돌아오면 바로 쉴 수 있게 소파 정리 좀 해 줄래? 이 정도 체격이면 그 소파에 충분히 누울 수 있을 거야. 미스미 씨, 나랑 같이 부축 좀 해 줘. 병원에 가 보자."

"감사해요, 사쿠마 씨."

덕분에 마음이 좀 놓여요, 하고 미쓰리가 고개 숙여 인사하자 "소중한 밋짱의 여동생인데, 뭐"라며 사쿠마가 웃었다.

"우리가 평소에 얼마나 밋짱한테 신세를 많이 지는데. 은혜를 갚는다고 하기엔 너무 거창하지만, 도움이 된다면 뭐든 해야지."

사쿠마의 반대편에 있는 미스미도 동감한다는 듯 고개를 크게 끄덕인다.

"병원 갔다가 물이랑 마실 것들 사러 다시 들를게. 그때 상태 보고도 하고. 미쓰리 씨는 평소처럼 가게를 맡아 줘."

"네!"

미쓰리는 회원들과 함께 가게 밖으로 나가 가나자와의 차에 주에루를 태우는 일을 돕고 나서 가게로 돌아왔다. 뭔가 이상한 분위기를 느꼈는지 손님들 몇 명이 걱정스러운 얼굴을 하고 있었다.

"두 사람한테 일을 다 떠맡겼네, 미안."

미쓰리가 계산대로 돌아와 말하자 우쿨렐레 군이 "그보다 아까 그 사람, 괜찮아요?" 하고 목소리를 높여 묻는다.

"무슨 지병이라도 있는 건가요? 몸이 약한 미소녀 스토리 많잖아요."

"근데 점장님이랑은 무슨 사이래요?"

진심 그 자체인 우쿨렐레 군과는 달리, 무라오카의 태도는 어딘가 가볍다. 그런 두 사람에게 미쓰리가 "점장님 여동생"이라고 답했다.

"몸이 안 좋은데 무리해서 만나러 온 것 같아. 사쿠마 씨는 단순한 감기일 것 같다는데, 열이 많이 나서 걱정이야."

미쓰리가 한숨을 쉬며 주차장 쪽을 바라본다. 그 순간 강도라도 처들어온 듯한 비명 소리가 가게 안에 울려 퍼졌다.

"앗, 으아, 그러니까 점장, 점장님의 여동생이 아까 그 미소녀라고요?"

"점장님한테 가족이 있다고? 완전 천애 고아 분위기였는데."

"아니, 잠깐. 나 제대로 못 봤는데? 나도 보고 싶다고! 나도 봤어야 되는데!"

"실례지만, 점장님의 여동생분이 여기 계신가요?"

"시바 님한테 병에 걸린 미소녀 여동생이 있다는 것이 사실인가요? 너무 극적이잖아!"

가게 안의 모두가 미쓰리가 있는 계산대에 모여들었다. 꺄아, 꺄아 소리치는 사람들을 앞에 두고 미쓰리가 "아, 큰일

났다"라며 후회하기 시작했다. 조금 더 조심했어야 하는데, 괜히 말했어.

"전에 내가 시바 형님한테 가족 관계에 대해 물어보니까 '우리 천천히 알아 가요'라고 속삭였었는데 지금이 바로 그 순간인가!"

언제부터 있었는지, 요즘 들어 매일같이 가게를 찾는 무라오카의 친구가 얼굴이 벌게져서 말하자 무라오카가 "윽, 왜 이래" 하고 쏘아붙인다.

"너, 너 뭔데. 혹시 너 우리 점장님 좋아하냐?"

"단순한 자식. 난 시바 형님을 그런 천박한 눈으로 보고 있지 않아. 얼마나 귀한 분이신데!"

달려들 듯 말하는 친구를 보고 할 말을 잃은 무라오카의 옆에 서 있던 여성 손님 한 명이 "바보 아냐?" 하고 비소를 흘렸다.

"난 여동생이 있다는 것쯤은 전부터 알고 있었어. 나이 차가 많이 나는 형님까지 삼 남매라고."

"땡, 아니거든! 형제처럼 키운 강아지를 빼먹으면 안 되지. 이름은 '긴'이고 엄청 각별한 사이야. 내가 분명히 들었어."

"이봐, 남매들이 다가 아니잖아? 나는 할머니 성함도 알아. 하쓰네 할머니. 어쩜 이름도 그렇게 아름다우신지."

"이름 같은 건 아무래도 상관없다고!"

카오스다. 미쓰리는 생각했다. 다들 어린 시절의 고세와 다를 바가 없다. 초등학교 시절의 고세가 카드 게임에 빠져 있을 때의 표정이 딱 저랬다. 내 카드가 여기서 제일 세다고!

"저기, 점장 여동생이 아프다며? 우리 집사람이 여기서 얼음주머니랑 얼린 페트병 사서 회의실에 갖다 놓으라던데. 큰일이네."

그 틈에 아내에게 부탁을 받고 내려온 오쓰카 다키지가 모습을 드러냈고, 카드 게임을 펼치던 여성 손님 중 한 명이 "어? 설마, 점장님 동생분 병원에서 돌아오신 건가요?" 하고 소리친다. 손에는 유명한 제과점 쇼핑백을 들고 있었는데, 분명 시바에게 주려고 가져온 선물일 테다. 미쓰리는 등줄기에 식은땀이 흐르는 것을 느꼈다. 완전 망했다. 오늘은 가게에 시바의 팬이 유독 많은 날이라는 사실을 깜빡하고 있었다.

"아, 그 오쓰카 씨. 저기…."

괜한 말씀 마세요. 더 이상 아무 말도 하지 말아요. 눈빛으로 열심히 신호를 보냈지만 오쓰카는 눈치채지 못했다. 자신에게 매달리다시피 하는 여성의 행동에 조금 주춤거리면서도 "네" 하고 대답해 버린 것이다. 그 말을 들은 여성은 웬일인지 그 자리에서 파이팅 포즈를 취했다. 그러더니 쇼핑백을 미쓰리에게 건네고는 "이거 동생분한테 좀 전해 줘요"라며 한껏 꾸민 목소리로 말했다.

"점장님이 좋아하는 가게에서 사 온 과일 타르트야. 동생분도 분명 좋아할 거야."

"어머, 뭐래! 감기 걸린 사람이 넘기기 힘들어서 타르트를 어떻게 먹어. 저기, 여기 있는 젤리 제가 다 살 테니까 동생분한테 좀 가져다줄래요? 아예 제가 같이 가서 간호해도 되고요."

어느샌가 가게 안의 젤리를 다 쓸어 모아 바구니에 담아 온 또 다른 여성 손님의 말이 끝나자마자 타르트 손님이 "왜 이렇게 생각이 짧아?" 하면서 덤벼든다.

"친하지도 않은 여자가 귀한 여동생이랑 같이 있으면 점장님이 퍽이나 좋아하겠다. 애초에 편의점 젤리로 어떻게 해 보려는 속셈이 너무 허술한 거 아냐?"

"무슨 소리, 시바 점장님이 텐더니스의 디저트를 얼마나 좋아하는데, 오히려 기뻐할걸요?"

"정말 그럴까? 센스 없는 여자라고 생각할 것 같은데?"

둘이 말다툼을 하는 사이 또 다른 손님이 들어와 "저기, 점장님 여동생이", "큰일이네" 같은 말을 늘어놓는다. 수습 불가로 치닫는 상황에 미쓰리는 현기증을 느꼈다. 이 일을 어쩐다….

　퇴근할 타이밍을 완전히 놓친 우쿨렐레 군에게 시바 형제에게 전화하는 역할을 맡기고, 시끌벅적한 손님들, 다시 말해 '시바의 팬들'만 응대했는데도 오전 시간이 훌쩍 지나갔다.

　"죽는 줄 알았네."

　침착함을 겨우 되찾았을 무렵에는 이미 평소 상태를 훌쩍 뛰어넘는 피로감이 몰려오고 있었다. 어제는 그래도 각오하고 출근했었는데 오늘은 어떤 마음의 준비도 하지 못했다. 무라오카도, 나중에 출근한 동료 직원 기도도 얼굴이 해쓱해져 있었다.

　"신년 명절에도 이렇게 힘들지는 않겠다…."

　언제나 완벽하게 풀 메이크업을 하고 있는 기도가 화장이 반쯤 지워진 채로 말하자 무라오카가 아무 말 없이 고개를 끄덕였다. 평소 같았으면 덩달아 푸념을 늘어놓았을 텐데, 당장은 그럴 기력조차 없어 보인다. 어쩌면 아까 친구에게 "시바 형님의 장점을 모르다니, 네 눈은 의미 없이 그냥 뚫려만 있는 거야? 그런 쓸데없는 구멍을 어디다 쓰냐!"라고 욕을 먹은 후유증일지도 모르겠다.

　"그건 그렇다 치고, 점장님 동생은 괜찮은 건가?"

　"아, 아까 오쓰카 씨가 오셔서 감기라고 알려 주셨어. 사카이다 의원에서 링거 맞고 지금은 부녀회 회의실에서 자고 있대."

"아, 그래요? 다행이네요."

"부녀회 회원들이 돌봐 주고 계신가 봐."

자녀와 손자들을 키워 온 전문가들이니 이제 주에루 걱정은 안 해도 될 것 같다.

"그나저나 점장님은 어디 가신 걸까."

"아주 가끔 전화 연결이 안 될 때가 있더라고."

셋이서 고개를 갸웃거리고 있는데 무선 전화기를 손에 든 우쿨렐레 군이 "전화 연결됐어요!"라며 사무실에서 뛰쳐나왔다.

"점장님이랑 쓰기 씨랑 같이 있었던 모양이에요. 이쪽으로 같이 오신대요. 동생이 부모님께 말도 안 하고 사라져서 다들 찾고 있었나 봐요. 미쓰리 씨, 전화 좀 받아 보실래요?"

전화기를 건네받은 미쓰리가 직원 사무실로 달려갔다. "여보세요"라고 입을 열자 시바가 여느 때와 달리 여유 없는 목소리로 '민폐 끼쳐서 미안해요' 하고 답했다.

"다카기에게 들었어요. 이래저래 난리였다던데."

"지금은 어느 정도 진정됐어요. 근데 대체 어떻게 되신 거예요?"

시바의 말에 따르면 주에루가 없어졌다는 사실을 부모님이 알게 된 것은 오늘 아침이었고 그때 마침 시바와 쓰기가 동생에게 줄 크리스마스 선물을 들고 본가에 도착했다고 한다.

'저희 본가가 미야자키 산골이라 통신이 잘 안 터져서 전화를 못 받았어요. 설마 주에루가 모지항에 와 있을 줄은 생각도 못 하고 형이랑 이 주변만 뒤지고 있었는데 갑자기 형이 왠지 모지항에 있을 것 같다고 그러기에.'

"그랬구나. 쓰기 씨의 직감은 역시 남다르네요…."

수화기 너머에서 시바가 한숨을 내쉬었다. 옆에서 쓰기가 "왜 굳이 모지항까지 간 거지?" 하고 투덜대는 목소리가 들렸다.

"주에루가 왜 왔는지 말하던가요?"

"아뇨. 대화를 해 보려고 해도 몸이 너무 안 좋아 보여서. 저 오늘 5시 퇴근이니까 끝나면 제가 가서 돌볼게요."

고가네무라 빌딩 부녀회원들에게만 맡겨 둘 수는 없었다. 시바는 "고마워요"라고 답했다. 저녁에는 가게에 도착할 테니 그때까지만 부탁한다는 말도 덧붙였다.

미쓰리는 스케줄대로 일을 마친 후 교대 시간이 되자마자 회의실로 향했다. 우쿨렐레 군도 같이 오고 싶어 하는 듯했지만 "모르는 남자가 옆에 있으면 무서울 테니까"라면서 마시는 보조 수액과 이온 음료를 잔뜩 사서 미쓰리에게 건넸다. 참 괜찮은 녀석이라며 감탄하고 있는데 "정말 친동생인지 아니면 여자 친구인지 꼭 확인해 주세요. 만약 여자 친구면 저는… 충격받아서 여기서 일 못 할 것 같아요"라며 심각한 표정으로 말했다. 정말 한눈에 반하기라도 한 거냐고 묻고 싶었지만 그런 농담조차 꺼낼 수 없는 비장한 분위기라 미쓰리는 고개를 가만히 끄덕였다.

"주에루 씨, 좀 어때요?"

회의실은 미쓰리가 상상했던 것보다 더 컸고 시설도 훌륭했다. 커다란 냉장고와 인덕션이 놓여 있는 부엌에 가죽으로 된 응접세트가 놓여 있다. 어지간한 회사의 사장실 못지않은 세팅이었다.

아침에 가져다 둔 장미가 커다란 꽃병에 꽂혀 응접 테이블 한가운데에 장식되어 있었다. 부녀회의 전 회장인 노세와 사쿠마가 꽃병을 사이에 두고 마주 앉아 여유롭게 커피를 마시고 있었다.

"어? 주에루 씨는 어디에 있어요?"

모습이 보이지 않아 묻자 노세가 "옆에 있어" 하고 답했다. 옆에 커다란 프로젝터 스크린이 설치된 시청각실이 있다고 했다. 느긋하게 영화를 볼 수 있도록 큼직한 소파가 놓여 있는데 주에루는 거기에서 자고 있단다.

"가습기랑 히터로 온도와 습도도 조절할 수 있으니까 안심해."

"이래저래 신세가 많았습니다."

고개를 숙여 인사한 미쓰리가, 그나저나 정말 엄청나구나 하고 감탄했다. 두 사람이 아무렇지 않게 앉아 있는 소파의 바로 옆에 웃고 있는 시바의 등신대 판넬이 놓여 있었다. 혹시 특별 제작품…?

미쓰리는 실존 인물의 열렬한 팬이 되어 본 적이 없다. 늘 2D 캐릭터들이 대상이었는데, 젊었을 때는 온 방 안을 일러스트로 꾸며 두기도 했다. 엄마가 "네 방에 들어가면 항상 누가 쳐다보는 것 같아서 기분 나빠"라고 말할 때마다 '이렇게 멋있는데 대체 왜 몰라주는 거야'라는 생각에 툴툴댔다.

엄마, 미안. 이제야 그 기분이 뭔지 알 것 같아. 내가 딱히 좋아하지도 않는 상대의 눈이 여기저기 붙어 있으면 꽤나 꺼림칙하구나. 어느 정도 호감을 품고 있어도, 아무리 잘생겼어도, 소름이 돋는구나.

"미쓰리 씨, 수고 많았어. 거기 좀 앉아."

노세가 자리에서 일어나 익숙한 솜씨로 미쓰리에게 커피를 끓여 주었다. 사쿠마가 소파에 앉으라고 권하길래 시키는 대로 자리를 잡자, 쿠키와 초콜릿을 꺼내 왔다.

"사쿠마, 냉장고에 있는 케이크 좀 미쓰리 씨한테 꺼내 줘."

"그래그래. 미쓰리 씨 배 안 고파? 차가운 바바루아(과일과 우유, 설탕, 젤라틴 등을 재료로 푸딩이나 젤리처럼 만들어 차게 먹는 서양식 디저트─옮긴이)도 있는데."

"아, 괜찮아요…."

당연한 이야기지만, 노세와 사쿠마는 이 공간에 무척이나 익숙해 보였다. 시바의 사진이 주변에 있는 것이 지극히 자연스러워 보인다. 미쓰리는 새삼, 팬클럽의 뜨거운 사랑을 느꼈다.

"아, 맞다. 여러분들이 도와주셔서 정말 큰 힘이 됐어요. 조금 아까 점장님이랑 통화가 됐는데 지금 이쪽으로 오고 계시대요. 점장님이 꼭 인사를 전해 달라고 하셨어요."

동생에게 크리스마스 선물을 주러 본가에 갔다가 엇갈리고 말았다는 이야기를 전하자 노세와 사쿠마가 흡족한 듯 고개를 끄덕였다.

"여동생을 무척 아끼는구나. 역시 우리 밋짱이야."

"나는 분명 그런 사정일 거라고 생각했어."

그렇게 미쓰리는 두 사람과의 대화를 시작했다. 시바가 이 빌딩에 사는지 확인하려 주위를 맴도는 사람들이 있다는 푸념이 주된 내용이었다. "밋짱의 사생활은 우리 부녀회가 무조건 지켜 줄 거야. 하지만 아무리 막아도 그 매력에 빠진 사람들이 계속 나타난다니까. 밋짱의 인덕 때문인 건 알지만, 아무튼 곤란해" 같은 말을 잔뜩 쏟아 냈다.

두 사람은 미쓰리에게 힌비탕 이야기를 늘어놓고 난 후에야 조금 진정하는 듯했다. 그러더니 "이제 집에 가서 저녁 준비해야겠다", "남편 투석 끝날 시간 다 됐으니 데리러 가야지"라며 각자 회의실을 떠났다.

"하아, 역시 굉장해…."

미쓰리의 모친과 비슷한 연배일 텐데 고가네무라 빌딩의 부녀회원들은 하나같이 힘이 넘친다. 모두가 입을 모아 시바 덕분에 매일 활력이 넘쳐서 그래, 라고 말하는 것을 보면 차라리 '시바 건강법' 같은 것을 만드는 게 어떨까 싶다. 분명 인기 좋을 텐데 '시바와 함께 차를 마시기만 해도 젊어지는 획기적인 건강법' 같은 것 말이다. 아니, 정말 괜찮은데? 진짜로 한번 해 보고 싶다.

미쓰리가 이런 쓸데없는 생각을 하며 머그잔과 그릇을 닦고 있는데 어떤 소리가 희미하게 들리는가 싶더니 옆방 문이 열렸다. 문틈으로 주에루가 얼굴을 빼꼼히 내밀었다.

"어? 일어났네? 몸은 좀 괜찮아?"

"네…. 훨씬 좋아졌어요."

"열이 많이 나던데 더 누워 있지 왜. 뭐 좀 마실래? 젤리랑 아이스크림도 있는데."

"아, 그, 이온 음료 있으면 좀 마셔도 될까요?"

"그럼. 가져다줄 테니까 누워 있어."

우쿨렐레 군이 챙겨 준 이온 음료를 들고 옆방에 들어가자 비싸 보이는 소파와 테이블이 놓여 있었다. 방 한쪽과 천장에 유명 브랜드의 스피커가 설치되어 있어 이런 곳에서 느긋하게 영화를 보면 참 좋겠다는 생각이 들었다. 그렇지만 벽에는 예외 없이 시바의 판넬과 사진이 가득해 아무래도 영화에 집중하기는 힘들 것 같다. 미쓰리가 어색한 웃음을 지었다.

"이 방, 진짜 엄청나구나."

아이보리 색 커다란 소파에 누워 있던 주에루에게 말을 건네자 방을 찬찬히 둘러보며 고개를 끄덕인다.

"진짜 대단하네요. 아까 그분들은 오빠의 팬클럽 회원이라고 하시던데."

"맞아, 팬클럽. 압도당하는 느낌이지?"

당연히 놀랄 것이라 생각했는데 주에루는 "사람들 생각은 다 똑같네요"라고 담백하게 답했다.

"고등학교 때도 그러더니 지금도 마찬가지구나, 싶어서요."

미쓰리의 목구멍 안쪽에서 "흐아" 하고 탄식하는 소리가 흘러나왔다.

"고등학교 때 있던 팬클럽은 규칙이 꽤 엄격했대요. 예를 들어 편지는 한 달에 두 통까지만 보낼 수 있다든지, 꼭 회원 번호를 적어야 한다든지. 아직도 회원 번호가 적힌 연하장이 집으로 간간이 날아온다니까요."

주에루가 큭큭 웃으며 해 주는 이야기에 미쓰리는 경악했다. 팬클럽이 있는 고등학생이라니…. 그 특유의 색기가 10대부터 계속됐다는 건가. 당시의 모습을 구경해 보고 싶다.

"아, 맞다. 일단 이거, 천천히 마셔."

소파에 다소곳이 앉아 있는 주에루에게 페트병을 건넸다. 백설 공주나 잠자는 숲속의 공주 버금가는 가련함이다. 가느다란 목을 드러내고 음료를 마시는 모습조차 아름답다. 오빠가 그랬던 것처럼, 주에루의 팬클럽이 있어도 전혀 이상할 것이 없어 보인다.

"참, 부모님이랑 오빠들한테 말도 안 하고 여기에 왔다며?"

갑자기 떠올라서 묻자, 주에루가 움직임을 멈췄다.

"점장님도, 쓰기 씨도 주에루한테 크리스마스 선물을 주려고 본가에 갔었대. 미리 얘기했으면 이렇게 엇갈리지는 않았을 텐데."

주에루가 페트병에서 입을 떼고는 "네에?" 하고 목소리를 높였다.

"그래요? 그렇구나, 집에 왔었구나."

"왜 말도 안 하고 왔어? 미야자키에서 여기까지 오는 거 쉽지 않았을 텐데."

"친구가 아빠 차를 타고 하카타에서 하는 콘서트에 간다고 하더라고요. 그래서 중간까지 같이 타고 왔어요."

"으음, 근데 왜 말을 안 했어? 아, 뭐라고 하는 게 아니라 나한테도 비슷한 또래의 아들이 있어서 궁금해서. 우리 애는

고2거든."

미소 띤 얼굴로 묻자 주에루가 "한 살 아래구나" 하고 혼잣말을 한다. 그리고 잠시 생각에 잠겨 있더니 "그… 아드님은 진로를 결정했나요?" 하고 묻는다.

"어? 고세? 아니, 전혀."

나오는 길에 봤던 친구들과 게임에 빠져 있던 고세의 모습이 떠올라 피식 웃다가 주에루의 진지한 표정을 보고 말을 이었다.

"우리 애는 아직 자기가 뭘 하고 싶은지 모르는 것 같아."

"모른다…. 그래도 곧 제대로 고민할 시기가 오겠죠. 가령 1년 뒤라든지."

"뭐, 그렇겠지. 하지만 언제까지라고 기한을 정할 수는 없는 일 같아. 대학에 들어가고 난 다음에 찾을 수도 있고, 사회인이 되고 나서 깨달을지도 모르지. 나만 해도 내가 원하는 일을 하고 있다고 느끼기 시작한 지 몇 년 안 됐거든. 내가 그랬는데 아이한테 얼른 정하라고 재촉할 수는 없잖아."

미쓰리는 의아한 표정을 짓고 있는 주에루에게 웃으며 말했다.

"물론 하고 싶은 일을 찾는다는 핑계로 너무 막연하게 사는건 곤란하겠지. 꿈은 둘째 치더라도 한 사람의 인간으로 자립은 해야 하니까. 하지만 나는 그 애가 언젠간 좋아하는 일을 발견할 거라 믿어."

양손으로 페트병을 쥐고 있던 주에루가 고개를 떨구더니 "우리 엄마, 아빠가 하는 말이랑 똑같네" 하고 작게 중얼거렸다.

"저희 부모님도 그렇게 말씀하세요. 하지만 전 전혀 모르겠어요. 오빠들은 다 하고 싶은 일을 찾아 집을 떠났는데 저는 그게 쉽지가 않아요. 이대로 장작이나 패면서 엄마, 아빠랑 살게 될까 봐 불안해요…."

주에루 나이에는 그런 막연한 불안함이 들기 마련이지. 그 마음 알아. 주에루의 말에 귀 기울이던 미쓰리가 방금 전 들었던 마지막 말에 자신의 귀를 의심했다. 잠깐, 지금 장작을 팬다고 그랬어?

"산골 생활이 싫지는 않아요. 부모님도 좋고요. 하지만 역시 전기가 있는 도시 생활이 부럽기도 하고, 어떻게 하면 좋을지 모르겠어요."

아니, 대체 이, 이게 무슨 말이야. 본가가 미야자키의 산골이라는 이야기를 아까 듣기는 했지만…. 아예 현대 문명이랑 동떨어져 사는 거야? 하지만 지금은 주에루에게 이 사실을 확인할 타이밍이 아닌 것 같다.

"그래서 오빠들한테 상담하고 싶었어요. 첫째랑 막내 오빠는 외국에 있지만, 모지항에 오면 두 사람을 같이 만날 수 있으니까."

"하, 아아."

일생의 과업으로 삼은 시바 형제에 대한 새로운 정보가 갑자기 넘쳐흐르는 바람에 미처 처리가 다 안 되고 있다. 어떡하지? 지금은 어른으로서 주에루의 고민을 들어 줘야 하는데…. 하지만 새로운 정보가 지나치게 많다고! 미쓰리는 "조금씩만 얘기해 주면 안 될까?" 하는 부탁이 튀어나올 뻔한 것을 꾹 참았다.

"음, 대략의 사정은 알겠다. 조금 있으면 오빠들이 올 테니까 그때 천천히 상담해 봐. 물론 나한테 말해도 되고."

주에루가 안심한 듯 웃어 보이길래, 미쓰리도 따라 웃었다.


해가 저물고 시바와 쓰기가 돌아왔다.

"미안! 고마웠어요, 미쓰리 씨."

평소에는 본 적 없는 오빠의 얼굴을 한 두 사람이 소파에 누워 있는 주에루에게 "야!" 하고 매서운 표정을 지었다.

"다들 죽어라 찾아다녔다고."

"미안해…."

축 늘어진 주에루의 모습에 두 사람이 한숨을 내쉬었다. 쓰기가 "다시는 이렇게 연락 없이 오면 안 돼!"라고 말했다.

"안 그럴게. 사람들한테 민폐라는 거 확실히 알았으니까."

딱 잘라 말하는 주에루의 모습에 시바의 표정이 부드럽게 풀어졌다.

"뭐, 주에루한테도 사정이 있었겠지. 그 얘긴 천천히 들어 보기로 하고, 음, 근데 어떻게 여기에 기리야마 씨가 있지?"

회의실에는 미쓰리와 주에루 외에도 기리야마 요시로가 있었다. 기리야마는 미안한 듯 "이런 상황에 죄송해요" 하고 고개를 숙였다.

"지인이 맛있는 오리고기를 잔뜩 보내 줬거든요. 늘 신세 지고 있는 여러분께 감사의 의미로 드리고 싶어서 가져왔는 데…."

오이타에서부터 모지항까지 오리고기를 담은 커다란 보랭 가방을 들고 전철을 몇 번이나 갈아타고 와 준 것이다. 시바의 집에서 여러 번 묵기도 한 사이니 별문제 없겠지 싶어 미쓰리가 불렀다.

"뭐야, 요시로. 내가 오리고기 좋아한다고 말했던 걸 기억하고 있었어?"

쓰기가 기뻐하며 말하자 기리야마가 "대파랑 구운 두부도 많이 가져왔어. 오리 전골을 할까 싶어서."

"다행히 동생분도 오리고기 좋아한다던데. 대파 같은 거 넣어 먹으면 감기에도 좋지 않을까?"

"아, 그러네. 주에루, 몸 상태는 어때? 안색은 괜찮아 보이 는데."

일찍감치 링거를 맞고 약을 먹은 것이 효과가 있었는지 주에루의 열은 거의 떨어져 있었다. 기침은 아직 조금 하지만 사쿠마 씨의 말에 의하면 실내 습도를 잘 맞춰 놓고 푹 쉬면 문제없을 것이란다.

"다행이네, 다행이야. 그나저나 많은 분들한테 신세를 졌네."

"점장님, 냉장고 안이 꽉 찼어요. 점장님 동생이 아파서 누워 있다는 소문이 주변에 퍼져서 이런저런 음식들이 잔뜩 들어오는 바람에. 크리스마스 선물도 한가득이라 정말이지 난리예요."

고가네무라 빌딩 부녀회뿐 아니라 남성들, 주변 주민들까지 앞다퉈 이것저것 챙겨 왔다. 과일 젤리, 푸딩과 아이스크림 등등. 회의실 냉장고에는 다 들어가지 않아서 부녀회 회원들이 각자의 집에서 조금씩 맡아 두고 있을 정도다.

"아, 그렇구나. 여러분께 폐를 끼쳤네요…. 이건 뭐지?"

시바가 사이드 테이블에 놓인 접시를 발견하고 물었다.

접시 위에는 산타클로스 모자를 쓴 곰돌이 쿠키가 놓여 있었다. 아이싱으로 예쁘게 꾸민 곰돌이가 익살스러운 표정을 짓고 있는 모양이 귀엽다. 시바가 "어느 가게 쿠키야? 귀엽다"라고 하길래 미쓰리가 "직접 만든 거래요" 하고 답했다.

"왜 화요일 저녁마다 디저트 먹으러 오는 여학생 있잖아요."

"아아, 아즈사 말이구나."

대답한 사람은 쓰기였다.

"나가사키로 이사 간 친구가 놀러 왔다고. 둘이 같이 쿠키를 만들었대요."

시바와 쓰기에게 주려고 가게에 가져왔다가 주에루가 왔다는 이야기를 듣고, 동생분이 드시면 좋겠다고 전했던 모양이다. 비슷한 또래의 여동생이 있는 줄은 몰랐다며 반가워하면서, 두 사람에게 줄 것은 나중에 다시 가져오겠다고 했단다.

"너무 귀여우니까 아까워서 못 먹겠더라. 그래서 그냥 보고만 있었어."

"오호, 텐더니스의 파티시에가 되고 싶다더니 그럴 만한 실력이네."

두 오빠가 접시를 슬쩍 보고는 다정한 미소를 지었다. 그 웃는 모습에 주에루가 "쓰기랑 밋츠 오빠, 대단해"라며 진지한 말투로 말했다.

"두 사람의 여동생이라고 하니까 다들 엄청 친절하게 대해주셨어. 오빠들한테 신세 많이 졌으니 이 정도 보답은 하게 해 달라고. 너무 기뻤어. 다들 오빠들을 좋아하더라."

주에루가 말을 하다 말고 하아, 하고 긴 한숨을 내쉬었다.

"자기가 좋아하는 일을 찾아 독립해서 이렇게 모두한테 사랑받으며 지내다니. 오빠들은 역시 훌륭해. 난 그렇게 못 할 거야. 아무것도 할 줄 아는 게 없으니까."

힘없는 목소리에 두 오빠가 눈을 마주친다. 그러고는 동생 옆에 앉아 머리를 부드럽게 쓰다듬었다.

"부모님이 그러시더라. 진로 걱정이 많은 것 같다고. 미안해, 우리가 좀 더 일찍 만나러 갔어야 하는데."

"고민은 필요하지만, 실망할 필요는 없어. 우리도 한참 헤매다가 여기까지 온 거니까."

"정말? 그래도 지금은 결국 이렇게 됐잖아. 나는 앞으로 뭘 어떻게 하고 싶은 건지, 감도 안 와. 어떻게 해야 할지 모르겠어."

대학에 들어가 공부를 더 하고 싶은 것도 아니고, 어떤 일을 하고 싶다는 생각도 없고, 남들보다 뛰어난 면도 없는데 내가 뭘 할 수 있겠어. 주에루가 미쓰리와 기리야마에게도 같은 이야기를 했을 때 두 사람은 그렇게 초조해할 필요 없다고 다독였지만 주에루의 표정은 조금도 밝아지지 않았다. 하지만 쓰기와 시바라면 분명 주에루의 기분을 바꿀 수 있을 것이다.

미쓰리는 기리야마와 눈짓으로 신호를 주고받은 후 시청각실을 슬쩍 빠져나왔다. 지금은 세 사람만의 시간을 방해하면 안 된다.

"그나저나 저렇게 예쁜 여동생이 있다니 깜짝 놀랐네요."

그 정도로 예쁜 것도 충분히 비범한 일 같은데 말이죠. 기리야마가 소파에 걸터앉으며 한숨 섞인 목소리로 말하자 맞은편에 앉은 미쓰리도 고개를 끄덕였다. 그 외모만으로도 재산이다.

"난 지금 스토리 짜고 싶은 욕구가 폭발할 것 같아요. 오늘만 해도 새로운 소재가 얼마나 많이 생겼는지. '페로 점장'도, '털보 형님'도 얼른 다 업로드해야지!"

"하하, 앞으로 올라올 작품들이 기대되네요."

"아, 맞다. 커피라도 마실까요? 세 사람, 대화가 길어질 텐데."

노세가 이 방에 있는 것들은 다 편하게 써도 된다고 했던 터라 미쓰리는 커피를 끓여 기리야마와 함께 느긋하게 마셨다. 별생각 없이 시선을 돌리다 등신대 판넬의 시바와 눈이 마주친 미쓰리가 쓴웃음을 짓는다.

"스토커도 이렇게까지는 안 하지 않을까 싶을 정도로 사랑이 넘치는 방이네요. 시청각실에 모여서 점장님 영상 같은 거 보지 않을까요?"

"그럴지도 모르죠. 시바 씨라면 신나서 영상을 찍어 줄 것 같은데."

"차라리 가게에서 굿즈를 팔아 볼까? 아크릴 열쇠고리 같은 거 만들면 괜찮을지도…."

"어, 잘 팔릴 거 같은데요? 쓰기 씨 것도 만들면 좋겠어요.

쓰기 씨도 못지않게 인기 많을걸요.”

뭔가 떠오른 듯이 피식거리는 기리야마를 보고 미쓰리가 궁금한 얼굴을 하자 “저, 쓰기 씨 집에서 묵은 적이 있는데요” 하고 말을 잇는다.

“완전히 남자들의 비밀 기지 같은 느낌이에요. 사람들이 엄청나게 드나들더라고요. 얼마 전에는 밤중에 무슨 현직 셰프라는 사람이 큼지막한 숙성 고기랑 와인을 가지고 온 거예요. 쓰기 씨는 쿨쿨 자고 있는데 아무렇지 않게 부엌에 들어가서 요리를 하더라고요. 그러더니 자고 있던 쓰기 씨를 깨워서 식기 전에 먹으라고. 저도 덩달아 대접을 받았는데 진짜 맛있었어요. 끝까지 그분이 누군지 몰랐지만⋯.”

“잠깐만, 기리야마 씨. 그 정보들, 더 이상은 말하지 말아 줘요. 미처 정리를 못 해서 다 까먹을 거 같으니까.”

주에루의 등장만으로도 충분히 큰일인데, 여기에 새로운 정보들을 더 얹지 말아 줘요. 미쓰리의 반응에 기리야마는 “참 신기한 사람들이에요” 하고 말하며 방 안을 훑어본다. 여기저기에 선물이 쌓여 있고, 장미꽃에서는 은은한 향기가 퍼진다. 기리야마는 꽃에 새겨진 금박 레터링을 보며 말을 이었다.

“이렇게까지 많은 사람이 사랑하고 필요로 하다니. 말로는 다 설명할 수 없는 이상한 매력이 있다니까요.”

그 두 사람과 알게 돼서 정말 다행이에요. 기리야마가 진심 어린 말투로 말했다. 그 부드러운 얼굴을 미쓰리가 흐뭇하게 바라본다. 그러다 문득 깨달았다.

기리야마를 비롯해 이 두 사람을 둘러싼 이들 대부분은 편의점에서 만난 사람들이다. 단골도 있고, 뜨내기 손님도 있다. 그곳에서 시바가 말하는 희로애락이 교차하며 두 사람과의 인연이 시작되는 것일지도 모른다. 나 역시 편의점에서 이어진 인연이라 생각하니 감회가 새로웠다.

"오, 이건 두 사람이 주에루 씨 주려고 산 선물인가?"

기리야마가 소파 옆에 나뒹구는 꾸러미 두 개를 발견하고는 그중 하나를 집어 들었다.

"어? 아까까지는 없었으니까, 맞지 않을까?"

이건 점장님 거네요. 이것 봐요. 여기.

커다란 리본에 메시지 카드가 꽂혀 있고, 흘림체 느낌의 멋진 글씨로 'from 미쓰히코'라고 적힌 것이 보였다. 여동생에게 과연 어떤 선물을 준비했을까. 나중에 살짝 보여 줬으면 좋겠다며 미쓰리의 사심이 잔뜩 부풀어 올랐다.

"아, 그럼 이게 쓰기 씨 거겠네. 과연 그 사람은 10대 여동생한테 어떤 선물을 주려나. 아…."

또 하나의 꾸러미를 집어 들던 미쓰리가, 돌연 말을 멈췄었다.

메시지 카드에 대충 쓴 글씨로 "니히코ㅡ가"라고 적혀 있었다.

"저기, 기리야마 씨. 이거 뭐라고 쓴 거 같아요?"

"네? 뭐요? 아, 흐음… 니세…? 니세코ㅡ라고 쓴 건가?"

너무 휘갈겨 쓴 탓일까, 가타카나의 히가 마치 세처럼 보인다.

미쓰리와 기리야마가 눈을 천천히 마주쳤다. 이 이름, 들어본 적 있는데.

"설마, 니세코…?"

"미안, 미안. 두 사람 다 오래 기다렸지? 오리고기 먹으러 갑시다!"

시청각실의 문이 거칠게 열리고 쓰기가 성큼성큼 걸어 나오더니 "아, 배고파" 하면서 바보스러운 목소리를 냈다.

"주에루가 사라져서 난리가 나는 바람에 아침부터 밥도 못 먹었어. 오리고기 전골 먹자, 오리고기 전골! 미쓰리 씨도 같이 먹고 갈 수 있지?"

"네? 아, 근데 주에루 씨 몸 상태가…."

"파 많이 먹으면 낫는다니까? 그리고 얘는 원래 감기 잘 걸려. 추위도 많이 타서 집에서는 늘 배를 따뜻하게 하는 복대까지 차고 있으면서 밖에 나갈 때마다 폼 잡느라고 얇게 입고 다녀서. 지금도 저렇게…. 아야!"

주에루가 던진 건지 쿠션이 날아와 쓰기의 머리를 툭 쳤다. 곧바로 "그런 얘기를 왜 해, 이 바보야!" 하고 소리치는 목소리가 들렸다.

"저거 봐. 기운이 넘치잖아. 다른 분들한테는 차차 감사 인사를 드리도록 하고, 일단은 우리끼리 전골부터 해 먹자. 이 방 계속 써도 되나? 미쓰리 씨, 고세도 부를까?"

"어, 저기. 쓰기 씨…."

미쓰리가 메시지 카드와 기리야마를 번갈아 쳐다보는데 기리야마가 고개를 젓는다. '다음에'라고 말하는 입 모양을 읽고 미쓰리가 끄덕였다. 그렇다, 오늘은 이미 너무 많은 정보를 얻었으니 나중에 묻는 것으로 하자. 앞으로도 이들과의 시간은 계속될 테니까.

"아아, 그럴까. 저도 같이 먹어도 돼요?"

미쓰리의 말에 쓰기 뒤에 있던 시바가 얼굴을 쑥 내밀고는 "당연하죠"라고 답한다.

"다 같이 먹어요. 아, 디저트도. 냉장고가 꽉 찼다면서요, 얼른 먹어야지."

미쓰리는 잠시 눈을 깜빡이다가 "그럼 못 이기는 척 저도 합류합니다!" 하고 웃었다.

새로운 이야깃거리를 손에 넣었을 때처럼 가슴이 두근거렸다. 미스터리로 가득한 형제에 여동생까지 합세해 수수

께끼가 점점 늘어 간다. 난 앞으로도 이 멋지고 재미있는 형제… 아니 남매? 가족을 지켜볼 생각이다. 불순한 사심이 약간 섞여 있지만 일생의 과업일뿐더러 애정도 담겨 있다.

"아, 좋은 생각 났어! 나 고등학교 졸업하면 여기로 이사 올래. 밋츠 오빠, 나도 같이 일하면 안 돼?"

순진무구한 목소리에 쓰기와 시바가 동시에 얼굴을 찌푸렸다.

"잠깐, 주에루. 좀 더 진지하게 생각하고 정하지 않을래?"

"난 싫어. 네 뒤치다꺼리 하는 건 한 달에 한 번 정도가 한계라고!"

어쩔 줄 몰라 하는 두 사람과 "난 이미 마음 정했는데?" 하고 태연하게 말하는 주에루. 미쓰리는 기리야마와 눈을 마주치고 웃어 버렸다.

앞으로도 즐거운 일이 가득할 것 같다.

○

　야간 근무가 끝날 무렵, 그 잠시의 시간을 좋아한다. 포근하면서도 힘찬 아침 햇살이 건물 사이로 모습을 드러내며 하늘이 자줏빛으로 물들기 시작할 즈음. 편의점 안에서 그 풍경을 바라보고 있노라면 하루의 끝과 새로운 하루의 사이에 서 있는 듯한 느낌이 든다.

　하루의 틈새에 있는 손님의 얼굴을 바라보는 것도 좋다. 이제부터 잠자리에 들 사람도, 활동을 시작하는 사람도, 밤에서 빠져나온 이들의 표정은 어딘가 부드럽고 연약하다. 몸을 감싸고 있는 껍데기 속 깊은 곳의 폭신하고 귀한 부분이 보일 듯 말 듯하다.

　"고생 많으셨어요. 편안한 밤 보내세요."

　"좋은 아침입니다. 어서 오세요."

　캔 맥주와 안주를 사는 젊은 남성은 자신과 마찬가지로 밤 근무를 했는지 조금은 지친 기색이다. 잠들기 전의 기분이 요동치지 않도록 잔잔한 말투로 인사를 건넨다.

저녁 시간까지 스타일을 유지하기 위해서일까, 조금 강하게 머리 컬을 넣은 여성에게는 응원하는 마음으로 살짝 목소리를 높여 말하고, 신속하고 야무진 태도로 응대한다.

"감사합니다. 조심히 가세요."

계산을 마친 후 봉투에 물건을 담아 건넨다. 그리고 진심을 다해 마지막 한마디를 전한다. 요리의 마무리는 애정이라는 말이 있는데, 접객의 완성 역시 애정이라고 생각한다. 나는 언제나 지금 내 앞에 있는 사람에게 사랑을 담아 미소를 보내려 한다.

"아침부터 쓸데없이 페로몬 좀 흘리지 마세요, 점장님."

몇 명의 손님을 보내자 등 뒤로 불쾌한 듯한 목소리가 들려온다. 뒤를 돌아보니 아르바이트생 히로세가 얼굴을 찡그리고 있었다.

"응? 무슨 말이야. 쓸데없는 페로몬이라니."

"맨날 말씀드리잖아요. 아침부터 그런 거 여기저기 흘리고 다니면 경찰한테 잡혀간다니까요?"

대학교 3학년인 히로세는 가게의 사정에 맞춰 잡은 스케줄에도 잘 따라 주고, 일도 척척 잘해 내는 좋은 친구지만 나에게는 늘 차갑게 군다. 내가 손님들한테 괜한 색기를 뿜어 댄다는 것이다.

"그런 거 흘린 적 없는데."

"방금 전에 점장님이 했던 행동들을 한번 돌아보세요. 양
손으로 잔돈을 주면서 손님의 손을 쓰윽 감싸고 '좋은 꿈 꾸
시고, 푹 쉬세요'라고 속삭이면서 웃었잖아요. 알겠어요? 그
런 게 쓸데없는 행동이라고요."

괜히 몸을 비비 꼬면서 마지막에는 혀로 입맛을 다시는 시
늉까지 한 히로세가 나를 힐끗거리며 쏘아붙인다.

"너무하네."

"그렇죠? 너무하죠?"

"내가 언제 그렇게 연쇄 살인마 같은 얼굴을 했다고 그래."

어쩜 저렇게 말도 안 되는 흉내를. 작은 바늘이 콕 박힌 것
같은 느낌에 가슴에 가만히 손을 얹었다.

"점장님은 그 킬러가 아니라 심장 킬러예요! 아까 그 남자
손님, 얼굴 벌게져서 나가는 거 못 봤어요? 그 상태로 푹 잘 수
가 있겠느냐고요. 그리고 그다음 여자 손님도. 그 사람 점장
님이 나오는 날에만 풀 메이크업으로 오는 거라고요. 점장님
쉬는 날에는 맨 얼굴에 고무줄로 머리 질끈 묶고 다녀요. 원
래 사는 음료도 그린 스무디가 아니라 자양 강장제고."

평소의 히로세는 과묵한 편인데 나한테 잔소리할 때만 말
을 엄청나게 쏟아 낸다. 그렇게 구박해 봤자 난 내 접객 방식
이 틀렸다고 생각하지 않으니 별수 없지만 말이다. 그도 그

럴 것이 그 손님들은 수많은 편의점 중에 이 가게, 텐더니스
모지항 고가네무라점을 선택해 준 사람들이다. 하루의 시작
과 마지막의 준비를 여기에서 한다. 그것만으로도 얼마나 기
쁘고 감사한 일인가. 나는 그 고마운 마음을 한 아름의 애정
으로 바꿔 그들에게 전하고 있을 뿐이다.

"자양 강장제는 딱히 상관없지만 힘들게 야근한 분들이 편
하게 잠들지 못하는 건 문제가 있네. 좀 더 위로의 마음을 담
아서 잘 전해 볼게."

고개를 끄덕이며 말하자 히로세가 "하아, 전혀 이해를 못
하고 있어"라며 어깨를 툭 떨어뜨린다.

"그게 아니라 좀 더 무난하게! 남들처럼 접객하라고요. 편
의점 직원한테 그런 개성은 필요 없다고요. 다들 그냥 가볍
게 들렀다 가는 곳인데."

히로세는 고등학교 시절 야구부였다고 한다. 지금은 야구
를 그만뒀지만 밤톨 머리가 장난스러운 분위기를 풍겨 귀엽
다. 귀엽다고 하면 화낼 것이 뻔해서 입 밖에 내지는 않지만
말이다. 그런 히로세가 투덜대며 볼을 부풀리는 모습을 보자
나도 모르게 웃음이 나왔다.

"편의점 직원도 개성 있을 수 있지. 그리고 난 훌쩍 들렀다
갈 수 있는 곳이니까 더더욱 마음 편한 공간으로 만들고 싶
은걸."

아무튼 히로세는 귀엽다니까…. 마지막에 마음속으로만 생각하려던 말이 툭 튀어나온 바람에 히로세의 얼굴이 벌겋게 달아올랐다. 화가 났다는 증거다.

"점장님은 진짜 아무것도 모른다니까요. 그렇게 쓸데없는 색기를 뿌리고 친근하게 구니까 우리 가게에 스토커 같은 손님들이 붙는 거잖아요. 그거 아세요? 우리 편의점, 대학교 애들한테 호스트 편의점이라고 불린다고요. 손쉽게 호스트의 분위기를 간접 체험할 수 있는 곳이라고!"

"어어, 난 그런 말 처음 듣는데? 아무래도 우리 가게에 히로세처럼 귀여… 멋있는 직원들이 많아서 그런 얘기가 나오나 보다."

"우리가 아니고요! 점장님 한 사람을 말하는 거라니까요. 제발 좀 알아들어요!"

하아, 진짜. 히로세가 머리를 벅벅 긁고 있는 사이 손님의 방문을 알리는 멜로디가 울렸다. 자동문 쪽을 보니 옅은 녹색 점프 슈트를 입은 수염 덥수룩한 남자가 성큼성큼 들어오고 있었다. 어서 오세요, 하며 목소리를 높여 인사하는 나와 눈이 마주치자 수염으로 반쯤 덮인 얼굴로 싱글벙글 웃는다. 자기 딴에는 몰래 한다고 하는 것인지 손도 휘적휘적 흔든다.

"저 사람도 점장님 스토커가 분명해요. 맨날 오잖아."

히로세가 영업용 미소를 지으면서 작은 목소리로 하는 말에 나는 그저 웃었다. 저 사람은 귀엽게 넘길 수 있는 스토커 수준의 인간이 아닌데 말이지.

그 뒤를 이어 마치 그 남자가 끌고 오기라도 한 것처럼 줄줄이 손님이 들어왔다. 야간 근무가 끝날 무렵의 시간. 나는 조금 더 정성스럽게 애정을 담아 인사를 건넨다.

"어서 오세요."

이곳을 찾아 준 당신에게, 가장 큰 사랑을 담아.

# 바다가 들리는 편의점

**초판 1쇄 발행**  2023년 03월 24일
**초판 79쇄 발행**  2025년 01월 07일

**지은이**  마치다 소노코
**옮긴이**  황국영

**책임편집**  주소림
**디자인**  MALLYBOOK 최윤선, 오미인, 조여름
**책임마케팅**  최혜령, 박지수, 도우리
**마케팅**  콘텐츠 IP 사업본부
**경영지원**  백선희, 권영환, 이기경
**제작**  제이오
**교정·교열**  서은미

**펴낸이**  서현동
**펴낸곳**  ㈜오팬하우스
**출판등록**  2024년 5월 16일 제2024-000141호
**주소**  서울시 강남구 테헤란로 419, 11층(삼성동, 강남파이낸스플라자)
**이메일**  info@ofh.co.kr

ⓒ 마치다 소노코

**ISBN**  979-11-92579-50-4 (03830)